피스타치오를
먹는 여자

피스타치오를 먹는 여자

류 소 영 소 설 집

문학동네

| 차 례 |

그때, 건물에서 빠져나오던 그의 파리하고 권태로운 얼굴을 기억한다.

마침 볕이 좋았고 그는 나를 얼른 찾아내지 못하고 얼굴을 찡그린 채 두리번거리고 있었다.

당연하게도 말쑥한 양복 차림이었고 나는 새삼스럽게 사는 게 참 외롭다, 생각했다.

그는 이제 확실히 내 아버지에 가까워져 있었다.

그러나 계속 나아가기 위하여

오늘 나는 엽서 한 장을 받았다.

노곤한 귀갓길이었다. 늘 그랬듯이 저 남은 길을 카펫처럼 둘둘 말아올려 단숨에 오를 수는 없을까, 하는 생각을 하며 느릿느릿 비탈을 올랐고 여러 가지 요금을 해결해야 할 날짜와 신용카드를 결제할 날짜가 곧 다가오리라는 예상을 하며 철제우편함에 눈길을 주었다. 그곳에, 무슨 반란처럼, 엽서 한 장이 꽂혀 있었다. 미용실 개업 5주년 기념 할인 파마 광고 엽서도 아니고, ○○고등학교 재경 동문 체육대회 안내 엽서도 아닌 손으로 쓴 엽서 말이다.

받는 사람 난에는 일부러 장난기 있게 쓴 것 같은 삐뚤삐뚤한 글씨로 '김현강 누나님 앞'이라고 적혀 있었다. '누나님'이라니. 내게 이런 지칭으로 엽서를 띄우는 누군가가 있다니. 보내는 사람 난에는 '일산에서 누나의 팬이'라고 적혀 있었다. 올해 초등학교 사학년이 된 사촌동생 준명이였다. 엽서 뒷면에는 모두 똑같은 양식으로 여러 장 만들었는지, 색연필로 테를 두른 종이에 생쥐가 고깔을 쓰고 있는 그림과 '모두들 오세요' 라고 반원 모양으로 예쁘게 쓴 글씨가 박혀 있었다. '모두들 오세요' 바로 밑에는 그 글씨의 절반만한 크기로 '왜? 준명이의 생일, 언제? 7월 16일 저녁 다섯시에, 어디서? 일산 호수마을 Y아파트 준명이의 집에서, 어떻게? 즐겁게!' 라고 적혀 있었다. 그리고 덧붙여진 종이 밑에는 따로 준명이의 연필 글씨가 있었다. '누나! 반 아이들 몇 명한테 줄려구 만든 건데 누나 생각이 나서 따로 붙여. 누나도 꼭 와. 선물은 필요 없어. 나 인기 좋거든.'

나는 '누나님' 때문에 한 번 웃고, '선물은 필요 없어' 때문에 또 한 번 웃었다.

준명이라는 놈은 어려서부터, 예의가 바르고 웃어른들께 깍듯하기로 유명한 제 어머니한테서 존댓말에 대한, 거의 스트레스에 가까웠을 교육을 받았다. 녀석이 구사하는 교과서적인 존댓말들은 존댓말 체계가 허물어지기 시작한 그 또래의 숱한 꼬마들을 너무 많이 보아서인지 오히려 낯설었고 때론 억지스럽게 느껴졌다. 그리고 그가 그런 낯선 존댓말을 입에 익히기까지 치러내야 했을 잔뜩 주눅든 시간들에 마음이 아리기도 했다.

그 녀석이 다섯 살 땐가, 존댓말 강박 때문에 생긴 유명한 일화가 있다. 한번은 삼촌댁에 집안 온 식구가 모이게 된 일이 있었는데 밤에 건넌방으로 다들 자러 가려고 하자 녀석이 이러는 것이었다. "큰어머니 안녕히 주무세요." "큰아버지 안녕히 주무세요." "누나도 안녕히 주무라."

오늘 내가 받은 엽서 속에 담긴 '김현강 누나님 앞' 은 앞의 일화에 비하면 무척 강도가 떨어지는 우스개이긴 하지만 역시 녀석다운 발상이었다.

그리고 '선물은 필요 없어'!

녀석이 늘 갖고 싶어하던 실내 미니 농구대가 되었든, 패션 선글라스가 되었든 지금 당장 집 앞 선물가게를 뒤지러 나가고 싶게 만드는 귀엽고 사랑스러운 말이었다.

"여보세요…… 준명이니?"

"예. 제가 준명인데요."

"나 누군지 알겠어?"

"예? 잘 모르겠는데요. 어머니 바꿔드릴까요?"

준명의 사무적인 목소리…… 그리고 나의 뜬금없는 쓸쓸함.

"짜식. 누나다 임마. 갈현동 사는 준명이의 팬."

"어? 누나!"

"너…… 두고보자. 누나 목소리가 그렇게 아줌마같이 들리니?"

"아, 아니야."

"누나 왜 전화했게?"

"어? 내 엽서 도착했구나. 꼭 와 누나. 선물은 없어도 돼."

"엽서 받고 너무 감동해서 전화했어. 근데 누나가 좀 바빠. 꼭 가고 싶은데 어째 시간이 안 날 것 같아."

"……."

"삐졌니?"

"아니."

"준명아, 대신 내 마음을 부칠 테니까 주소 좀 불러줘."

"어? 아니 괜찮은데. 잠깐만……."
"걱정 마. 소포 아니라 편질 테니까."

나의 막내삼촌.

아버지와 나 사이에 가로놓인 서른두 해라는 세월을 정확히 절반으로 가르는 해인 1957년에 태어난 내 조부모님의 늦둥이.

결국 형제 많은 집에 시집온 어머니께는 한참 돈 들어갈 일만 남아 있는 짐이 되어버렸지만, 전쟁통에, 살아 계셨더라면 나의 작은 고모님이 되는 딸을 잃은 내 조부모님들로서는 더없이 값진 선물 같은 존재였다. 나이 차가 많이 나는 형제들에게 용돈을 얻어 쓰고 재롱을 피우고 늘 형이나 누나에게 업히거나 안기는 것을 좋아했다고 한다.

나의 막내삼촌은 여자처럼 고운 얼굴에 늘 제 나이보다 대여섯 살은 어려 보여서, 그렇지 않아도 막둥이를 자랑 반 쑥스러움 반으로 데리고 나서는 조부모님을 더욱 난처하게 만들었다고 한다. "그 집 큰아들이 벌써 득남을 했나? 손주 빨라 좋겠수" 하는 말들과 함께 쏟아지는 호기심 어린 시선들.

하지만 내 어머니께 그가 곱게 보였을 리 없었다. 어머니가 시집오던 해, 그는 내 조부모가 농사를 지으며 살아가던 경상북도의 전형적인 농촌 마을에서 갓 중학교에 입학한 까까머리였다. 그리고 예상했던 대로 그는 고등학교부터는 내 부모님이 신접살림을 시작한 P시로 내려와 유학하였다. 그가 시골티를 벗기 시작하며 낯선 유학생활에 적응해갈 무렵, 그러니까 그가 고등학교 일학년이 되던 해 가을 나는 그와 첫 대면을 했다고 한다. 내 할머니의 구박을 한 몸에 받은 '또 딸'의 모습으로.

물론 내 기억 속에는 들어 있지 않지만 그는 어린 나를 무척이나 귀여워했다고 한다. 학교 마치면 집으로 뛰어들어와 나를 어르고 안고 업고 하여 내 어린 삼촌에게는 반은 아버지와 같았던 내 아버지로부터 "기껏 공부하라고 일부러 여기까지 데리고 내려왔더니 밤낮 애만 쳐다보고 있어!" 하는 불호령을 자주 들었다고 한다. 지금도 그는 나에게 내가 무슨 서운한 행동을 보일 때면 "다 품안의 조카라더니. 열심히 업어주고 안아주고 해봐야 소용없어. 다 제 힘으로 큰 줄만 알지…… 쯧쯧쯧……" 하며 무슨 할머니나 어머니처럼 혀를 차곤 했다. 그럴 때 보면 그는 무척 귀엽고 가소로웠다.

비교적 내 기억 속에 선명하게 남기 시작한 삼촌의 모습은 그가 대학에 입학하고, 이학년을 마친 후 현역으로 군복무를 하고 돌아온 복학생 시절부터의 것이다. 그 이전까지도 어머니의 말에 의하면 우리 둘은 무척 짝꿍이 잘 맞는 친구 같아서, 어머니께선 내가 이웃에 사는 내 또래의 친구들을 잘 사귀지 못하거나 그들로부터 소외당할까봐 걱정까지 되더라고 하셨다.

내가 네 살이나 다섯 살쯤 되었을 때 그는 P시에 있는 국립대학의 법학과에 들어갔다. 한참 까불고, 예쁜 옷이나 예쁜 인형을 광적으로 찾아다닐 그 나이에 나는 삼촌을 따라 대학 교정에 소풍을 가기도 하고, 미팅 같은 자리에서 만난 여학생을 다시 만나는 삼촌의 어색한 데이트 자리에 일종의 분위기 메이커로 활약하기도 했다고 한다.

어머니가 가장 자주 말씀하시는 그 시절 얘기는 삼촌의 '교가 가르치기'이다. 삼촌은 언니와 나, 그리고 이제 갓 걸음마를 익힌 남동생까지를 벽에 붙여 세워놓고 삼촌이 입학한 대학의 교가를 열심히 가르쳤다고 한다. 그런데 우리들은 '금정산 산기슭 정기 받아……' 로 시작하는 그 학교의 교가를 늘 '금정산 산기슭 전갱이 구워 먹고……' 로 불러 순진한 삼촌을 흥분시켰다는 것이다. 삼촌은 숫제 얼굴까지 벌게가지고 자주 어머니께 달려가곤 했다는 것이다. "형수님요, 아아들이요…… 암만해도 일부러 저카지 싶어요. 나를 놀릴라꼬요" 하면서 씩씩거렸다고 한다.

잘 기억나지 않는다. 다만 내 기억 속에 내가 여섯 살이나 일곱 살쯤 되었을 때의 어느 저녁의 한 장면이 선명하게 사진 찍혀 있다. 그 저녁, 집안 식구들도 무슨 일론가 아무도 집에 있지 않았고, 친구들도 없었고 그럼에도 석양은 눈이 아리게 찬란했고 나는 배가 고파오기 시작했다. 마당에 세워둔 자전거 바퀴를 손으로 가만가만 돌리며 나는 조금 울었던 것 같다.

꼽아보니 그렇다. 그땐 내 어린 삼촌의 군복무 기간이었다.

어머니 말에 의하면 모든 일에 적극적이고 늘 분주하고 생기로웠던 나는 삼촌의 군 입대를 전후하여 변화하기 시작했다고 한다. 이미 틀이 잡힌 또래집단에 쉽게 섞여들지도 못했고, 언니는 삼촌이 입대하던 그해 초등학교 일학년이 되었고 보다 못한 어머니가 피아노나 미술 교습을 권했을 때도 나는 그 어느 것도 받아들이지 않았다고 한다. 어머니는 헤어질 때 치러내야 할 나의 감당하기 어려운 몸부림을 생각하여 혹여 삼촌이 휴가를 얻어도 시골 조부모님 댁에만 들르라고 하거나 부모님만 밖에서 만나 저녁 같은 걸 사먹였다고, 후에 들었다.

삼촌이 돌아온 것은 내가 막 학교에 입학하던 해 여름이었다.

지금도 생각난다. 대문 앞에서 삼촌이 '형님, 저 돌아왔어요' 하고 소리치던 모습. 아버지께서 뛰어나가자 아이처럼 갑자기 펑펑 우는 바람에 아버지께서 무척 당황해하셨던 것까지. 무엇이 괜찮다는 것인지 "그래, 그래 괜찮다. 이젠 괜찮다, ……모든 게 잘될 거야" 하면서 어린 삼촌의 어깨를 툭툭 치셨던 것까지, 지금도 모두 생각이 난다.

그리고 나는 그때 처음으로 '삼촌은 내 또래가 아니다. 삼촌은 이제 어른이다' 는 느낌을 묵직하게 새겼던 것 같다. 절망적이었던 건 아니다. 그 느낌은 곧 '그러니 이제 나도 내 갈 길을 가야지. 그는 이제 어른인걸' 로 이어진 게 아니라 '어쭈. 이제 삼촌은 벌써 어른인걸. 나도 얼른 커야겠군. 속도를 내야겠어' 로 이어졌으니까.

그리고 그해 가을, 복학 준비로 한 학기를 쉬고 있던 삼촌은 나의 첫 가을 운동회를 빛내주었다. 그는 우스꽝스럽게도 덜 자란 머리에 새까만 얼굴로 '학부형 달리기' 에 참여하여, 당연하게도, 당당히 일등을 따낸 것이다. 지금도 생생하다. 갓 신혼의 새댁이었고 유난히 수줍음이 많았던 나의 담임 여선생님이 "현강이한테 이렇게 멋지고 큰 오빠가 있는지 몰랐는걸"이라고 말했을 때 내가 얼마나 기분이 좋았었는지. 나는 그때 나의 삼촌이 정말 오빠였으면 좋겠다는 생각을 했다. 혈육의 오빠가 아닌 '그때 함께 마주친 그 사람 누구니?' '어…… 아는 오빠야. 멋있지?' 할 때의 그 '오빠' 말이다.

상품으로 받은 노트 세 권을 들고 집으로 돌아오던 발걸음을 기억한다.

"삼촌."

"어?"

"우리 담임 선생님 참 이쁘지?"

"그래."

"아까 우리 담임 선생님이 삼촌보고 오빠라고 그랬을 때, 기분이 어땠어?"

"기분이 어땠기는. 형님이 나이가 많으니 별일도 다 있네, 했지."

"치이."

"왜?"

"나는 삼촌이 진짜 우리 오빠였으면 좋겠다는 생각을 했거든."

"웃기네."

"웃기긴 뭐가 웃겨? 삼촌은 내 친구잖아."

"뭐? 이게 보자보자 하니까. ……그라고, 니 인자부터 삼촌한테 말 높이라."

"왜?"

"왜기는. 삼촌한테 반말하는 애가 어딨는데."

"흥."

그가 통과해낸 청춘의 세월들을 찬찬히 꼽아보고 있다. 나는 놀란다. 언제나 그의 군복무 기간이나 복학생 시절은 내가 몇 살이고 몇 학년이었다는 사실과만 쉽게 연결이 되었었다. 이제야, 나는 놀란다. 가만히 꼽아보니 그가 입학하여 이 년 동안 대학을 다닌 세월은 76년과 77년이었고, 군복무 기간은 78년 초에서 80년 중반까지였고, 다시 대학에 돌아와 학업을 이어간 세월은 81년과 82년이었다.

나는…… 놀란다. 그리고 지금에야 나는 생각해보는 것이다. 너무도 섬세한 영혼을 가진 그가 그 참혹했던 야만의 세월을 군에서 보낸 것은 얼마나 다행인지, 또 얼마나 끔찍했을지. 79년과 80년의 일들을 그 완강한 체제의 도가니 속에서 소문으로만 숨죽여 들어야 했을 때 그는 어땠을지. 대학에 돌아와 운동의 방식도 생각의 틀도 풍겨지는 분위기 자체도 확연히 달라져 있는 후배들 앞을 그가 얼마나 죄스러이 서성거렸을 것인지.

그리고 나는 또다시 생각해보는 것이다. 그때 왜 나는 어른이 아니었는지. 80학번이나 81학번으로 살아 "삼촌, 너무 아파하지 마. 그게 삼촌의 한계이자 최선이었어" 하고 말해줄 수 없었는지. 그때 왜 나는 덧셈, 뺄셈이나 익히고 있었는지. 산수 문제를 물어보러 그의 방에 갔다가 "니는 노크도 모르나. 삼촌 지금 말할 기분 아이다" 하는 말을 들으면 뒤돌아서서 그의 욕이나 할 줄 아는, 왜 나는 그때 어린애였는지…….

그는 무척이나 섬세한 기질을 가졌었다. 늘 기타를 품고 살았고 그의 방에서는 음악 소리가 건너오는 때가 많았다. 나는 그에게서 송창식이나 트윈 폴리오의 서정적인 노래들을 많이 익혔다. 초등학교 시절, 수업시간에 한번은 트윈 폴리오의 〈하얀 손수건〉을 불렀다가 반 아이들로부터는 멀뚱함으로부터 야유에 이르기까지의 다양한 반응을, 그리고 선생님으로부터는 "어디서 그런 노래를 배웠니? 무슨 사연인지나 알고 부르는 거야?" 하는 호기심 어린 추궁을 받았던 기억이 있다. 그럴 만도 한 게 나는 제법 그 노래를 폼을 재며 불렀던 것이다. 송창식의 음색을 흉내내어가며, 눈까지 감은 채.

왜냐하면 삼촌이 그렇게 가르쳤으니까. 나는 이를테면 눈감기나 음색 흉내내기, 혹은 삼촌이 따로 첨가시킨 사소한 음의 기교까지 그 노래의 일부로 고스란히 익혔던 것이다.

그리고 그는 특이하게도 희곡작가 지망생이었다. 물론 그때는 단순히 '삼촌은 글쟁이야' 라고만 알았을 것이다. 그냥 영화의 한 장면이거나 삼촌이 좋아하는 예쁜 배우의 사진이려니 생각했던 삼촌 방에 걸린 흑백의 판넬들은 나중에 알았지만 세계 연극사에 남을 유명한 작품들의 한 장면이었다. 나는 이후에 삼촌이 직장 문제로 서울로 올라가면서 남긴 책들 속에서 아서 밀러나 이오네스코나 이강백, 오태석 같은 이름들을 익혔다. 그러니까 김동인이나 서정주 같은 이름보다 먼저 말이다.

그는 늘 P시를 갑갑하다고 말했는데 지금 생각해보면 그것은 P시가 지독한 문화의 불모지라는 사실과 관계되었지 싶다. 이후에 그가 직장을 잡아 상경할 때 나는 그에게서 어떤 낯선 생기를 읽을 수 있었다.

그는 삼학년으로 복학하던 해와 그 이듬해, 그리고 졸업하던 해까지 꼬박 삼 년을 고시공부에 매달렸다. 그리고 그는 세 번의 실패를 끝으로 시험공부를 깨끗이 접었다. 이 이야기 역시 후에 어머니로부터 들은 것이지만 그는 마지막 삼 년째의 도전만큼은 자신에 차 있었다고 한다. 합격자 발표가 있은 후 그는 어머니께 "형수님, 암만해도요 대학 일이학년 때 시위전력 때문인 것 같애요. 붙겠구나, 떨어지겠구나 하는 감은 누구보다 시험 본 사람이 제일 잘 알잖아요" 했다고 한다.

그는 거듭되는 긴급조치가 떨어지고 그 효력이 지속되던 그의 대학 초반기에, 가담한 것도 가담하지 않는 것도 아닌 애매하고 아픈 형태로 운동에 어깨를 걸었었다. 고시 실패와 관계된 그런 얘기들은, 확인할 수 없는 일이긴 하지만 여러모로 나를 고즈넉하게 만들어주었다. 그런 일이 여리고 착하기만 한 나의 삼촌에게 일어난 것이기에 더욱 그랬다.

삼촌은 졸업한 이듬해 다른 동기들보다 한 해 늦게 모 증권회사에 입사하면서 사회생활을 시작했다. 그는 상경했고, 서울에 살던 고모댁으로 들어가면서 그렇게, 나와, 이별했다.

선명하고 또 선명하다. 삼촌의 군 입대 때와는 또 빛깔이 달랐던 나의 가슴 아림이. 그때 나는 열두 살이었고 삼촌은 스물여덟 살이었다. 힘겨웠던 복학생 시절과 삼 년여의 시험 준비 때문에 지치고 지쳐 있었겠지만 여전히 삼촌의 얼굴은 그의 나이보다 대여섯 살 정도는 어려 보였고, 나는 비록 신체적인 성장에 국한된 문제겠지만 다 자라 있었다.

어느 밤, 그가 나를 불러 방을 정리하다가 남은 물건들을 하나하나 꺼내주었다. 그때 그가 가진 흑백의 판넬들 중 내가 늘 제일 멋지다고 말해왔던 판넬 하나가 포함되어 있었기 때문에 지금도 나는 그 밤을 불러낼 수 있다.

그가 "이건 삼촌이 중학교 다닐 때 누구누구한테 받은 건데 말이제…… 촌스럽긴 하지만 그런 대로 멋있지 않나?" 하던 그 추억에 젖은 눈동자와 쓸쓸함을.

"삼촌."

"와?"

"회사생활 잘 해. 학교 때처럼 회사 갔다 와서도 밤낮 기타만 치지 말고."

"꼴값하네. 니가 내 형수가?"

"……."

"야가 분위기 잡네."

"삼촌."

"……."

"자주 연락할 거지?"

"그래, 임마. 니네 고모 눈치를 아무리 받아도 목숨 걸고 할게."

"보고 싶을 거야…… 굉장히."

생각난다. 그는 나를 안아주었고, 나는 내가 많이 자랐다는 걸 알려주고 싶어 그의 품속으로 깊이 파고들었다. ……나는 그때 막, 가슴이, 돋기 시작했던 것이다. 내 작은 가슴이 그에게도 감지되었으리라 느껴지는 순간 그는 깜짝 놀라 나를 떼내었다. 환하고, 또 화안하다. 그는 잠시 어쩔 줄 몰라 하다가 내게 주기 위해 한쪽으로 챙겨둔 물건들을 주섬주섬 들어 내게 안겼고 나는 그의 당황을 덜어주기 위해 얼른 그의 방을 빠져나왔다.

이틀 후, 그는 서울행 기차를 탔다. 그 이별의 밤과 그의 상경 날짜 사이에 놓인 이틀 동안 이상하게도 삼촌과 나는 냉랭했다. 집 안에서 마주쳐도 어디서 친구들과 이별주를 마셨는지 늘 붉어 있던 그의 얼굴을 나는 마주 보지도 않았고 그도 별말이 없었다. 어머니는 "야가 정 멜라고 그라나. 니 요 메칠 와 이라노?" 하는 말을 자주 했었다. 그 무렵 우리집은 P시의 다른 지역으로 이사를 했는데, 나는 삼촌이 남긴 공백과 낯선 친구들과의 거리감이 겹쳐 또 한 차

레의 홍역을 치러야 했다.

　삼촌이 상경하고 서울생활에 어느 정도 익숙해지기 시작하자 내 조부모님은 삼촌에게 맞선자리에 나설 것을 강권하기 시작했다. 대학 졸업하고 직장까지 잡았으니 결혼하는 일만 남았고, 늦게 본 아들이니만큼 빨리 장가보내고 싶다는 것이고, 이제 삼촌 나이도 적은 나이만은 아니라는 게 그들의 주장이었다.
　대부분의 사람들이 물론 그렇겠지만 삼촌은 맞선자리를 무척이나 싫어했다. 때문에 억지로 끌려나간 자리에서 그는 이런저런 핑계로 한 시간을 간신히 채우고 자리를 뜨곤 했는데, 삼촌의 그런 태도는 그에게 선을 그만 보게 만들어준 게 아니라 거의 가속도를 붙여 계속 선을 보게 만들었다. 니가 장가를 안 들겠다면 모르겠으되, 쑥맥인 너한텐 이 방법밖에 없으니 다른 고집 피우지 말라는 거였다.
　급기야 그는 맞선자리에 관한 한 거의 탈속한 사람처럼 그 자리를 하나의 유희로 받아들이기 시작했다. 그 무렵 나는 그와 자주 통화를 했다. 고모나 고모부를 통하지 않는 연락이라 "니는 니 삼촌뿐이가?" 하는 고모의 야단을 자주 맞아가며. 이를테면 이런 식이다.
　"삼촌, 또 선 봤지?"
　"그래, 와?"
　"어땠어?"
　"귀염상이데. 니맨치로 덧니가 났는데 웃을 때 보이 덧니가 많이도 아이고 살짝 드러나는데…… 참 귀엽데."
　장난기 넘치는 삼촌의 웃음소리.
　"체……."

“와?”

“덧니 있는 여자 살림 헤프다더라.”

“뭐? 그런 소린 내 머리털 나고 처음 듣네.”

“아니야. 옛날에 우리 옆집 살던 할머니가 그랬어.”

“그라몬 니도 살림 헤프겠네?”

“……”

“봐라, 할말 없제?”

“삼촌이 내 걱정은 왜 해? 삼촌한테 시집 안 갈 테니 걱정 마.”

“치아라. 온달까봐 겁난다.”

나는 삼촌이 선 보았다는 여자마다 무슨 터무니없는 꼬투리 하나를 잡아내어 흉을 보았고, 그는 딱히 따지는 어투도 아닌, 그런 내 태도가 재밌다는 식으로 맞받아주었다. 나는 언제까지나 삼촌이 선 보는 여자들을 흉보며 이렇게 재미있게 통화할 수 있었으면 좋겠다는 생각을 막연히 새겼던 것 같다.

삼촌은 상경한 이듬해 만난 여자와 그 이듬해 봄에 결혼식을 올렸다.

그 여자 역시 맞선자리에서 만난 여자였다. 삼촌은 그 자리에서도 예의 그 시큰둥한 표정으로 언제쯤 어떤 말로 자리를 떠야 알맞을까를 고심하고 있었다고 한다. 그런데 삼촌이 이때다, 생각하고 말을 꺼내려는 순간 훗날 내 숙모가 된 그 여자가 삼촌이 준비한 말과 유사한 말을 꺼내놓더라는 것이다. “저…… 사실…… 오늘 친한 친구 귀국날이라…… 엊그제 갑자기 귀국 날짜가 오늘로 당겨졌다고 그래서……” 삼촌은 갑자기 뒤통수가 상쾌해지는 느낌과 함께 새삼스레 그녀의 풍모를 살폈다고 한다. 그날 이후 삼촌은 여자에게 집요하게 연락했고, 결국 그들은 결혼에 이르렀다. 알고 보니 그녀 역시 삼촌만큼이나 맞선을 지독하게 싫어하는 섬약한 여인이었다. 둘은 잘 맞았다.

삼촌이 결혼하던 그해 나는 중학생이 되었다.

나는 울었다. 삼촌의 결혼식장에서. 그것도 사람들의 눈에 잘 띄는 중간 자리에서, 결혼식이 진행되는 내내, 엉엉 소리내어. 삼촌이 결혼한 곳은 독실한 기독교인인 내 숙모가 어릴 적부터 다닌 교회였는데 그곳은 내 울음소리가 쩌렁쩌렁 울리기에 매우 적합한 곳이었다. 보다 못한 어머니가 나를 데리고 잠시 밖으로 나갈 정도로 나는 끈질겼다. 식이 끝나고 신랑 신부 행진 순서에서 삼촌이 당혹스러운 눈으로 하객 속에 섞인 나를 찾았었는지 아닌지 기억나지 않는다. 다만 뿌연 시야로 사람들이 나를 신기하게 구경하는 눈길이 전달되었다. 상황 자체가 끔찍했다. '니들이 내 맘을 어떻게 알어…… 니들이 내 맘을 어떻게 알어……' 울부짖었더라면 마음이 조금이라도 편했을까.
그해 겨울방학에 나는 부천에 마련한 그들의 신혼집에 놀러 갔었다. 나는 그 모든 게 낯설기만 했다. 숙모가 '형윤씨!' 하고 부르는 것도 이상했고, 화장대 위에 놓인 그들의 다정하게 웃는 사진도 이상했다. 무엇보다 낯설었던 건 숙모의 불러오는 배였다. 나는 그 집에서 이틀 밤인가를 잤는데, 삼촌이 출근하기 전 졸린 눈을 부비고 식탁에 턱을 괴고 앉아 그와 얘기를 나누고 종일 벙어리처럼 지내다가 그가 퇴근하면 숙모보다 먼저 뛰어나가 문을 따주고 떠들어대기 시작했다. 이제 와 생각하건대 숙모는 내가 몹시 미웠을 것이다. 삼촌과 내가 그때 주로 나눈 대화는 내 주변의 남자들에 대한 것이었다. 나는 그때, 당시 P시를 통틀어 두 군데인가밖에 없었던 남녀 공학 중학교에 다니고 있었다.

"삼촌…… 있잖아…… 운동 잘하는 애들이 대체로 성격이 어떻다고 생각해?"

"응…… 모르겠는데. 뭐 경우에 따라 다르겠지만 생각보다 운동 잘하는 애들이 순진하고 착해. 괴로운 일이 있어도 운동으로 다 풀잖아."

"그치. ……맞어. 그런 거 같애."

"근데, 왜?"

삼촌의 호기심 어린 시선. 기분이 좋아지는 나.

"응. 괜찮은 녀석 하나가 옆반에 있는데, 걔가 운동하거든."

"멋있나?"

"뭐, 쫌. 그래도 삼촌보다는 별로야."

"말이라꼬."

그해 중학생이 된 내게 삼촌은 주변 남자들을 평가하는 유일하고 믿을 만한 잣대였다.

준명이가 태어난 것은 그 뜨거웠던 87년의 초여름이었다. 아들이었고, 막둥이가 낳은 건강한 손자에 감격해하던 내 할머니의 모습이 지금도 환하다.

지금 내 기억은 그들 부부가 준명이를 안고 시골집에 내려오고,

우리집 식구들도 총출동했던 그해 추석으로 향한다. 나는 잊지 못한다. 부엌 옆에 딸린 골방에 문을 걸어 잠그고 틀어박힌 일. 나는 준명이라는 녀석과 첫 대면을 하자마자 그 녀석을 독점하다시피 안고 어르고 하였다. 삼촌은 나를 보더니 "니 태어났을 때 내가 얼마나 호들갑을 떨었는데. 그때 내가 니만 했나? 아이다. 니보다 쪼금 더 컸지 싶다" 했었다. 나는 숙모가 부엌일로 잠시 자리를 비운 사이 준명이를 안고 골방에 들어갔다.

나는 녀석의 팔이며 다리며 할딱할딱 오르내리는 가슴이며를 가만히 쓰다듬었다. 그리고 녀석의 몸에 내 볼을 갖다 대기도 하고 발가락을 입에 넣어보기도 했다. 갑자기 뭔가 꽉 차오르는 것 같아 머리가 아플 지경이었다. 나는 무언가에 취한 채 문을 걸어 잠그고 내 윗옷을 급하게 풀어 조그만 가슴을 꺼내었다. 그러곤 살며시 준명의 입 근처에 가져갔다. 바람이 불었던가, ……아니었나. 무슨 비밀의 휘장이 펄럭거리는 것 같아 자주 고개를 들어 주위를 살폈다. 녀석은 낯선 느낌에 도리질을 치다가 급기야 울음을 터뜨리고 말았다. 준명의 울음소리에 놀라 달려온 숙모는 "현강아! 무슨 일이야. 문은 왜 잠갔어?" 하고 소리를 쳤다. 나는 급하게 옷을 추스르고 문을 열었고 숙모는 호기심과 질책과 분노의 뜻이 섞인 복잡한 눈빛으로 나를 살폈다. 내 볼은 바알갛게 상기되어 있었다.

그해 봄 나는 아이를 품을 수 있는 한 여인이 되었고, 그때 나는 열다섯 살이었다.

그는 회사생활에 지독한 부적응 현상을 보였다. 늘 기타를 품고 살았고, 희곡을 쓰고 싶어했으니 그가 조직생활을 얼마나 힘겨워했을는지는 짐작할 수 있었다. 하지만, 그는 가장이었다. 더이상 경상북도 어느 농촌 마을에서 부모, 형제들의 귀여움을 한 몸에 받으며 자라는 늦둥이도 아니었고, P시로 내려와 형수님이 차려주는 밥을 먹고 학교로 뛰어가는 유학생도 아니었다.

그는 특별한 일이 없을 때에도 자주 술에 절어 늦게 귀가했고, 퇴근길에 동숭동으로 향하는 발걸음이 잦았다고 한다. 동숭동이라니…… 그가 상경하고 장가들기 전까지 한 이 년여 동안 회사생활 이외의 대부분의 시간을 보낸 곳이 그곳, 축제와 젊음과 문화와 치기와 방만이 어우러진 그곳이라는 것은 잘 알고 있었지만, 아직, 그곳, 동숭동이라니…….

그는 퇴근길에 그곳에 들러 저녁 공연을 챙겨 보았다고 한다. 특별히 유명한 공연이거나 그나마 주말이 아니면 빈 좌석이 훨씬 많다던 그 황량한 객석을 그는 지켰다고 한다. 끔찍하게 적은 연극팬 중에서도 또 드문 신분과 성별과 연령대의 모습으로. 그는 이미 삼십대이고 대기업 사원이고 남자이고 게다가 기혼 남자이니까.

아마도 그는 그 황량한 객석에 앉아 그 무엇인가와 싸우고 있었을 것이다. 아니면 그 무엇인가를 끈질기게 지워내고 있었을 것이다.

이런 사실들 역시 나는 어느 명절 숙모가 어머니께 하소연하는 얘기들을 엿들으면서 알게 되었다. 형님, 글쎄 월급의 십 프로를 훨씬 넘는 돈이 관람료로 나가는 거 있죠. 남들한테는 챙피해서 얘기도 못 해요…… 자기가 무슨 아직 대학생인 줄 아나봐요…… 게다가 술은 또 얼마나 자주 마시는지요…… 가끔 조심스레 말이라도 붙여볼래면요…… 날 좀 내버려둬! 하고 버럭 소리를 질러요. 사춘기도 아니고…….

나는 그런 얘기들을 접했을 때 처음엔 삼촌을 비난했다. 그는 얼마나 이기적인가, 또 그는 얼마나 무책임한가, 하고. 누군들 누런 서류들에 코를 박고 하루하루를 넘기는 심정으로 살아가는 게 기쁠 것이며 누군들 이게 아닌데, 싶지 않을 것인가. 심지어 나는 그가 시련을 모르고 자란 인생이기 때문에 이런 일들이 벌어진다고도 생각했다. 고시 실패의 세월만 뺀다면 그는 귀염받는 어린 시절과 경제적으로나 심정적으로나 보살핌과 격려 속에서 보낸 학창 시절을 갖고 있었다. 나는 그를 옹호하고 싶은 마음이 조금도 없었다.

어느 시인이 그랬던가. '내가 어른이 되니까 내 아버지의 부도덕을 이해할 만하다. 노름과 색정과 알코올 중독과 게으름과 사기를'이라고. 그러므로 '인생은 인간성을 이해하는 과정'이라고. 내가 그 무렵 그의 오기에 찬 동숭동행을 이해하기 시작한 것은 비교적 최근에 들어서이다. '생활'이라는 숙제가 구체적으로 내 목을 조여오고 내 어깨에 그 무게를 더해가기 시작하면서, 무슨 구원처럼, 짙은 최루탄 연기 속 담배 한 대처럼 '생활'이라는 벽 앞에 숨쉴 구멍을 찾게 되기 시작하면서, 그리고 내 선배들이 모두들 하나의 전환점 내지는 위기라고들 말하는 삼십대 중반이라는 나이를 구체적으로 가늠해보기 시작하면서 말이다. 그때, 그는 삼십대 중반이었고 90년대가 막 시작되고 있었다.

그 무렵, 삼촌과의 연락은 점점 뜸해졌다. 나는 고등학생이 되었고, 예전처럼 전화 걸어 어리광을 부릴 나이도 아니었고 그 역시 내 어리광을 받아줄 입장은 아니었다. 나는 가끔 명절 때나 조금씩 늙어가고 수척해가는 그의 얼굴과 맞닥뜨렸고 그는 별말 없이 웃어주었다. 나는 이제는 내가 그를 헤아려주고 이해해주어야 할 입장에 이른 것인지도 모른다는 생각을 막연히 새겼던 것 같다.

그리곤 그의 생일에 가끔 '변함없이 나의 자랑인 삼촌께'로 시작하는 편지 같은 걸 띄웠던 것도 같다. 삼촌 앞에서 어른스럽게 보이고 싶어하는 심정은 여전해서 생일축하 편지에 뜬금없이 천안문 사태에 대한 나의 생각이나 전교조 출범에 대한 생각 같은 걸 끼워넣기도 했었던 것 같다. 그리고 가끔 쓸쓸하고 내용 없는 전화 통화로 오랜 서울생활을 통해 많이 희석되고 어정쩡해진 그의 사투리와 만나기도 했다. 이를테면 이런 식이었다.

"여보세요…… 삼촌이세요? 굉장히 오랜만이죠?"

"그래 이놈아. 목소리 잊어먹겠다."

"……."

"공부는 잘 되고? 지난번에 네 엄마가 너 갈수록 성적이 오른다고 자랑하던걸."

"그거야, 뭐. 제가 삼촌 닮아서 머리가 좀 되잖아요."

"말이라꼬."

"……."

"공부 더 열심히 해서 서울로 대학 와야지. 그래야 우리 다시 뭉칠 거 아이가?"

"치이. 삼촌 뭐 이제 저랑 뭉칠 군번도 아니잖아요."

"뭐? 그런 걱정은 아예 말아라. 대학생 됐다고 니가 튕기면 몰라도."

"진짜예요?"

삼촌 말대로 나는 공부를 더 열심히 해서 서울로 대학을 갔다. 하지만 우리는 다시 뭉치지 못했다. 나는 아마도 조금쯤은 삼촌을 잊었던 것도 같다. 나는 봄에는 국회의원 총선거가, 그리고 겨울에는 대통령 선거가 있었던 해에 대학에 들어가 입학 후 삼 개월 만에 체중이 7킬로그램이나 줄어드는 대학생활을 하고 있었다.

다만 그해 봄에 숙모가 뒤늦게 준명이와 다섯 살의 터울이 지는 예쁜 딸아이를 낳아 그 녀석의 백일잔치나 돌잔치에 얼굴을 내밀었을 뿐이었다. 서희라는 이름의 그 작고 예쁜 아이는 그러나 그 이전의 준명이 같은 애틋함을 안겨주지는 못했다. 그 여자아이는 그저 나와는 나이 차이가 너무 많이 나는 사촌동생일 뿐이었고, 하지만, 가끔, 나는 그 아이의 분홍빛 얼굴을 통해, 오 년 전, 그 비밀의 골방을 떠올릴 수 있었다.

삼촌은 가끔 회사 앞으로 나를 불러내어 맛있는 저녁을 사주었고, 가끔은 내가 잎잎이 벚꽃이 날릴 무렵이나 학교에 노랑, 빨강 단풍이 들 무렵, 학교 후문 쪽으로 삼촌을 불러내어 막걸리를 대접하기도 했다. 삼촌은 객지생활에 수척해진 내 볼을 가만히 만져주었고, 이번에는 내가 별말이 없었다. 학교 앞에서 술을 마실 때면 삼촌은 몇 번씩이나 "이런 정취가 좋아…… 이런 정취가 참 좋아"라고 말하기도 했다. 나는 속으로 조금씩 울었다.

나는, 운동의 방식도 생각의 틀도 풍기는 분위기 자체도 확연히 달라져 있는 후배들 앞에서 서성거리며 보냈을 그의 복학생 시절과, 선배들의 얼굴은 왠지 부어 있고 무언가 내게 감추고 있는 듯 잔뜩 가라앉아 있고 싸늘해져 있었던 학교 속을 헤매다니며 보낸 내 신입생 시절이 어떤 면에서는 매우 비슷하다는 생각을 하고 있었다. 삼촌과의 술자리에서 나는 간간이 그의 대학 시절에 관해 물었고 그는 애써 "말할 것 없는 시절이다. 무엇으로도 나는 밀어붙이지 못했어"라고 낮게 중얼거렸었다. 그의 어깨 위로 내리던 석양…….

작년에 나는 카피라이터가 되었다.

자랑하는 말투도 아닌, 그렇다고 부끄러워하는 말투도 아닌, 그 모든 감정이 탈색된 어조로 삼촌의 회사에 전화를 걸어 그 사실을 알렸을 때 삼촌 역시 덤덤하게 "잘됐다"라고만 말했다. 그리고는 지금 당장 축하 점심을 살 테니 만사를 제쳐두고 여의도로 뛰어나오라고 했다. 나는 고맙다고 했고 잘된 건지 잘못된 건지 판단이 서질 않지만 삼촌이 기쁘니 나도 기쁘다고, 다만 준비하는 과정에서 딴에는 좀 힘이 들어 다만 멍하다고 말했었다.

그때, 건물에서 빠져나오던 그의 파리하고 권태로운 얼굴을 기억한다. 마침 볕이 좋았고 그는 나를 얼른 찾아내지 못하고 얼굴을 찡그린 채 두리번거리고 있었다. 당연하게도 말쑥한 양복 차림이었고 나는 새삼스럽게 사는 게 참 외롭다, 생각했다. 그는 이제 확실히 내 아버지에 가까워져 있었다.

"삼촌."

"왜?"

"사회생활의 노하우 같은 거, 선배로서 한마디 해줘요."

"내가 뭐 성공적인 사회생활을 하고 있어야 그런 말을 해주지. 그건 니 아버지한테나 물어라."

그의 나른한 젓가락질…….

"삼촌."

"……."

"옛날부터 나는 삼촌이 아버지 쪽보다는 내 쪽에 훨씬 가깝다고 생각했었거든요. 근데 오늘 갑자기 느낀 건데 삼촌은 이제 확실히 아버지 쪽이에요."

"오늘 갑자기라니?"

"그냥요. 아까 삼촌이 건물에서 나올 때요. 그냥, 문득."

"짜식. ……아이다. 니네 아버진 이제 할아버지고 난 아직도 여의도만 생각하면 끔찍해지는 철없는 월급쟁이 아이가. 그보단 니가 이제 너무 커버려서 내가 다 당황스럽다. 니는 너무 컸어."

"삼촌."

"왜?"

"삼촌이 들으면 낯간지러울 소리 하나 할까요?"

"……."

"사는 게 참 무겁다는 생각이 들어요. ……만만치가 않아요, 갈 수록요."

퉁을 먹을 준비를 하고 있었는데, 의외로 그는 별말 없이 웃었다. 그래서 나는 더 쓸쓸했다. 예전처럼 삼촌이 '치아라' 라든가 '시끄럽다' 라거나 '웃기고 있네. 쓸데없는 소리 말고 밥이나 더 먹어라' 같은 말을 해주었으면 좋았을 것이다. 아니 나는 그런 말들로 위로받고 싶었고, 위로받을 준비를 하고 있었다. 삼촌의 그런 무뚝뚝한 말들은 의외로 나를 기운 나게 만들어주는 힘을 갖고 있었으니까. 그는 갑자기 내 남동생이 되어 있었다. 아프고 또 아픈 점심식사였다.

올 봄, 언니가 결혼을 했다. 때문에 삼촌의 말대로 아버지는 곧 육친의 할아버지가 되실 것이다. 그가 여전히 '여의도만 생각하면 끔찍해지는 철없는 월급쟁이'인지는 모르겠지만 말이다. 나는 스물다섯이 되었고 그는 마흔하나가 되었다.

다행히도 화창했던 어느 일요일, P시에서 있었던 언니 결혼식에서의 삼촌을 기억한다. 그는 집안의 귀염둥이답게 어른들이 주는 술을 주는 대로 받아 마시고 이 자리 저 자리에서 노래를 불렀다. 그 나이쯤 되면 익히기 싫더라도 몇 곡의 트롯쯤은 익혔을 법한데도 여전히 팔을 허수아비처럼 거꾸정하게 치켜들고 가수 송창식처럼 눈을 감은 채 '나는 피리 부는 사나이. 바람 타고 도는 떠돌이. 멋진 피리 하나 들고서 언제나 웃는 멋쟁이……'를 불러젖혔다. 그리고는 아버지나 어머니한테 다가가 불콰해진 얼굴로 "형님, 제가 민강이 얼마나 귀여워했는지 아시죠? 허허 그 녀석이 벌써 시집을 가다니요."하는 말들을 쏟아놓았다. 그러면 아버지는 "니 나이가 몇인데 아직 어리광이고? 그라고 말은 바로 하라고 니가 현강이를 더 귀여워했지 민강이를 머 그래 귀여워했나?" 하고 기분좋게 핀잔을 주었다.

그리고는 잠시 그를 놓쳤다. 나는 바쁘게 신혼여행길에 오르는 언니를 위해 옆에서 따라다니며 잔심부름을 하느라 정신이 없었던 것이다. 언니 부부가 출발하고 한숨 돌리고 있을 때 아버지께선 니네 삼촌이 사라졌으니 이 근방을 좀 뒤져보라고 하셨다. "예? 삼촌이 사라져요?" "그래. 술이 많이 오른 모양인지 바람 좀 쐬고 오겠다고 그러더니 통 안 보여. 아마 요 근방에 쭈그리고 앉아 자고 있거나 토하고 있을 거야. 니가 좀 나가봐라."

 나는 어머니가 건네주신 녹차잔을 받쳐들고 집 근방을 뒤지기 시작했다. 부모님이 재작년에 이사한 이 아파트는 꽤나 넓은 대단지여서 높이와 방향까지 맞추어 비슷비슷하게 내려앉은 건물들이 나란히 줄지어져 있었다. 그래서 나는 그가 혹여 집을 못 찾고 헤매고 있는지도 모르리라는 생각을 했다. 삼촌을 발견한 곳은 우리집에서 두 동 떨어진 어느 아파트 건물 앞의 잔디밭이었다. 어둑어둑 어둠이 깔리기 시작했고 그는 더 달리기를 거부한 지친 마라토너이거나 집으로 돌아가는 길을 잃은 여윈 소 같은 모습으로 망연히 앉아 있었다.

 "삼촌. 좀 괜찮으세요? 어머니가 이거 좀 드시라고요……."
 "……."
 "무슨 술을 그렇게 하셨어요?"
 "……민강이는 잘 출발했나?"
 "……예."
 "……."
 "삼촌."
 "현강아, 니 최승자라는 시인 아나?"
 "……예."
 취해 있는 삼촌이, 뜬금없이 최승자라니…….
 "그 사람 시 중에 이런 거 있다. '……나는 언제나 내가 먹는 밥이 진실한 밥, 깨끗한 밥이기를 원했지만, 이게 뭐냐, 가해와 피해와 가학과 자학과 자기 기만으로 얼룩진 밥. 하지만 이런 게 삶일 줄은 몰랐다고 말하지 말자. 서른세 살 나이에 그렇게 말한다는 건,

범죄행위다…….’”

“…….”

“예전에 그 시 읽을 때 나는 그 옆에다가 연필로 느낌표를 두 개나 달아놓았었다. ……근데 이젠 이런 생각이 드는 거야. 그래 나는 범죄자다. 이런 게 삶일 줄은 진정 몰랐다. 웃기지 않느냐, 정말 몰랐다.”

“…….”

“세월 흐른다는 게, 그 세월 따라서 나이 먹는다는 게 결코 뭔가 누적적으로 그거에 걸맞은 꼴을 만들어내는 게 아닌 것 같애. 갈수록 지루하고…… 또 창피스럽고 황당할 뿐이야.”

“삼촌…….”

“나한텐 여의도가 지독하게 끔찍했었다.”

“알 것 같아요.”

“근데 아냐, 이제 와서 생각하니 아냐. 난 그놈한테 감사해야 해. 여의도는 말하자면 보호막 같은 거였지. 그거 하나면 뭐든 다 설명이 되니까. 사람들을 만나더래도 증권회사에서 십 년 넘게 박박 기고 있죠 뭐, 하면서 넥타이를 들어 슬렁슬렁 흔들면서 쓸쓸하게 웃어 보이면 고개를 끄덕거리거든. 다 알겠다는 거지. 불쌍하다는 거지. 말이 필요 없다는 거지.”

“…….”

“그러니 여의도가 끔찍한 게 아냐. 그럭저럭 이 동네가 몸에 익어가고, 아침에 여기 무사히 내려앉으면 정말 솔직하게는 안심이 되고, 그냥 생각 없이 사는 놈들도 많은데 나는 가끔 이곳을 혐오하면서 산다는 거, ……내 자신한테 자꾸 그런 의미를 두면서 산다는 거, 그게 진짜 끔찍한 거지."

그는 낮게 한숨을 쉬었다.

"사회생활을 이제 갓 시작한 너한테 내가 별소릴 다 하는구나. 결국, ……그러니 나 좀 알아달라는 소리밖에 더 아무것도 아니겠지. ……그만두자, 지긋지긋하고 추하다."

"삼촌."

"……."

"삼촌."

"현강아, 나 좀 혼자 있고 싶다."

나는 술기운 때문인지 봄볕 때문인지 아니면 몰래 울어선지 얼룩얼룩 붉어진 그의 눈을 한동안 살피다가 이미 싸늘하게 식은 녹차 잔을 그대로 들고 일어섰다. 무거워진 마음으로 어둠을 향해 몇 걸음 디디려는데 그의 낮지만 분명한 목소리가 건너왔다.

"너는 계속 나아가라. ……누가 뭐라 하든지."

좀 가혹한 봄날이었다.

*

얼마 전 사촌동생 준명의 생일날 나는 작은 소포를 보냈다. 야구 선수의 멋진 배팅 폼이 그려진 시원해 보이는 진청색 프린팅 티셔츠였다. 그리고 티셔츠를 싼 포장 종이 밑에 작은 쪽지를 끼워넣었다.

준명아! 생일 축하한다.

꼭 가보고 싶었는데 미안해서 어쩌지?

준명이는 인기 좋으니까 멋진 생일잔치가 되었으리라 믿어.

준명아! 너도 이제 사학년이니 좀더 어른스러워져야겠지.

이제는 니가 엄마, 아빠를 걱정하고 이해해드리는 마음으로 지내봐.

자꾸 말수가 적어지시는 아빠한테는 네가 먼저 말을 꺼내도 보고.

준명이도 알다시피 네가 누나의 팬인 것처럼 이 누나는 아빠의 팬이거든.

함께 부치는 티셔츠 마음에 들지 모르겠구나. 누나 집에 놀러 올 때 한번 입고 와보렴.

씩씩하게 지내고.

P.S. 준명아! 너는 계속 나아가라. 누가 뭐라 하든지.

　　　　　　　— 준명이를 참 좋아하는 현강이 누나 씀.

봉숙이. 그녀는 환자다.

내가 붙여준 병명에 의하면 과다세심증. 세심하게 신경 쓰는 게 과하다는 얘기다.

세심하다고 말할 수 없을 정도의 집착. 한마디로 사소한 일에 목숨 거는 것이다.

하긴 '사소한 일' 이라는 말에 대해서는 그녀가 발끈 성을 낼지도 모른다. "그게 사소해?" 하면서.

대하는 사람에 따라서는, 봉숙이는 꽤 피곤한 스타일이다.

달 뜨는 날이면 봉숙이를 만나야 한다

"여보세요…… 인규?"

와, 봉숙이다. 오후 네시. 사무실에 산만하게 펼쳐져 있는 서류들, 홍보물들이 갑자기 분홍색이 된다. 세상이 지겨워 죽겠다는 표정으로 서 있는 출입문 앞 고무나무가 우두두두 발을 구른다. 꾸르륵거리던 속이 멀끔하다. 머리가 싹 갠다. 우와, 봉숙이…… 봉숙이다.

"봉숙이다…… 맞지?"

"그래, 이놈아. 왜 전화했게?"

"달 떴구나? ……그치?"

수화기로 전해지는 봉숙이 웃음소리.

"그래그래. ……우리 봐야지. 일곱시쯤 사무실 앞으로 간다? 오케이?"

달 뜨는 날이면 봉숙이를 만나야 한다.

봉숙이. 그녀는 환자다. 내가 붙여준 병명에 의하면 과다세심증. 세심하게 신경 쓰는 게 과하다는 얘기다. 세심하다고 말할 수 없을 정도의 집착. 한마디로 사소한 일에 목숨 거는 것이다. 하긴 '사소한 일'이라는 말에 대해서는 그녀가 발끈 성을 낼지도 모른다. "그게 사소해?" 하면서. 대하는 사람에 따라서는, 봉숙이는 꽤 피곤한 스타일이다.

과다세심증. 그녀가 언제부터 그 병을 앓았는지는 모른다. 혹은 그 병이 앞으로 얼마나 더 위력을 발휘하게 되는지도. 아무려나 봉숙이의 병에는 차도가 보이지 않는다.

초기 증세는 상표집착증세. 주방용 세제는 L회사 것만 쓰고, 비스킷은 H회사 것만 먹고, 스낵은 N회사 것만 먹는다. Y회사 샴푸로만 머리를 감고, D회사 화장품만 쓰고 K회사 구두만 신는다. 행여 우연찮은 기회로 구두 티켓이 선물로 들어와도 K회사 것이 아니면 여기저기 줘버린다. 그녀의 상표집착증세 때문에 이득을 본 사람들이 꽤 있다. 물론 나를 포함해서.

봉숙이의 병이 상표집착증세에 머물렀을 때만 해도 아무도 그 병의 심각성을 지적하지 않았다. 조금 꼼꼼한 사람이라면 그 정도는 흔히 볼 수 있는 것이었기 때문에. 그저 "너는 좀 심하구나" 했을 뿐이었다. 가령 친구가 자기 아이스크림을 사다가 같은 걸로 하나 더 사서 건넬 때 봉숙이가 "그거 안 먹어" 하는 경우에 말이다. 비로소 사람들은 봉숙이를 물끄러미 건너다보게 된다. 대개는 상표를 가리더라도 그런 호의의 상황에서는 물러나기 때문이다.

그렇다고 봉숙이가 나쁜 애는 아니다. "그거 안 먹어" 해놓고는 지레 미안해서 "너, 그거 잘 먹는다는 거 입력되었으니 다음에 내가 많이 살게" 한다. 입력…… 과다세심증 봉숙이에게 기억력은 필수니까.

봉숙이의 심각성이 발휘되기 시작하는 것은 2단계 증세이다.

장소집착증세. 종로에 나오면 어느어느 밥집에서 청국장을 먹어야 하고, 또 어느어느 전통 찻집에서 모과차를 마셔야 한다는 것. 신촌에 나오면 신촌시장 골목의 어느어느 술집에서 낙지볶음에 소주를 마셔야 하고, 단골 포장마차에서 꼬치어묵과 튀김을 먹어야 한다는 것.

한번은 원숭이도 나무에서 떨어질 때가 있다고, 술이 알딸딸하게 오른 봉숙이가 청국장집을 못 찾고 헤맨 일이 있었다. 그날 봉숙이와 함께 있었던 사람이 인내력을 갖고 같이 헤매다가 "봉숙아, 이만하면 됐으니 아무 데서나 먹자구" 했단다. 봉숙이가 표정 하나 안 변하고 "찾을 거야. 걱정 말라구. 내가 이런 일도 다 있네" 하는 바람에 완전 질려버렸다고 한다. 결국 그 사람은 아픈 다리를 터덜터덜 끌고 집으로 돌아갔고, 토라져서는 한 달쯤 봉숙이와 연락조차 하지 않았다는 거다. 나는 그 얘기를 전해 듣고, 역시 봉숙이는 봉숙이군, 하고 중얼거렸던 것 같다. 물론, 그 친구가 토라졌겠거니 하고 잘 기억했다가 잊지 않고 그의 기분을 풀어줄 계기를 만들어내는 쪽도 봉숙이다.

"야! ……인규야! 증말 반갑다 야."

연한 연두색 블라우스에 같은 색 실크바지를 입은 봉숙이.

"어, 일곱시에 온다는 애가 이십 분이나 늦었네."

"미안 미안. 오다가 이거 한 봉지 사고, 안국역에 내려 화장실 갔다 왔지."

알사탕을 내 보이며 장난스럽게 웃는 봉숙이.

"우리, 이거 깨물어 먹으면서 광화문까지 걸어가자."

봉숙이와 인연이 생긴 것 역시 봉숙이의 병 때문이었다. 봉숙이는 대학 때 같은 학과의 동기였다. 과 정원이 80명이었는데다가, 봉숙이는 일찍부터 전공에 흥미를 잃고 과에서 겉돌았기 때문에 같은 과의 동기였다고 해도 말을 붙일 기회조차 드물었다. 간혹 동기들로부터 좀 특이한 여자애라거나 어딘지 병적인 구석이 있는 애라거나 하는 얘기를 들었을 뿐이었다. 가령 친구들과 가끔 나누는 대화 속에서, 박 교수의 수업만 정확히 십오 분씩 늦게 들어온다는 등, 학과 개강잔치를 하는데 출입문에서 세번쨴가 네번쨴가, 아무튼 자기가 앉은 술자리를 계속 고수하는 바람에 화장실 다녀오는 녀석들이나 미리 빠져나가는 녀석들을 번거롭게 했다는 등 당시 봉숙이가 과에서 벌인 갖가지 사소한 기행들이 화제로 섞여들기는 했었다. 그러나, 나는 당시 군대 문제로 골머리를 앓고 있던 때라 학과에 어떤 기이한 사람들이 돌아다니는지 별로 관심이 가지 않았다.

그러던 이학년 초봄이었다. 나는 도서관에서 책을 읽다가 강의를 들으러 가기 위해 일정한 보폭으로 걸어가고 있었다. 내 뒤로, 역시 일정한 보폭으로 같은 강의를 위해 봉숙이가 걸어오고 있었던 모양이다. 나는 조금 걸어가다가 문득 내일 약속이 생각나서 잊어버리기 전에 시간과 장소를 수첩에 적으려고 멈추었다. 그때 봉숙이가 내 등에 퉁, 부딪히면서 이렇게 말하는 것이었다.

"에이, 니가 갑자기 멈추는 바람에 금을 놓쳤잖아."

그날, 강의가 끝나고 학교 나무벤치에 나란히 앉아 봉숙이로부터 듣게 된 이야기는 이랬다. 자기는 무슨 행정처리 때문에 동사무소에 가야 하거나, 교수님이 불러서 교수님 방에 가야 하거나, 들어가기 싫은 강의에 들어가야 할 때나…… 아무튼 가기 싫은 곳에 가야 할 때면 걷는 규칙을 정해놓는다는 것이다. 나와 부딪친 그날의 걷는 규칙은 한 번은 블록의 안을 딛고, 한 번은 블록과 블록 사이의 금을 딛는 방법이었다는 것이다. 그래서 앞에 누군가 지나가는지 보지도 않고 땅만 보며 열심히 가다가, 갑자기 멈춘 나와 부딪치고 말았다는 얘기였다.

"근데, 왜 그런 식으로 걷는 규칙을 정하는데?"

"응? ……그래야 겨우라도 가게 되거든. 발에다 집중하면서."

봉숙이는 학교 안에서 마실 수 있는 가장 맛있는 커피라면서 지리학과, 신문학과 등이 같이 쓰는 건물(거기까지는 꽤 멀었다) 앞 자동판매기까지 걸어와서는 만족스럽게 뽑아든 커피를 홀짝거리며 말했다.

"그럼 아까 나랑 부딪치고 난 다음부터라도 다시 잘 디디면서 가지 그랬니."

"아니야. 그런 식으로 한번 삐끗한 날은 그냥 제끼는 날이야."

"……."

"야, ……되게 미안한데 너 얼굴은 알겠는데, 이름이……?"

"인규, 박인규."

봉숙이는 들릴 듯 말 듯한 소리로 아하, 라고 했다.

"넌 나 알어?"

"그럼. 너 유명하잖아."

"피이."

시시하기 짝이 없지만 그것이 나와 봉숙이의 인연이었다.

"인규야, 우리 소나무집에 가서 소나무 스페셜 먹을까?"

"좋지."

"너, 가끔 나 만나는 거 기뻐?"

"고롬고롬. 난 니가 좀더 자주 달 떴으면 싶으다, 야."

살짝 눈을 흘기는 봉숙이.

"어, 어, 이놈이……."

그러면서도 실쭉실쭉 웃는 봉숙이.

이쯤에서 봉숙이의 달 뜨는 날에 대해 설명을 해야겠다. 봉숙이의 달 뜨는 날은 봉숙이가 철칙으로 지키고 있는 이러저러한 세부원칙들이 무장해제를 당하는 날이다. 봉숙이는 밥집이나 커피점에 가면 분명한 메뉴로 주문하는 것을 원칙으로 한다. 가령 커피면 커피고 유자차면 유자차지, 비엔나커피라거나 아메리칸커피라거나 카페오레 같은 것은 시키지 않는다. 밥집에 가서도, 가령 그 밥집 이름을 딴 '소나무 스페셜 정식' 같은 모호한 메뉴는 주문하지 않는다. 봉숙이의 달 뜨는 날에 우리는 느지막이 만나 소나무 스페셜을 먹고, 커피점에 가서 브레머 스페셜 커피를 마시거나 카페오레를 마신다.

열거하자면 한정없다. 봉숙이의 지하철 승차원칙. 맨 첫 칸과 맨 끝 칸에 사람이 가장 적으리라는 고정관념과는 달리 봉숙이의 말에 의하면 마지막에서 두번째 칸이 가장 한산하단다. 달 뜨는 날이면 봉숙이는 휘파람을 불며 원 스텝, 투 스텝으로 가운데 칸에 오른다. 또, 먹는 것을 제외하고는 노점 물건을 사지 않는다는 원칙을 갖고 있는 봉숙이는 귀고리나 스카프 같은 것들이 든 봉지를 달랑달랑 손에 들고 나타난다. 그 봉지를 흘낏 보며 실실 웃는 내게 "야, 야 웃지 말어…… 어? 그래도 이놈이……" 하면서 말이다.

봉숙이가 달 뜨는 날을 정하는 방식은 꽤나 단순하고, 또 즉흥적이다. 하루 일과를 시작하는 아침의 사소한 기미들이 이를 보장해 주는 것이다. 그렇기 때문에 봉숙이의 달 뜨는 날에는 어떤 주기 같은 게 없다. 있다고 해도 꽤나 불규칙한 셈이다. 한없이 길어질 수도 있고, 또다시 얼굴 보기가 싱거울 정도로 짧아질 수도 있다.

아침의 사소한 기미란 주로 봉숙이가 가진 원칙들의 좌절을 의미한다. 예를 들어 아침에 지하철을 타러 갔는데 마침 지하철이 떠나기 직전이라 아슬아슬하게 올라타는 날 같은 경우다. 하긴 봉숙이는 그 순간에도 잽싸게 뛰어 마지막에서 두번째 칸에 올라타곤 하지만, 가끔은 불쑥 중간 칸에 타버리는 수가 있는 모양이었다. 혹은 시내에 나갔다가 노점에서 여행용 등산가방 같은 걸 엄청나게 싸게 파는 바람에 사고 말았다거나 하는 경우이다.

봉숙이는 잠깐 양미간을 찡그리며 "에이…… 이게 뭐람" "무슨 이런 엿 같은 경우가 있지?" 하곤 불쾌해했다가, 곧 악동 같은 웃음을 흘리며 "좋았어. 오늘은 막가는 거야" 하는 것이다.

아! 그렇다고 꼭 이런 나쁜 출발만 있는 것은 또 아니다. 그 전날 밤, 그야말로 아주 현실적이고도 시원스럽게 훤한 달이 떠오른 경우도 빠질 수 없다. 물론 봉숙이가 바빠서 그 달을 못 본 적도 있긴 하지만 말이다. 나는 언제부터인가 내가 사는 오피스텔 창가로 달

빛이 환하게 새어나오는 날이면 '봉숙아…… 어디 있냐? 달 봐라, 달 봐' 하고 속으로 중얼거리게 되었다. 그만큼 나는 봉숙이의 달 뜨는 날이 즐겁기 때문이다.

달 뜨는 날, 봉숙이와 내가 만나서 나누는 대화의 내용이 그 즐거움을 구성하는 항목 가운데 첫째 자리에 놓인다. 이를테면 이런 식이다.

"야, 봉숙아, 내가 을마나 보고 싶었는데, 야."

흐뭇하게 배가 불러 흰소리를 하는 나.

"웃기네. ……너 애가 갈수록 능청이 는다, 늘어."

"봉숙아?"

"왜."

"알잖아, 야."

눈빛을 반짝이는 나.

"새로 개척한 거?"

"그래그래."

물을 한 잔 느긋하게 마시며 머리를 굴리는 봉숙이.

"아…… 하나 있다."

"뭔데?"

"나, 늘 삼호선 타고 다니잖아, 왜. 지난달부터 면밀히 검토한 끝에 괜찮은 화장실들을 다 알아냈지. 너도 알지? 나, 과민성 대장증상 있는 거. 조금만 신경 쓰이는 일 있거나 아침에 출근시간 늦어서 조마조마하면 여지없이 속이 꾸르륵거려. 그래서 중간에 내려 화장실 가야 하는데, 천하의 손봉숙이가 아무 데나 들어갈 수야 있냐?

맘에 드는 화장실이 있는 역에 닿을 때까지 한두 역쯤 참는다는 것
도 근사하고……"

"그래서, ……검토 결과가 어때?"

"응. 우리집에서 시내 쪽으로 나가는 방향을 기준으로 하면, 지
하철 앞쪽에서 탔을 때 이용하기 편한 역은 독립문역, 뒤쪽에서 탔
을 때 이용하기 편한 역은 무악재역과 동대입구역 같은 곳이야. 종
합적으로 봤을 때 역 자체가 한적해서 이용하는 사람이 적고, 늘 깨
끗한 곳으로 무악재역이 권할 만해. 그리고 일호선이나 이호선 같
은 것으로 갈아탈 수 있는 환승역들은 별로 이용할 만한 곳이 못
돼. 역 자체가 크고 복잡해서 화장실 찾으려면 헤매야 하거든.
아…… 주의할 점이 하나 있어."

"뭔데?"

"안국역이나 녹번역은 금물이야. 무조건 참아. 화장실 가려면 패
스 넣고 밖으로 나가야 하거든."

봉숙이의 달 뜨는 날에 우리가 만나 나누는 대화는 우리가 만나
지 못한 사이 봉숙이가 새롭게 개척한 원칙들에 대한 것이다. 내가
봉숙이를 만나는 일이 즐거운 것은 바로 이러한 이유에서이다. (물
론 소나무 스페셜을 공짜로 얻어먹는 즐거움도 있다.) 봉숙이가 개
척한 원칙들은 그야말로 손봉숙스러울 뿐만 아니라 그저 낄낄거리
고 웃다가 잊었다고 생각했는데, 가끔 신기하게도 떠오를 때가 있
다. 말하자면 실생활에 도움을 준다는 얘기다. 우리는 각종 스페셜
들을 먹고 마시면서 계속 낄낄거린다.

"아…… 또 있다."

용기백배. 나의 호탕한 웃음에 한껏 고양된 봉숙이.

"뭔데?"

"말습관으로 그 사람을 대충 알아내는 거."

"에이…… 그건 속단이다, 야."

짐짓 무시함으로써 봉숙이가 더 열심히 얘기하게 응원할 줄도 아는 나. 고단수의 나.

"아니야. ……들어봐. '이를테면' 이라는 말을 잘 쓰는 사람은 대체로 현학적이야. 좀 피곤한 타입일 수도 있구. 무슨 토의나 일을 꾸려나갈 때 자기가 주도하려는 경향이 있어. '하다못해' 라고 자주 말하는 사람은 솔직한 사람이야. 때에 따라 좀 급할 때도 있고. 일을 질질 끄는 걸 절대 못 보지. 음…… 또 뭐가 있을까. ……그래, '있잖아' 를 잘 쓰는 사람은 능구렁이야. 결국엔 자기한테 유리하게 일을 끌어가게 돼 있어."

커피를 홀짝이며 끄덕끄덕하는 나.

"그럼, 우리 과장은 무슨 타입인지 얘기해줘봐. 그 사람은 말이지 '난 이제 몰라. 니 알아서 해' 를 입에 달고 살어."

"그런 사람은 실은 의외로 책임감이 강하고 미련이 많은 사람이야."

봉숙이의 원칙 무장해제일이 '달 뜨는 날' 이라는 이름을 갖게 된 배경은 이렇다. 봉숙이는 과다세심증 환자답게 여러 가지 사소한 오락거리들을 참 재미있어한다. 그래서 장기 두기, 서양식 체스 두기, 부메랑 놀이, 요요 돌리기 같은 것들을 보는 즉시 배우려드는 것이다. 봉숙이가 늦게까지 배우지 못한 것은 고스톱이다. 재미있어 보이긴 하지만 왠지 정이 안 간다는 거다. 나는 천하의 손봉숙이가 사천만의 오락인 고스톱을 모른다는 것은 말이 안 된다는 근거로 봉숙이에게 고스톱을 가르쳐주었다. 결정적으로 봉숙이가 고스톱을 배우게 된 이유는 내가 "사천만……" 운운한 끝에 이런 말까지 덧붙였기 때문이다.

"때론 즐겁지만 가끔은 무시무시하고 끔찍하게 생각될 때가 있어. ……니 세심증 말야. 고스톱은 네 그 세심증에 아마 적잖은 도움이 될걸. 앞뒤 안 보고 호기롭게 '고우!'를 불러보기도 하고, 누군가 '고우!'를 부른 상황에서 딸 만한 다른 친구를 밀기 위해 모험 삼아 광을 던져보고 말이지…… 넌 좀 바뀔 필요가 있다구."

아무튼 봉숙이는 몇 년 전, 나로부터 고스톱을 배웠다. 봉숙이가 나에게 고스톱을 처음 배울 때 그녀는 광은 세 개만 모으면 점수가 난다는 데 거의 감동하다시피 했다. 그녀는 인내심을 갖고 차분히 모으다보면 후반부에 알짜배기 점수를 가져다주는 피, 일명 껍데기에 대해서는 조금도 매력을 느끼지 않는 것 같았다.

봉숙이는 광을 좋아했다. 그리고 다채롭고 화려한 광의 그림들을 좋아했다. 그중에서도 봉숙이는, 남자인 내가 뭔가 풍성하고 생기로운 느낌을 주는 꽃밭 그림(고스톱을 칠 수 있긴 하되 '꾼'들이 쓰는 고스톱 용어에는 무지한 내게, 얼마 전 나의 자형이 일러준 바에 의하면 그게 사쿠라 광이라는 거란다)을 좋아한 데 비해, 심플하면서도 그야말로 빛 '광'자의 의미에 걸맞게 생긴 달 그림(달광 또는 팔광이라고 일컬어지는)을 가장 좋아했다.

내가 고스톱의 기본원칙들을 설명해준 후 시험삼아 우리 둘이서 한 게임 쳐보자, 했을 때였다. 시종일관 인상을 잔뜩 쓰고 요모조모 따져보던 봉숙이는 달 그림뿐만 아니라 광이 나오기만 하면 "우와, 달 떴다" 하고 외치는 것이었다. 봉숙이는 잠시 자기 패를 바닥에 뒤집어놓은 채 좋아라 손뼉을 치며 "우와우, 우와우" 하며 통쾌하게 웃어젖혔다. 그후로 봉숙이는 모든 기분좋은 날을 달 뜨는 날이라고 했다. 의외의 운수가 따른 날이라거나 매달 찾아오는 월급날, 봉숙이의 원칙들이 어떤 의미로든 빛을 발한 날(그러니까 봉숙이 특유의 기억력으로 칭찬을 받거나, 봉숙이의 세심증이 사무실 일과 결부되어 모종의 생산적인 역할을 담당하는 날이겠다) 같은 경우 말이다. 봉숙이의 원칙 무장해제일은 아마도 달 뜨는 날에서 빠질 수 없는, 모르긴 해도 달 뜨는 날의 영순위일 것이다.

"인규야, 나 지난주에 되게 이쁜 모래시계 하나 샀다."
여러 가지 맞장구와 수다 속에 기분이 좋을 대로 좋아진 봉숙이.
"모래시계는 왜?"
"응…… 약 시간 맞출려구."
"……뜬금없이 약 시간이라니?"
"왜…… 나 요즘 한약 먹잖아. 한약도 다른 양약들같이 식후 삼십 분에 먹는 게 보통이야. 그래서 처음엔 자주자주 시계를 들여다보고 그랬거든. 근데, 자꾸 시계 쳐다보는 것도 귀찮고, 또 잠깐 책 보다가보면 늘 오 분쯤 지나쳐 있기 일쑤구…… 그래서 그 다음엔 알람시계로 맞춰놓고 먹었잖니. 근데, 그 방법도 참 나뻐. 바늘을 대강 보구서 밥 먹은 시간에서 삼십 분 후로 맞추어야 하는데 알람 맞추는 그 바늘이 어디 정확하냐? 잊어버리고 그냥 에라, 먹어버리면 될 걸 한번 찜찜하기 시작하니까 끝까지 찜찜한 거 있지."

"아니, 그래서 그거 삼십 분 정확히 한다고 모래시곌 사?"

완전 질려버리는 표정을 짓는 나. 그러나, 감탄과 존경의 표정을 사이사이 섞어넣을 줄도 아는 나.

"아니야…… 꼭 뭐 그렇다기보단 모양도 이쁘고 해서. 그게 한 번 모래 빠지는 데 십 분 걸리거든. 세 번 뒤집고 약 먹으면 딱 맞어. 한약 먹고 그러는 거 다 기분인데…… 기분좋게 약 먹으면 약발도 받고 좋잖아?"

봉숙이. 이쯤 되면 사람들은 봉숙이를 멀리하게도 된다. 참 재미있는 친구군…… 하고 우스개로 넘겼다가도 이런 식의 경악할 행동으로 뒤통수를 후릴 때면 사람들은 슬금슬금 뒷걸음질을 친다. 그리곤 이미 봉숙이의 그런 지나침을 다 꿰고 있는 내게 무슨 큰 충고 혹은 비밀이나 들려주듯 슬쩍 말하는 것이다. "야, 너 손봉숙이 조심해. 그냥 재밌는 게 아니었어. 정상이 아냐. 니가 걱정돼서 그러는 거니까…… 딴 뜻은 없어."

그리고 봉숙이를 잘 알진 못하지만 조금은 주기적으로 기분좋은 전화를 받고 조금 일찍 회사를 빠져나가는 내게 동료들은 "박형! 또 떳수? 어떤 친군지 박형은 증말 좋겠어" 하는 것이다. 나는 그들이 그런 흰소리를 할 때 짓는 애매하고 수상한 표정을 통해 그 말이 부러움인지 걱정인지 의구심인지 혹은 그 모든 것이 부분적으로 섞인 말인지를 어지럽게 가늠하는 것이다.

그러나 나는 순연하게, 누가 뭐래도 백 퍼센트의 순도로 봉숙이를 좋아하고 봉숙이의 달 뜨는 날을 즐거워한다. 봉숙이에 대한 나

의 친화력은 논리적인 설명을 허락하지 않는다. 나는 벌써 십여 년
전, 어깨를 잔뜩 굽힌 봉숙이가 내 등에 퉁, 하고 부딪혔을 때부터,
그리고 그렇게 부딪히면서도 "에이, 니가 갑자기 멈추는 바람에 금
을 놓쳤잖아" 하고 뭔가에서 아직 덜 깨어난 듯 중얼거렸을 때부터,
처음부터 봉숙이가 좋았다. 나같이 대책없는 사람이 또하나 더 있
다. 누가 뭐래도 우리의 귀여운 손봉숙이를 무조건 좋아하는 사람
이 있는 것이다. 봉숙이의 공식적인 애인. 그 남자와 봉숙이는 어울
려도 너무 어울리는 커플인 것이다.

　"야, 인규야…… 현중씨 있잖어."
　"그래…… 왜?"
　짐짓 시큰둥해하는 나.
　"……."
　"왜?"
　"아냐, 얘기 안 할래."
　그녀답지 않게 뭔가를 망설이는 봉숙이.
　"뭔데 그래. 최현중이가 어디 멀리라도 가냐?"
　"너…… 있잖어. 현중씨나 나에 대해 깨끗하지. ……그러니까
말야…… 전혀 조금이라도 말야…… 말하자면 담백한 감정인 거
지?"
　"얘가, 오늘따라 새삼스럽게 왜 그래?"
　조금쯤 긴장하는 나.
　"현중씨가 나보고 얼른 결혼하재. 내가 현중씨의 결여된 점을 지
금처럼 메워준다면 우리 둘은 완벽할 거래나."

"잘됐네, 뭐."

"진짜 그렇게 생각해? 진심인 거야?"

봉숙이의 애인 최현중은 또 환자다. 내가 붙여준 병명에 의하면 과다무원칙증. 때문에 봉숙이를 피곤해하지 않는다. 그렇기는커녕, 매우 귀여워한다.

현중의 초기 증세는 건망증. 봉숙이도 그렇지만 아무도 이때까지는 심각하게 생각하지 않았다. 우산을 들고 나왔다가도 비만 개었다 하면 버스 칸에든 사무실에든 택시 안에든 식당에든 두고 나온다. 심지어 잠깐 들어갔다 나오는 공중전화부스나 화장실 안에도. 때문에 봉숙이는 아침부터 비가 내리다가 오후쯤에 그치게 되면 급히 그에게 삐삐를 친다. 현중은 삐삐를 확인하는 대신 '아! 우산' 하고 속으로 다짐하는 것이다. 봉숙이는 이런 사소한 일과를 몹시 즐거워한다.

현중의 두번째 단계는 그야말로 무원칙 증세. 둔감하다거나, 속이 넓다거나, 순하다거나 하는 말로 넘기기에는 조금 심각하다고 할 만하다. 그의 이런 특징은 때론 오만하고 경우없는 사람으로 비치기도 하고 때론 멍청한 인간으로 보이게도 만든다. 이를테면 그는 지하철로 어느 장소에 가야 할 경우, 어떻게 갈아타고 가야 빠르게 그곳으로 갈 수 있을지 따지지 않는다. 한번은 서초동 법원에 들를 일이 있어서 그곳으로 갔다가 시청역 앞에 있는 사무실로 돌아오는데, 그는 아주 당연하다는 듯이 보무도 당당히 2호선을 둥글게 돌아 사무실로 왔다고 한다.

봉숙이는 나에게 신이 난다는 투로 이런 얘기들을 자주 들려주곤 했다. 그가 답답해 죽겠고, 귀여워 죽겠고, 재미있어 죽겠고……
그 모든 죽겠는 감정이 뒤섞인 말투로 봉숙이는 얘기하고 또 얘기
했다.

그는 어느 집이 싸고 좋은 물건을 들여놓는지에 대해서도 도통 무
관심하여, 그가 이사한 지 육 년이 다 되어가는 자기 집 주변의 상점
실정도 깜깜하다고 한다. 때문에 그는 그의 집에서 가장 가깝고(가
깝다고 해봐야 대형슈퍼와 사십 미터쯤밖에 차이가 없다), 통장집
가게라는 이유로 사람들이 인정상 잊을 만하면 한 번씩 들러주는
구멍가게를 늘 애용한다. 배가 불쑥 나오고 속없이 친절하여 죽이
잘 맞는 통장 남자는 이로 인해 그와 친구 비슷한 사이가 되었다.

봉숙이와 그가 연인 사이가 된 계기도 이러한 증상과 무관하지
않았다. 최현중은 봉숙이의 사무소 책임설계사와 자주 왕래가 있는
어느 설계사무소에서 근무하는 남자였다. 그래서 봉숙이가 그 사무
소에 무슨 일심부름을 갈 때도 있고, 그 남자가 올 때도 있었다. 그
런데, 현중은 올 때마다 무슨 서류나 설계도안 같은 것을 잘 빠뜨리
고 가는 것이다. 사무실이 멀지 않았기 때문에, 아니 무엇보다 그
남자의 어눌한 행동에서 달 뜨는 날에 버금가는 해방감을 느꼈기
때문에, 봉숙이는 그 남자가 빠뜨린 물건들을 챙겨서 사무실로 가
져다주곤 했다. 갈 때마다 그는 "이거…… 원…… 번번이 죄송해
서……" 하고 머리를 긁었고, 우리의 봉숙이는 "최현중씨 저한테
관심 있어서 일부러 그러시는 거 아니에요?" 하고 장난을 쳤다. 현
중의 붉어지는 얼굴을 감상하면서 말이다.

그러던 어느 날 봉숙이는 역시 그 남자가 빠뜨린 서류를 봉투에
챙겨가지고 가다가, 봉투 속에 이런 쪽지를 함께 넣었다고 한다.

'그 동안 최현중씨의 분실물로 인해 길거리에 뿌린 차비를 받아야
겠으니 돌아오는 수요일 일곱시에 모모 카페로 나오시기 바랍니다.
이 약속까지 잊으시면 참으로 곤란합니다 ― 손봉숙.'

바로 그 돌아오는 수요일이라는 날, 봉숙이가 현중을 만난 자리에
서 장난으로 만든 다음과 같은 메모가 현중을 감동시키고 결국 그들
을 연인으로 맺어지게 하였다. 봉숙이는 특유의 기억력이 아깝기도
하고, 그냥 재미있을 것 같기도 해서 마치 무슨 채권자가 조목조목
읊듯이 "○월 ○일은 그냥 시내버스비 오백원, ○월 ○일은 너무 더
워서 좌석버스비 천원, ○월 ○일은 인심 써서 걸었었구……, 또 ○
일은 오후 일과가 너무 밀려서 택시비 일천육백원……, ○일은 또
시내버스비 오백원……" 했다고 한다.

현중은 거의 감동한 채 넋을 잃고는 '바로 이 여자야', 속으로 중
얼거렸다는 것이다. 현중은 그날 다짜고짜 "봉숙씨, 저 어떻습니
까?" 했고, 그날 이후 그들은 어울려도 너무 어울리는 커플이 되었
다. 봉숙이는 그의 엉성하기 짝이 없는 생활에 그림같이 스며들어
근사한 질서를 부여해주었고, 그는 봉숙이의 촘촘한 생활에 낙서처
럼 개입하여 봉숙이를 웃겼다.

"궁금하지 않니?"
"뭐가?"
"그가 왜 나한테 얼른 결혼하자고 그러는지 말야."
점점 활기를 더해가는 봉숙이.
"그 푼수 같은 놈이 장가가 가고 싶어졌나부지, 뭐."
"야, ……너 그런 식으로 말하지 마라, 좀."

“……어, ……그래. 그렇담 무슨 중요한 이유라도 있어?”

“위기를 느꼈대.”

“위기?”

“응. 예전엔 왜, 그냥 나로 인해 생활이 즐거워지고 핀잔도 덜 듣고, 평화로워지는 수준이었대. 그런데 최근에 현중씨 건망증으로 낭패를 본 일이 있고 나서는 위기를 느꼈다는 거야. 나 없인 늘 이렇게 허둥지둥 헛발질이겠구나, 싶어서 말야.”

봉숙이는 늘 현중의 그 심각한 증상을 그저 건망증, 이라고만 했다. 내가 볼 땐 그 이상인데도 말이다.

“낭패?”

“응. 현중씨 사무실 책임자가 어느 날 무슨 일로 외근중이었대. 그 책임자가 자리에 없는 중에 책임자 고향집에서 전화가 왔었나 봐. 모친이 위독하다고 말이지. 현중씨랑 같이 근무하는 다른 남자 하나가 그 전활 받았었는데, 마침 그 남자도 나가볼 일이 있어서 현중씨에게 고향집 전화 내용을 꼭 전하라고 그랬나봐.”

“그 남자도 참 바보지, 야. 최현중이한테 그런 임무를 맡겨?”

“아니야. 끝까지 들어봐. 그 남자도 미심쩍어서, 일이 일인 만큼 메모지에 적어서 현중씨에게 내용을 숙지시켰대. ‘김, 모친 위독’ 이라구 말야. ‘김’은 사무실 내에서 책임자를 칭하는 말이야. 근데, 책임자가 곧 돌아왔을 때 현중씨는 도대체 그 내용이 생각이 안 나더래. 그래서 메모를 봤는데, 그 메모가 ‘김, 모춘 71 꼭’ 으로 읽히더래나. 그 남자가 좀 악필이긴 하거든. 그렇게 읽히는 것도 무리가 아닌 게 모춘(暮春)은 책임자가 잘 가는 한정식집 이름인데다가, 책임자는 71학번이거든. 현중씨가 운이 없다면 없었던 거지, 뭐. 책임자는 '모춘'에서 동기들 모임이 있는 줄 알고 동기들 몇몇한테 전화를 넣어보다가 포기하고 말았대.

그후에 일어난 일은 참 끔찍했어. 물론 뒤늦게 연락이 닿아 책임자는 급히 고향집으로 갔지만 임종을 지키지 못했지. 책임자가 울고불고, 현중씨는 현중씨대로 전전긍긍하다가 폭음을 하고…… 책임자는 참 속이 좋은 사람이어서 그래도 참고, 현중씨는 그가 참으니까 더 괴롭다고 자학을 하고……."

한숨을 길게 내쉬는 봉숙이.

"야, 야 됐어. 이젠 니가 있을 거잖아."

"그래. 그래서 얼른 결혼하재. 나 없인 늘 이렇겠구나, 인생이 가시밭길이겠구나, 싶어서 말야."

봉숙이는 그자를 참 사랑하는 모양이다. 저렇게 따뜻한 눈으로 얘기하다니 말이다. 봉숙이는 최현중이와 결혼할 것이다…… 봉숙이는 결혼할 것이다. 나는 기쁠 것이다. 기뻐야 마땅할 것이다.

"근데, 봉숙아, ……나 물어볼 게 한 가지 있어."

왠지 화가 나는 것도 같은 나.

"응? ……뭔데?"

"넌 왜 멀쩡한 애인 놔두고 달 뜨는 날마다 나를 불러내냐?"

갑자기 와글와글 시끄러운 봉숙이 웃음소리.

"그걸 니가 몰라? 그것도 임마…… 일종의 무장해제지 뭐냐? 현중씨야 늘 만나고, 무얼 어떻게 챙겨줘야 할지 꿰고 있잖니. 현중씨가 내 생활에 대해 유일하게 모르고 있는 부분이 바로 이거야. 달 뜨는 날 너 만나는 거. 우리야 애인도 아니고, 현중씨도 너를 잘 아

니까 비밀이라 해봤자 무슨 스릴이 있는 것도 아니지만 되게 재밌
잖아, 이런 부분이 있다는 거. 달 뜨는 날이 있고, 그날이면 내가 쇼
핑도 하고 괜히 많이 돌아다니는 것까지는 아는데, 너랑 낄낄거리
는 거는 몰라. 재밌지?"
　"웃기고 있네."

　봉숙이와 나는 애인도 뭣도 아닌데, 만날 때마다 봉숙이가 현중
이라는 자에 대해 얘기하기만 하면 왜 이상하게 기분이 상하는지
내 스스로도 모르겠다. 예전, 딱히 바람기가 있는 것도 밝힘증이 있
는 것도 아닌 한 선량한 후배 녀석이 "형, 저는 서클의 모든 여자애
들에 대해 조금씩의 연애감정을 느껴요. 저마다 빛깔이 다르다면
다른…… 감정 말예요" 했던 일이 생각난다. 또, 노인네 같은 소리
를 잘하는 나의 작은누이가 언젠가 "세상에는 말이지 꼭 뭐라고 말
하기 힘든 유사 연애관계와 유사 우정관계와 유사 동성애관계와 유
사 근친관계가 복잡하게 얽혀 있는 거라구. 죄스러워할 것도 치를
떨 것도 요란스레 가슴앓이 할 일도 없어" 했던 일도.
　나는 그때마다 동의도 부정도 아닌 애매한 반응을 보였던 것도
같고, 어슴푸레 손봉숙이를 떠올렸던 것도 같다. 아무튼 나는 봉숙
이가 좋고, 봉숙이와 최현중이라는 자의 연애를 지지하고, 그러나
봉숙이가 내 앞에서 그자에 대해 얘기하는 건 왠지 기분 나쁘다. 정
리하자면 그렇게 된다. 더는 나도 모르겠다.

　"인규야, 우리 교보문고에 책구경 하러 갈까?"
　잠시 멍해져 있는 나를 화들짝 깨우는 봉숙이.

"교보문고……?"

"그래."

공모자의 미소를 짓는 봉숙이. 구여운 봉숙이.

"아니, 그보단 오늘은 너랑 술이나 뽀지게 먹구 싶은걸."

"뽀지게?"

"고롬고롬, 뽀지게……."

봉숙이와 나는 달 뜨는 날이면 자주 교보문고에 갔었다. 봉숙이는 평소에는 늘 영풍문고를 애용한다. 한번 그곳에 가기로 마음먹고 나서부터는 책 진열이 눈에 익어서인지 다른 책방에 가질 못하는 것이다.

봉숙이가 영풍문고를 좋아하는 이유는 봉숙이의 이름민감증 때문이다. 봉숙이는 사람의 이름이나 기업의 명칭, 무슨 상점의 상호에 민감하다. 봉숙이는 주위 친구들에 대해 그자의 이름이 그에게 어울리는가, 어울리지 않는가를 나에게 자주 얘기해주곤 했다.

이를테면 "기웅이 그놈 말이지, 정말 기웅이스러운 이름 아니냐?" "뭐? 기웅이가 기웅이스럽다니 그게 뭔 소리야?" "왜…… '기웅이' 하면 뭔가 씩씩하면서도 싱겁고 털털하기도 하고…… 그런 게 연상되지 않냐?" "글쎄…… 듣고 보니 그렇기도 하고"라거나, "야, 인규야, 현진이 있잖아, 고 얌전하고 조용한 애한테 너무 어색한 이름 아니니?" "현진이라는 이름이 도대체 뭐 어때서……" "현진이라는 말을 들으면 뭔가 움직이는 것 같은 느낌을 주고 둘 다 받침이 있는 글자니까 단단해 보이고, 또 '전진'이라는 말과도 비슷하잖아. 늘 구석자리에 정물화같이 앉아 있는 현진이한테는 전혀 안 어울리는 이름이야." "그런가?" 이런 식이다.

대체적으로 말한다면 봉숙이는 'ㅇ' 받침이 들어간 말을 좋아한다. 뭔가 경망스러워 보이니까 그것이 즐겁고, 또 그 글자들은 언제든 굴러가서 다른 말로 바뀌어버릴 것 같아서 아슬아슬하다고 한다. 반면 받침 없이 'ㅜ' 모음으로 끝나는 낱말이나 'ㄷ' 받침으로 끝나는 낱말은 끔찍하게도 안정적으로 생겨먹어서 지나치게 고착적이라는 것이다. 아무튼 봉숙이는 바퀴를 두 개나 달고 있는 영풍문고를 좋아한다.

달 뜨는 날, 봉숙이와 나는 그 큰 교보문고를 허우적거리며 기어다니다가 씩씩 웃는 것이다. 그리고 책 진열이 눈에 익은 영풍문고에서라면 아예 그쪽으로 들어가보지도 않을 '육아 · 인테리어' 코너라거나 '아동' 코너에 불쑥 들어가 책을 구경하기도 하는 것이다. 길을 잃는 바람에 들어갈 때도 있고, 그냥 장난기로 들어가볼 때도 있다.

가끔 좀더 기분이 좋은 날에는 내가 봉숙이에게 『임신, 출산, 육아, 아기의 첫 365일』 같은 제목이 붙은 책을 사주기도 한다. 봉숙이가 낄낄 웃으면 "언제든 쓸모 있을 것 아니냐. 이런 날 안 사면 언제 정색을 하고 사겠어, 안 그래?" 하며 나 역시 낄낄거린다.

그러나, 오늘 나는 봉숙이와 교보문고에 갈 기분이 아니다. 뭔지 모르게 오늘 봉숙이와 오래오래 애기하지 않으면 앞으로 그럴 기회가 잘 오지 않을 것 같다. 살다보면 그런 예감을 갖게 하는 날이 있는 것이다.

"지금 있는 설계사무소 일을 관둘까 생각해보기도 해."
약간 취기가 오른 봉숙이.

"심심한데 장가나 가볼까 생각해보기도 해."
취한 자들 특유의 공모관계로 어리광을 부리기 시작하는 나.

"늘 나쁜 쪽으로 예감하는 것도 이젠 지긋지긋해."
그 누구의 말이었는지 기억할 수 없는 나.

그러고는 우리가 앉은 공간이 12도쯤 기우뚱했다. 기분좋을 만큼, 머리는 맑았다.

"봉숙아……."
"……."
"물어보고 싶은 게 있어."
"뭔데?"
"말해줄 거지?"
"그래."
"무조건?"
"그래, 무조건."
"너, 어째서, ……어째서 말이야…… 그렇게 꼼꼼하게 되었던 거니? 그러니까…… 네 과다세심증의 출발점은 어떤 거지?"
"그건 왜?"
"무조건 말해주기로 했잖아."
"……."
"봉숙아……."

“집에 들어가기 싫었어. 어렸을 적 말야. 초등학교 다닐 무렵이었나 그랬을 거야. 아버지가 무슨 사업을 하셨는데 그게 어려움이 크셨나봐. 그래서 집에 빚이 많았어. 예전엔 우리집에 자주 놀러 오기도 하고, ‘우리 봉숙이, 우리 봉숙이’ 하면서 날 예뻐해주던 아줌마들이 아주 살벌한 모습으로 우리집에 죽치고 있었어. 아버지는 늘 집을 비웠고. 나는 학교가 끝나면 아줌마들만 그득한 집에 들어가기가 너무 싫었던 거야.”

“봉숙아…….”

“왜?”

“얘기하기 싫으면 하지 마.”

“아니야, 별거 아닌데 뭘. ……그래서 나는 늘 집에 돌아가는 사소한 방식 같은 걸 정해놓곤 했었어. 연필 깎는 칼로 학교에서부터 큰길가까지 쭉 심어진 가로수에 하나 건너 하나씩 작은 홈집을 내거나, 우리집 가는 길까지 늘어서 있는 상점들 중에서 내 얼굴을 아는 곳이면 모두 들어가 ‘아저씨, 안녕하세요’ 하고 인사를 하고 지나가거나 하는 것들이지. 그래봐야 예닐곱 집 정도지만. 그러던 게 점점 자라난 거야. 나중에 그 아줌마들도 모두 사라지고 귀갓길이 편해졌지만, 그 습관은 고스란히 남았어.”

“그럼, 초등학교 때부터 줄곧 과다세심증이었던 거야?”

“그런 셈이지, 뭐. 아…… 하긴 꼭 그랬다고만은 할 수 없어. 중학교 때부터 고등학교 이학년 때까지 내 스스로 그 증상을 버린 적도 있어. 우습게 느껴졌었거든. 아줌마들도 사라지고, 꼭 가기 싫거나 하기 싫은 일도 없고…… 이러다가 내가 그 모든 원칙들의 꾸러미에 잡아먹힐 거라고 생각했어. 언젠가 나는 산산이 없어지고 말

거야. 나는 없어지고 내가 세운 그 끔찍한 원칙의 벽만 남을 거야…… 그렇게 생각했었어."

"얼마 지나 다시 그 증상을 되찾게 된 거구나."

"그래. 고3 때. 누구나 그랬겠지만 난 고3 때 좀 심하게 앓았어. 대학에 가서 꼭 해보고 싶은 공부도 없었고, ……신기하리만큼 아무런 욕망이 없었지. 큰 흐름에 밀려서건, 용기가 없어서건, 어쨌든 입시공부는 해야 했고 아무런 동기유발이 되지 않는 입시 준비는 정말 고역이더라. 그때 입시 준비하면서 다시 내 원칙들을 불러모았어. 독서실 갈 때 우산대로 땅바닥을 콕콕 찍으며 간다거나, 시간을 세세하게 맞춰 공부한다거나 그런 거…… 그 이후로는 한 번도 그 증상이 나를 떠난 적이 없는 것 같애. 하긴 스무 살 이후로 시련이 없는 삶이 있다면 거짓말이겠지만 말야.

존경했던 교수님께 무슨 일론가 크게 실망을 하고, 그러고도 그 교수님의 수업에 들어가야 할 때, 순전히 내가 사랑한 어떤 선배 때문에 가입한 모임인데, 그 선배는 내가 그 모임에 참여하는 유일한 이유가 되어주었는데…… 선배가 모임에서 나가고, 그러고도 나는 고학년이 되어 모임 간부가 되는 바람에 꼬박꼬박 참석해야 할 때도, ……블라인드 사이로 봄햇살이 들어오는 설계사무실 책상에 코를 처박고 앉아 이런저런 막막한 궁리를 할 때도…… 세상이 점점 나와는 무관한 발걸음과 속도로 나를 비껴가는 것 같을 때……, 나는 내 사랑스러운 원칙들을 생각했어. 정들었나봐. 때론 그렇게 끔찍한데도 말이지. ……사람들이 나보고 참 씩씩하대. 나는 그런 말 들을 때마다 실은 내가 씩씩한 게 아니라 내 원칙들이 씩씩한 것이라고 생각해보곤 해."

“봉숙아……."
“왜?”
“……."
“뭔데? 징그럽게 웃기는……."
“니가 참 사랑스러워.”
“……."
“정들었나봐. 때론 그렇게 끔찍한데도 말이지.”
“웃기네.”

달 뜨는 날이면 봉숙이를 만나야 한다.

어머니는 그 시절을 생각하면 지금도 무릎이 시리다고 한다.

한편으로는 마음이 독해져서 대상을 알 수 없는 반항심에 가득 차 있었고, 한편으로는

마음이 무척 약해져서 누군가 무심히 말 한마디를 해도 여러 날을 앓았다고 한다.

독해졌으면서도 한없이 약해진 마음. 그 모순의 말을

나는 한참이 지나서,

어머니가 통과해낸 그 청춘의 시기에 이르러서 이해했다.

내 마음속, 가족사진

봐라!
꽃이다.
봄날이 길 떠나기는 좋지.
가야겠다. 있거라.

누군가의 선물로 내 손에 들어온 이철수의 판화 달력 속, 4월 그
림에 적힌 구절이다.

새해가 밝았고, 그리고 며칠이 더 흘렀다. 몇 개의 달력을 선물로
받고, 그 속의 그림들과 그 속에 박힌 그 도저한 숫자, 숫자들을 맹
한 눈으로 바라보고 있는 날들이 많았다. 아직 아무런 빛깔로도 채
색되지 않은 그 무정형의 시간들. 무참히 똥칠되지도, 샛노랗게 환
희를 옷 갈아입지도 못한 그 미정의 숫자들.

아무런 근거 없이 초조했다. 아니, 무참한 똥칠의 예감일지언정

나는 앞으로의 나날에 대한 모종의 암시를 기다리고 있었다고 해야
옳겠다. 내게는 아무런 계획도 파국의 징후도 기다리는 일도, 보란
듯이, 없었던 것이다.

  해가 바뀌었으니 스물여섯이었고, 나는 학교 졸업 후 다니던 잡
지사를 일 년 만에 무작정 그만두고, 다시 일 년 동안 무작정 공부
를 붙들고 있다가 지난 12월 대학원 시험에 붙어놓고 있었다. 회사
생활 일 년과 대학원 준비 일 년을 합쳐 꼬박 이 년이 늦은 셈이었
다. 하긴 대학원에 가서 무엇을 어떻게 공부하고, 대학원을 마친 후
엔 또 어떤 길을 걸을지 계획해놓은 바가 없으니 늦고 빠르고 하는
계산도 의미가 없는 건 마찬가지였다. 다만 나는 회사생활에 지독
한 멀미를 느끼고 있었을 뿐이었다. 누군들 그렇지 않으랴만, 나는
극심한 소화불량에 신경쇠약증까지 보였다. 마음이 배겨내지 못한
것은 둘째 치고라도 몸이 거부하고 있었던 것이다. 나는 꽉 막힌 사
회를 거부하고 당당하게 학교로 돌아온 것이 아니라, 어깨를 축 늘
어뜨리고 이제는 최고 학년이 되어버린 내 어린 후배들과 멋쩍은
해후를 했다. 그리고 이렇게 해가 바뀌었다.

  무력하다는 생각조차 할 수 없을 만큼 무력했고, 다만 나는 판화
가 이철수가 특유의 글씨체로 무심히 쓴 그 구절에 눈길을 주고 있
었다. 그러다가 그 구절 속에서 '잘 있거라, 나는 간다. 이별의 말도
없이'로 시작해서 '붙잡아도 뿌리치는 목포행 완행열차'로 끝나는
유행가를 언뜻 떠올렸을 뿐이었다. 그리고 그 노래 끝에 희미한 얼
굴 하나를 이어붙이고 '목포엘 한번 가야할 텐데……' 하고 중얼
거렸던 것이다.

  사실 '잘 있거라, 나는 간다' 나 흥얼거릴 상황은 아니었다. 광풍

이 불었다. 내게 그 열기의 부산 남포동을 연상하게 하는 광풍이 불었다. 연말에 여당 의원들만 모여 노동법과 안기부 법을 날치기로 통과시킨 사건이 터졌다. 그리고 민주노동조합 총연맹 산하의 각 사업장에서 최근 몇 년간은 보기 드물었던 총파업이 일어났다. 종로에서는 거의 매일 대규모 집회가 열렸다. 나는 어깨를 움츠리고 가만가만 숨쉬며 하루하루를 넘겼다. 가끔 종로에 나가 그 대열들의 끝에 엉거주춤 서 있기도 했다. 지하철을 타면 '시민 여러분, 십 년 전처럼 다시 일어나야 합니다' 라거나 '이제 시민 여러분이 나설 때입니다' 라는 문구들이 따라붙곤 했다.

낯선 광풍이었다. 죄 지은 듯, 90년대 초반에 대학에 입학하여, 조용히, 죄 지은 듯 학교를 빠져나온 나에게 그것은 너무도 낯선 광풍이었다. 대학에 입학하던 해, 그 짧고 무더웠던 5월을 뺀다면, 스무 살 그 5월 앞에 무척이나 당황하고 있었던 시간들을 뺀다면 지독하게 낯선 광풍이었다.

1월은 너무 느리게 흘러갔고, 나는 잠 안 오는 밤이면 예전에 배워 중간중간 너무 자주 끊어지곤 하는 서정적인 민중가요를 부르다 잠이 들었다. 〈언제나 시작은 눈물로〉나 〈그대 눈물 마르기 전에〉 같은 제목을 달고 있는 그런 노래들 말이다. '언제에나 시작은 눈물로, 누구나 태어날 때부터 울듯이. 그러나 우리의 첫걸음 디딜 때 웃으면서 가야 하리이……' 그러다가 어느 늦은 밤 한 통의 전화를 받았다.

"여보세요."

"……혜석이냐?"

음악 소리. 웃음소리. 무언가 깨지는 소리.

"어…… 형이에요? 거기 어디예요?"

이 사람은 어느 시간대에 어떤 음성으로 전화하든 "거기 어디예요?"라고 묻지 않을 수 없게 하는 사람이다. 그런 사람이, 꼽아보니, 몇 있다. 느닷없음으로 인하여 언제 대해도 신선하고, 반갑고, 위태로운…….

"어디긴 어디야, 목포지."

"웬일이에요, 바쁘지 않아요?"

"바쁘긴 임마, 여기도 파업인걸. 하루 세 번 모여서 노래하고 구호 외치고…… 그게 하루 일과야. 야! 근데 너 나 안 보고 싶냐?"

"안 보고 싶긴요. 한번 가야지, 한번 가야지…… 계속 그러고 있어요."

"뭐? 맨날 말로만. 그러지 말고 이번주에 무조건 와. 이번주 아니면 너 오고 싶어도 내가 시간 내기 힘들걸?"

"……."

"왜?"

"어디 내려갈 상황 아니에요, 지금. 서울에 남아 있는다고 해서 뭔가 제 역할을 찾을 것도 아니고 제 마음이 가벼워지지도 않겠지만, ……아무튼요."

"……와라. 여기도 현실이야. 내 보기엔 그러는 게 너한테 더 나을 듯싶어. 하루 전에 온다고 전화해주고…… 끊어."

현욱진 선배. 어느 방송국의 목포 지사에서 프로듀서로 일하는 대학 삼 년 선배이다.

대학에서 내가 소속되어 있던 단체는 아마추어 천문회라는 모임이었다. 나는 그곳에서 현 선배를 알게 되었다. 현 선배는 특이하게도 대학 사학년이 되어서야 천문회에 가입했다. 그랬기 때문에 학과 이외의 생활공간이라는 것에 잔뜩 기대를 걸고 입학 직후에 바로 천문회에 든 나와는 모임 동기인 셈이었다. 현 선배는 신입회원들이 자신을 소개하면서 쓰게 되어 있는 입회록에 이런 문구를 남김으로써 내 기억에 선명한 도장을 찍어놓았다. '당신의 입회 동기는? 땅이 싫어서.' 그 문구는 갓 스무 살이 된 내가 장난스럽게 써넣은 입회 동기와 더불어 한동안 모임에서 자주 얘기되곤 했다. 내가 써넣은 것은 이랬다. '별 볼 일 있는 인생이 되고 싶어서.'

아무튼 나는 그 선배가 참 좋았다. 일부러 장난을 친 것처럼 휘갈겨 쓰는 알아보기 힘든 글씨체와 시원시원한 말솜씨, 밉지 않을 정도의 따뜻한 냉소를 가진 사람이었다.

나는 전화를 끊고 예의 그 달력에서 다시 4월을 펼쳐놓고 한 십 분쯤 묵념 비슷한 자세로 서 있다가 목포로 전화를 넣었다. 그리곤 졸업 후 재야단체의 일을 돕고 있는 친한 친구 녀석의 호출기에 '나 목포로 도망간다. 몸조심하고. 서울을 부탁한다. ……혹 세상이 바뀌면 나를 잘 이해해서 선처해다오' 라고 비장하게 내 목소리를 남겼다. 이상하게도 웃음이 나오지는 않았다.

전라도 땅은 철들고는 처음이었다. 아버지는 경북 안동에서 몇 대째 살고 있는 집안의 둘째였고, 어머니는 경북 포항에서 역시나 오래 사셨다. 그리고 내가 태어나서 대학에 진학하기 전까지 자란 곳은 부산이었다. 전라도 땅이 내 생활에 개입해들어온 경우는 손꼽을 수 있을 정도였다.

초등학교 이학년 때였지 싶다. 아버지 쪽이나 어머니 쪽을 통틀어 전라도에 살고 계신 분은 이모 한 분뿐이었다. 내 이모는 외할아버지의 만류에도 불구하고 대학 때 사귄 광주 남자와 결혼하여 광주로 시집을 갔다. 그 이모가 결혼 후 첫아이를 출산했을 때였다. 어머니, 아버지께서 무슨 일론가 한참을 다투었다. 아마도 어머니께서 광주로 이모를 보러 가려고 했던 모양이었다. 아버지는 위험하다고 한 것 같았고, 어머니는 그게 벌써 봄인데 뭐가 위험하냐고 한 듯했다. 생각해보면 우리집 뜰이 층층이 아름다워지는 가을이었지 싶다. 결국 어머니는 광주로 이모를 만나러 가지 못했다. 꼽아보니, 팔십 년이다.

그리고 중학교 수학여행 때 중간에 잠깐 내려 점심을 먹은 남원이 생각난다. '월매식당' 이니 '이도령 한정식집' 이니 하는 이름들을 달고 있었던 식당가에서 우리는 급하게 점심을 먹고 차에 올랐다. 그때, 우우 몰려다니며 큰 소리로 떠들고 웃어젖히는 부산에서 온 여자 중학생들을 이물스럽게 바라보던 눈길을 나는 잊지 못한다. 세상의 이치를 모두 다 알아버린 철든 여중생이라고 생각했던 나는 "애들아, 조용히 좀 해, 제발" 하는 말을 입에 달고 다녔던 것 같다. 나는 시종일관 굳은 표정을 하고 그 도시를 빠져나왔다.

그리고 그 이듬해 가문에서 세운 여자 고등학교가 있는 전주에서 그 학교를 소개하는 행사가 있어서 부모님, 남동생과 함께 다녀온 기억이 내가 가진 전부의 것이다.

생각해보면 피해왔다는 느낌도 있다.

90년대에서 80년대로, 80년대에서 70년대로, 다시 60년대로 누군가가 거꾸로 돌리는 파노라마 사진을 보고 있는 느낌이다. 야트막한 산세.

안개 속에 가려진 해가 계속 차를 따라오고 있다.

저 해가 떨어질 때까지 나는 남으로, 남으로 떠내려갈 것이다.

의식적으로 외면해왔는지도 모른다. 혹은 미안했는지도 모른다. 참으로 뻔한 구도이다. 경북 땅에서 오랜 세월 대를 이어온 부모님과 성장기를 고스란히 부산 땅에서 보낸 그들의 딸.

내게 대학이라는 공간이 삭제되었더라면, 광주라는 단어가 환기시키는 그 오욕의 역사가 아니었더라면, 그리고 지역감정은 정치꾼들이 부추기는 허위의식이라는 걸 거듭 배우고 토론하지 않았더라면 그 안전하고 뻔하디 뻔한 구도는 공고하게 유지되었을 터였다. 대학에 와서 맞은 5월은 그래서였는지 매번 우울하고 무거웠다. 그랬으면서도 나는 한 번도 광주 망월동에 다녀가야겠다는 생각은 못하고 있었다.

부인하고 싶었을 것이다. 실은 내가 머리로만 전라도 땅과 화해했음을. 서울로 대학을 와서 여러 지역에서 온 친구들을 만날 때마다 실은 내가 긴장하고 있었음을. 전라도 출신 친구들이 방심하고 말할 때 말끝에 묻어나는 전라도 사투리를 머리만으로는 통제되지 않는 묵직한 불편함으로 마주했음을. 아니라고 말하고 싶었을 것이다. "그 친구, 전남 나주 출신이래" 하는 말을 들을 때 "어…… 그래" 해놓고도 이미 마음속으론 그 친구와의 예정된 선을 가늠하고 있었음을.

그래서였을 것이다. 버스에 타고 있는 동안 내내 나는 긴장하고 있었다. 앞자리에 앉은 애기 엄마가 "말투를 들으니 집에 다니러 가는 길, 아닌가 봐요?" 했을 때에도, "예. 집이 서울인걸요" 하고, 묻지도 않은 말을 덧붙였던 것도 모두 그래서였을 것이다. 충청도나 강원도에 갈 일이 있을 때면 나는 다른 말을 해왔던 것이다. 뭔가 계산적이고 메마른 사람이라는 인상을 줄 수 있는 서울 사람이라고 말하는 대신 "대학 때문에 올라와 있지만, 원래 집은 부산이에요" 라고 대답했었다. 언제나, 분명하게 말이다.

언제쯤 내가 머리만으로 이루어진 전라도 땅과의 이 불구의 화해를 벗어날 수 있을는지는 모른다. 아무튼 현 선배는 내가 전라도를 떠올릴 때 고스란히 기쁘고 즐거운 마음뿐인 유일한 섬 같은 사람이다. 나는 지금 그 섬을 만나러 떠내려가는 중이다.

익산, 정읍 등 이름만 낯익은 고장이 빠르게 지나갔다.

안개인지 저녁 연기인지 모를 낮은 구름들이 안온하게 깔려 있다.

그 저녁 연기 속, 70년대의 어머니가 놀러 나간 나를 부르는 아득한 환청.

저 돌다리, 저 기와집, 저 골목길들 너머 저녁 먹을 시간이 되어도 돌아오지 않는 나를 오래오래 부르는 내 어머니가 지나간다.

주황색 철대문에 복슬강아지. 그래 저 집이다.

현욱진 선배와 학교에서 함께 한 시간은 그리 길다고 하기 어려웠다. 계절로 치자면 세 계절이었다. 내가 일학년이었을 때의 봄, 여름, 가을. 현 선배는 그해 가을, 사학년 이학기라는 조금은 늦은 시기에 입대했던 것이다. 하지만 그 짧은 기간 동안의 현 선배를 떠올리면 지금도 거듭 꺼내어 웃어보고 싶은 장난스러운 기억이 많다.

그는 간혹 술자리에 나타나서 사람들을 웃겼다. 늘 그랬던 것은 아니다. 분위기가 좋고 즐거운 얘기가 오가는 술자리에서는 그는 구석 자리에 있는 듯 없는 듯 앉아서 빙긋 웃기만 했다. 하지만, 간혹 무슨 다툼이 있거나 괜스레 험악한 분위기에서 턱없는 폭음을 일삼는 술자리(그땐 왜 그랬는지 그런 술자리가 잦았다. 왜 그랬는지, 라고 쓰려니까 그 시절 전체가 무감하게 객관화되어버린 것 같아 속이 뒤틀린다. 아무튼 요즘에야 누군가 악을 쓰고 술잔이 마구 날아다니는 그런 자리를 일부러 찾아다니고 싶을 지경이지만 그땐 그런 자리가 지긋지긋하고 끔찍했었다)가 되어버리면 그는 여지없이 빛나는 사람이었다.

"야, 야, 예전에 내가 어떤 웃기는 놈이랑 같이 자취할 때 얘기야. 하루는 눈이 정말 푸지게 내렸지. 아침에 일어났는데 갑자기 술이 땡기더라구. 그래서 그놈 깨워서 같이 시장에 술 먹으러 갔지. 근데 시장 어느 닭집에 내놓은 닭들이 모두 눈을 맞고 있는 거야. 그놈이 갑자기 — 야, 저것들 백조 같지? 하는 바람에 이상하게 슬퍼져서 도로 왔지, 뭐." 이런 얘기들. "야, 내가 아는 어느 교수님은 한쪽 귀가 약간 찌그러졌거든. 그쪽으로만 모로 누워 주무시는 게 분명해." 혹은 뜬금없이 "너네, 개구리 먹어봤냐?" 이런 얘기들.

그렇다고 경박한 사람은 더더욱 아니었다. 현 선배는 모임 일기장에 금방은 헤아리기 힘든 괴상한 아포리즘을 곧잘 적어놓곤 했다. 그리고 간혹 친구라면서 술자리에 함께 데리고 오는 사람들은 어딘지 모르게 기인(奇人)다운 면모를 풍기는 사람들이었다. 알고 보니 현 선배는 천문회에 들기 전에 연극회, 사진 동우회, 문학회 등에서 한 세월을 보낸 사람이었다. 그러다가 현 선배가 적은 대로 사학년이 되어 땅이 싫어져서 천문회에 들었는지도 모른다. 아무튼 우리 모두가 다 현 선배를 편안해하고 좋아했다.

그는 어느 날 나른하게 모임방에 앉아 있는 우리들 앞에 카메라를 메고 나타나 멋나는 흑백 필름으로 우리들을 찍어주는가 하면 전화 걸어서 오래된 팝송을 불러주곤 했다. 겨우 안면을 익힌 정도인 신입생들의 생일을 잊지 않고 챙기는 사람도 다름아닌 현 선배였다. 모르는 척 모임방에 들렀다가 가만히 불러내서는 학교 안에서 먹을 수 있는 가장 근사한 점심을 사주었다. 그는 밥을 퍼주는 아주머니에게 "아줌마, 얘 밥은 고봉으로 퍼주세요" 하며 사람 좋은 웃음을 웃어 보이곤 했다. 우리는 진심으로 그의 입대를 서운해했다. 이제 와서 말한다면 특히나 내가 더욱 그랬다고 할 수 있다.

지금도 나는 모르겠다. 현 선배에 대한 내 감정이 어땠었는지. 다만 나는 지독하고 모진 사람들에 지쳐 있었다. 나도 그랬었지만 우리 모두는 어딘가로 향해야 할지도 실은 알지 못하는 어떤 독기를 저마다 품어가고 있었다. 현 선배의 눈매가 어쩌면 한때는 모진 것을 통과해낸 후의 평화였는지는 모르겠지만, 아무튼 나는 그 눈매로 많이 위로받았던 것이다.

현 선배와 내가 친해진 것은 오히려 선배가 입대한 후였다. 나는

현 선배가 입대한 후, 내 생활에 작은 구멍이 뚫린 것 같은 느낌을
받았다. 결코 크지는 않지만, 또한 결코 외면하거나 쉽게 막을 수
없는 구멍 말이다. 나는 현 선배에게 자주 편지를 띄우는 것으로 그
구멍을 좁혀나갔다. 지금도 알 수 없다. 여전히 장난스러웠지만 한
없이 깊고 아팠던 현 선배의 글이 아니었더라면 내가 어떻게 그 가
파른 이학년, 삼학년 시절을 지나올 수 있었을지. 이런 것들이다.

　이제 삼학년 가을을 맞겠구나. 기억하는 바로는 삼학년의 가을
은 무척 쓸쓸했던 것 같다. 지인(知人)이라 믿었던 자들도 타인처
럼 낯설고 어려웠던 기억. 골목마다 낙엽들은 기다렸다는 듯 바
람을 잡아타고 내 가슴께로 뛰어올랐고 나는 그것을 낚아챌 힘도
없었다. 가끔 사진을 찍는 친구와 종로에 가서 유행하는 만화영
화도 보았고, 담배를 물고 공원 길도 말없이 걸었고 돌아와서는
그 친구가 찍은 사진집도 구경하며 밤새 커피 끓이는 소리만 귀
에 익었다. 나에게 열정을 가르쳐주지 않는 삶이란 아무 의미가
없었다.

　대낮에 산에서 길을 잃었는데 산은 더이상 넉넉한 품이 아니더
라. 너무 큰 사랑은 감당키 힘들어라.

　꿈·사랑·희망·하늘·꽃·자유·바람…… 의식적으로 피해
가고 싶은 단어들. 안녕, 평온해지면 쓸게.

　낮에 구름을 보았다. 헤세 아저씨가 봤다면 몇 마디 했을 성싶

은, 그 대공간에 펼쳐진 자유의 조각품. 나는 까닭없이 가슴 졸였
단다.

2차대전이 끝나갈 무렵에 연합군들 사이에서 크게 유행했던
노래가 있단다. 〈Sentimental Journey〉 여행하고 싶다. 하다못해
시내버스 종점여행이라도 말이다. ……하고 싶다…… 싶다……
싶다. 군인은 이런 따위의 단순 사고에 길들여지는가보구나. 굳
이 기형도의 시 구절을 빌리자면 '감상과 힘겨운 추상의 망
토'…… 뭐 그런 것이겠다.

하지만 내가 그를 좋아하게 된 것은 그의 편안한 행동도 멋나는
편지도 아니었다. 우리집 사람들과 결코 무관하지 않은 현 선배의
아버지. 그 사실을 알게 된 것은 그가 두번짼가 세번째 휴가를 나온
어느 봄날이었다.

전라북도 땅을 지나 전라남도 땅으로 진입했다.
계속해서 나는 '비현실적이다, 비현실적이다' 하고 중얼거리고
있다.
앞자리 꼬마가 내게 안겨 놀다가 내 바지에 조금 토한 것을 뺀다
면, 버스가 광주 인터체인지를 통과하다가 앞서가던 승용차와 약하
게 충돌하여 기사 아저씨가 잠시 내린 것을 뺀다면, 중간에 휴게소
에 내려 "형, 이대로라면 여섯시쯤 떨어지겠군요"라고 호출기에
목소리를 남긴 것을 뺀다면 이건 고스란히 꿈속 같았다.
누군가, 오랜 세월을 다하여, 걸어오고 있다.

어느 봄날, 나는 학교 앞에 있는 작고 고풍스러운 맥주집에서 현 선배와 술을 마시고 있었다. 그는 부쩍 야위어 있었고, 어딘지 모르게 초조해 보였다. 건강한 사람에게라면 꼭 맞게 어울렸을 검게 그을린 피부는 그에게는 병의 징후처럼 낯설어 보였다. 나는 왠지 긴장이 되는 것 같았다.

"군대 가서 야위는 사람은 처음 봐요."

"……."

"형……."

"별일 없어. 나도 모르겠다. 밤에 잠을 잘 못 자. 안 그래도 아버지가 — 니가 의사 아버지 헛뒀구나, 그러시더라."

의사. 현 선배 아버지가 의사였던가. 순간 나는 광주, '현'이라는 흔치 않은 성씨, 의사라는 직업이 하나로 묶이면서 심상찮은 느낌에 빠져들었다. 아니, 현 선배의 가감없이 단정한 턱선을 무심히 건너다보다가 나는 내 느낌을 확신으로 굳혀갔다.

"현 선배 아버지가 의사였어요? 그런 얘기 없었잖아요. ……혹시 성함이 어떻게 되시죠?"

"그건 왜?"

"아니…… 그냥요. 광주에 현씨 성을 가진 의사 선생님 한 분을 알거든요."

"용자, 우자 쓰셔. 네가 아는 사람이 맞냐, 우리 아버지가?"

"……아, 아니요."

현용우. 그것은 내 어머니의 마음 한구석에 가만히 묻혀진 이름이었다.

내가 고등학교에 입학하자, 어머니께선 나를 어른으로 인정하기 시작했다는 뜻에서인지 담담하게 그 이야기를 꺼내놓으셨다.

어머니는 그를 외삼촌이라고 불렀다. 내성적이고 수줍음이 많고, 그러면서도 자의식이 강했던 내 어머니는 중학교 시절 친한 친구가 단 한 명뿐이었다. 그는 내 어머니의 둘도 없는 친구였던 규옥이라는 여학생의 막내 외삼촌이었던 것이다. 어머니가 중학교 삼학년이었을 때 서울로 대학을 갔다 하니, 어머니보다는 네 살쯤 많은 청년이었을 것이다. 그는 방학 때 시골집에 내려오면, 멀지 않은 곳으로 시집간 누나네 집으로 자주 놀러왔었다고 한다. 그 시절 어머니는 그 친구네 집에 살다시피 했고 그들은 그렇게 꿈결처럼 잠깐잠깐 만났다고 한다.

나는 모른다. 그때 어머니가 그에 대해 품고 있었던 감정이 어땠었는지. 당신 스스로도 잘 모르겠다고, 아직까지도 잘 알 수 없다고 하셨으므로. "그는 내게 정말로 친외삼촌 같았다. 그게 다였어. 그것을 떼놓고 말해보라면 난 아직도 모르겠다" 하셨으므로. 다만 어머니가 무슨 수채화를 그리듯 그 시절의 몇몇 장면을 꺼내놓으시면 나도 그 그림 속에서 한껏 평온해지는 것만은 분명하다.

어머니, 규옥, 그 이렇게 셋이서 근처 과수원으로 놀러갔을 때 사과꽃이 가득 피어 있었고, 그가 어머니에게 노래 몇 곡을 가르쳐주었다거나, 여름날 그가 어디선가 구해온 손수레에 어머니를 태우고 집 근처 소나무숲까지 달리는데, 그의 목덜미에 땀이 송글송글 맺혀 있었고 그것을 물끄러미 바라보다가 어머니는 처음으로 외삼촌이 나를 규옥이 대하듯 똑같이 대하는 게 아닐지도 모르리라고 스치듯 생각했다는 얘기 같은 것들 말이다.

언젠가 어머니와 함께 어머니의 낡은 옛 사진들을 정리하다가 한 장이었던가 두 장이었던가, 그의 사진이 끼어 있었던 것을 기억한다. 내가 만약 그때 "누구예요, 이 사람" 했더라면 무심하게, "엄마 단짝 친구 규옥이네 외삼촌" 그랬었을 게 분명한 그 얼굴 말이다.

온화하고, 귀족적인 풍모를 가진 얼굴이었다. 언젠가 낡은 흑백 사진을 통해 본 적이 있는 시인 윤동주의 얼굴을 그는 많이 닮았었다. 마르긴 했지만 건강해 보였고, 다른 사람들보다 키가 한 뼘쯤은 커서 삐죽이 솟아 있었다. 하지만 그는 너무 조그맣게 나와 있었고, 마치 의도적인 것처럼 흐릿하게 찍혀 있었다. 자세히 보려고 얼굴을 들이대면 어머니가 나를 떼어놓았다.

하긴 뭔가 의미 있는 인물로 보일 만한 사진은 없었던 것 같다. 어머니가 그 친구네 집에 놀러갔을 때 찍은 모양으로 그 집 식구들이 잔뜩 있었고 그 속에 싱겁게 슬쩍 긴 듯한 어설픔으로, 하지만 어머니 바로 옆에, 그가 있었다. 셋이서 어딜 자주 다녔다고 하니 어머니와 단둘이 찍은 사진이 있을 법도 한데, 둘만의 사진은 한 장도 없었다고 기억한다. 지금에 와서 생각하건대, 사람은 자기 앞에 음험하게 엎드린 삶을 감내할 만한 어떤 작은 반란을 간직한다는 것을 알게 된 지금에 와서 생각하건대, 그것으로 인해 위로받고 그것으로 인해 숨을 고를 수 있는 숨구멍을 간직한다는 걸 알게 된 지금에 와서 생각하건대, 어딘가에 그의 사진은 있을 것이다.

아무튼 그 시절, 어머니, 규옥, 젊은 외삼촌이라는 세 개의 점은 삼각형의 각 꼭지점처럼 안정적인 구도를 이루며 자주 어울렸다고 한다. 어머니는 "외삼촌, 외삼촌" 하면서 그를 따랐고, 집까지 바래

다달라고 조르거나, 업어달라고 조르거나 하는 일들이 조금도 어색하지 않았다. 다만, 그 삼각형이 외삼촌의 바람에 의해 두 개의 점을 가진 선분으로 변하는 나날이 점점 잦아짐에 따라 어머니는 문득문득 그를 물끄러미 생각해보게 되었다.

그가 어머니에게 청혼한 것은 어머니가 고등학교를 졸업하고 이 년이 지난 어느 가을이었다고 한다. 어머니는 고등학교를 졸업하고, 건강상의 이유로 대학에 진학하지 못한 채 골방에서 책에 머리를 박고 청춘의 한 시기를 견뎌내고 있었다. 나의 외가는 그 시절에는 드물었다고 할 수 있을 만큼 꽤나 넉넉했기에, 어머니에게 진학이든, 취업이든, 출가든 그 어떤 세계로의 진입을 강권하지 않았다. 오히려 골방에서의 독서나마 어머니가 마음을 붙이고 앉았다는 사실에 안도하고 있었다.

어머니는 그 시절을 생각하면 지금도 무릎이 시리다고 한다. 한편으로는 마음이 독해져서 대상을 알 수 없는 반항심에 가득 차 있었고, 한편으로는 마음이 무척 약해져서 누군가 무심히 말 한마디를 해도 여러 날을 앓았다고 한다. 독해졌으면서도 한없이 약해진 마음. 그 모순의 말을 나는 한참이 지나서, 어머니가 통과해낸 그 청춘의 시기에 이르러서 이해했다.

그런 나날들 속에 그의 청혼이 놓여 있다. 어느 가을, 내려온다는 말도 없이 갑자기 시골로 내려온 그가 다탁을 마주하고 어머니와 앉았다. 어머니는 어떤 묵직한 느낌으로 그가 꺼내놓을 말을 예감했다고 한다.

"외삼촌두 참, 쑥스럽게 웬 다방이에요?"

"……"

"그리구 내려온다고 미리 연락이나 주시지 않고서요. 하여튼 외삼촌은 사람 놀래키는 데는 뭐 있어요."

"……."

"곧 전공과목을 결정하셔야겠네요?"

"명주야……."

"예."

"명주야, 나 내과 택할 거다. 너 건강 안 좋잖니. 내가 다 돌봐줄 거다, 평생."

"예?"

"병원에서만이 아니라…… 내가 다 돌봐줄 거라구. 내 말 알아들어?"

그 시절 어머니에게는 사귀는 사람이 있었다. 서울에서 신혼살림을 차린 내 이모를 보러 올라갔다가 우연한 계기로 알게 된 청년. 훗날 내 아버지가 된 사람이었다. 어머니는 아무리 당신의 솔직한 마음을 스스로 되묻고 또 되물어보아도 두 사람 모두를 우열 없이 사랑했다고 한다. 물론 그 빛깔은 달랐다. 그는 편안했고 다정했고 스스럼없이 대할 수 있는 사람이었던 반면, 내 아버지는 만나면 긴장되었고 표현도 마음대로 하지 못했고…… 그랬으면서도 좋았다는 것이다.

결정적으로 어머니의 마음을 굳히게 만든 것은 그들의 환경이었다. 그의 집안은 부자였고, 아버지는 가난했다. 어머니는 그가 여유 있는 집안의 아들이라는 사실이 싫었다고 했다.

나는 어머니가 그 시절 마음이 끔찍이 지독했으면서도 또한 무척

이나 약했다는 말을 뒤늦게 이해한 것처럼, 그가 부자였기 때문에
싫었다는 그 말을 어머니가 통과해낸 그 청춘의 시기에야 이해했
다. 어머니에게 가난은 추상적이었고, 어머니는 빛나는 젊음이었
던 것이다.

　이야기가 이 대목에 이르면 어머니가 잊지 않고 꼭 덧붙이는 말
이 있다. "너는 그러지 마라. 내가 철이 없었던 거지. 이런 말 하면,
넌 나를 속물이라고 하겠지만 경체적으로 여유 있다는 사실 자체가
추하거나 악한 건 아니야. 태도가 중요한 거겠지. ……너는 경솔하
지 마라." 그러면 나 역시 꼭 덧붙이는 말이 있다. "엄마, 그러면 아
버지와 결혼한 거 후회하세요?" 자주 나누는 이야기이면서도 어
머니는 그때마다 얼굴을 붉혀가며 머리를 젓곤 했다. "그런 얘기가
아니잖니, 애는……" 하면서.

　아무튼 그는 어머니가 결혼한 그 이듬해, 중매로 결혼했다고 한
다. 결혼 후 아버지가 교사 발령을 받으면서 정착한 부산과는 정반
대 편인 광주에 그는 정착했고, 얼마 후 개인 병원을 개업했다고 한
다. 어머니는 결혼 후에도 규옥과 계속 연락하면서 친하게 지냈는
데, 의식적이었다기보다는 그저 자연스럽게 대화로 떠올랐을 그의
근황에 대해 어머니가 어떤 감정이었을지 나는 지금에서야 짐작해
보는 것이다. 어머니의 결혼과 그의 결혼이 일 년 차이가 나듯이,
현 선배는 나의 큰언니보다 한 살이 아래였다. 그가 택한 전공과목
은 결국…… 내과였다.

　"혜석아! 여기!"
　사람들 사이에서 손 하나가 불쑥 튀어나온다.

건강해 보이는 얼굴. 따뜻해 보이는 겨울 점퍼에 낡은 청바지 차림이다.

그는 어딘가 더 갈 곳이 있어 보이는 얼굴을 한, 모두들 어쩔 수 없이 잠깐 내린 얼굴을 한 목포 버스터미널과 꼭 어울리는 모습이었다. 택시로 터미널을 빠져나오자, 해가 떨어지고 있었다. 국토의 남서쪽에서 만나는 제대로 된 낙조였다.

"오기 전에 친구 삐삐에 뭐라고 남긴 줄 알아요?"

"뭐라고 그랬는데?"

"나, 목포로 도망간다. 서울을 잘 부탁한다. 혹 세상이 바뀌면 나를 잘 이해해서 선처해다오."

"너다운 말이네."

"87년 생각을 했더랬어요. 그때 중학교 삼학년이었는데 부산의 남포동 같은 번화가에서는 거의 매일 집회가 있었거든요. 학교 마치고 매일 구경 나갔었어요. 뭔가 끔찍한 것 같으면서도 어딘가 모르게 은성한 축제의 기운이 느껴지는 그 거리가 참 좋았거든요. 그런데 어느 날 하루는 좀 느낌이 달랐어요. 아마도 육이구를 얼마 남겨놓지 않은 날이었을 거예요. 시위는 격렬했고, 최루탄은 어느 정도 면역이 된 나에게도 몹시 괴로울 정도였죠. 그날 한 극장 골목에서 몹시 토하고 있는 여대생 하나를 보았어요. 창백하고 아름다운 얼굴이었는데, 토하다가 문득 얼굴을 들어 나를 볼 때의 그 충혈된 눈이 강하게 남아 있어요. 87년 생각을 하면 지금도 구토, 충혈된 눈, 창백한 얼굴이 연결되죠. 그러니 도망온 거죠. 충혈된 눈을 피해서."

"난 그때 하루빨리 세상이 뒤집어져서 대학입시고 뭐고 다 없어지기를 빌곤 했지. 고3이었거든."

"슬픈 얘기네요."

"……."

"저기 저 불빛들은 뭐죠?"

"고깃배들이야. 가끔 보면 장관을 만들어내기도 하는데, 오늘은 몇 척 없는 거야."

밤이 내린 직후, 우리가 찾아간 곳은 대반동이라는 부둣가였다. 바람이 차가웠지만 현 선배와 나는 오래오래 해 저문 부둣가를 걸었다. 무언가 처절하고도 싸늘하게 정화되는 기분이었다. 손이 얼어붙어가는 것 같았지만 싫지 않았다. 우리는 부둣가에 있는 한 멋나는 카페에서 차를 마시면서 저마다 최근 들어 잘 될 뻔한 연애 얘기를 나누었다.

잘 몰랐었는데, 광주에서 태어나서 광주에서 자란 현 선배는 은연중에 경상북도 말씨를 섞어 쓰고 있었다. 역시, 부산에서 태어나서 부산에서 자란 나는 은연중에 경상북도 말씨를 섞어 쓰며 말을 받았다. 현 선배는 잘 알아차리지 못했겠지만, 경상도 땅에서 자란 사람이라면 누구나 경남 사투리와 경북 사투리의 차이를 단박에 알아차릴 수 있는 것이다.

어색하다는 생각을 하고 있었다. 누군가가 고의로 우리를 먼 세월로 호출하여 필름을 되돌리고 있는 기분이었다. 그날따라 카페에서는 〈Love me tender〉나 〈I wanna hold your hand〉 같은 팝송이 흘러나왔다. 고의적이라는 생각이 들었고, 마음이 한없이 굳어져가고 있었다. 답답하고 답답했다.

"목포 내려온 지도 이제 다섯 달쯤 되죠? 목포…… 어때요?"

"글쎄. 처음엔 황당하게 떨어진 기분이었어. 갑갑한 생각도 있고. 근데 조그만 지역사회라는 게 생각지도 못했던 매력과 생각지도 못했던 장애를 동시에 갖고 있는 것 같애. 이곳에서 나름대로 알차게 지낼 방도를 궁리해보면 좋을 것 같기도 하고…… 하지만 나와는 맞지 않아. 우선은 아예 낮추고 들어가서 사투리도 팍팍 써가면서—성님 술이나 한잔 헙시다이, 뭐 이런 게 돼야 하는데…… 힘들지, 뭐."

현 선배는 그야말로 목포에 황당하게 떨어져 있는 셈이었다. 방송국 시험에 합격했을 때 아들 둘에 딸 하나를 모두 서울로 진학시키고 적적하게 생활하는 부모님 생각에 광주에서 근무하기를 희망했던 것이다. 그렇게 된 것이, 광주에서 한 달쯤 지낸 후 그곳 방송국에서 목포로 발령을 내렸다고 했다. 현 선배로서는 대부분의 친구들, 선후배들이 있는 서울도 아니고 부모님이 계신 광주도 아닌 엉뚱한 타지에서 벌받고 있는 상황이었을 것이다.

"형, 공부 계속하실 생각은 없는 거예요? 제가 보기에 형은 공부가 어울리는 사람 같은데요?"

"나 같은 유목민이 무슨 공불 진득하니 하겠냐."

"그럼, 방송국은 만만한가 뭐?"

"……글쎄. 당장은 진학할 생각 없어. 일단 시작한 거니까 욕심도 있고. 좀 연륜이 생기면 기막힌 다큐멘터리를 찍고 싶은데,…… 요원하겠지, 그거야."

"……."

"넌 좀 어때? 어린 후배들이랑 다시 공부하기로 마음먹은 거,

……사실 용기가 필요했을 텐데.”

“밀리고 밀려서 마지노선까지 다다른 기분이에요.”

“마지노선?”

“대학원이라는 동네까지 못 배겨내면 나는 이제 어떤 얼굴의 사회도 마주 보지 못할 거야, ……뭐 이런 생각을 요즘 하고 있어요. 이래저래 왠지 비장해지데요.”

현 선배와 나는 카페에서 나와 술을 사들고 현 선배의 자취방으로 기어들어가는 중이었다. 현 선배는 평소 누님처럼 지내는 사람이라면서 한 방송작가에게 전화를 걸어 자리를 함께할 것을 청했다. 길가 한구석에서 여덟, 아홉 살쯤 먹어 보이는 아이들이 부둣가로 떠내려온 낡은 밧줄을 태우며 불을 쬐고 있었다. 그 아이들 모두가 현 선배와 많이 닮아 있다는 생각을 했다. 낯선 곳에 떨어져 있다고 했지만 실상 그는 이곳과 무척이나 어울리는 사람이었다.

“혜석아, 저애들 중에 서넛은 나중에 자라서 그 이름 높은 목포 싸나이가 된다는 거, 알고 있냐?”

“목포 싸나이요?”

“그래. 좀더 가면 길가에 죽 늘어서 있는 모습을 볼 거야. 한팔로 팔굽혀펴기 하면서 말이지.”

“설마…….”

“어허, 이 아가씨가 겁나게 겁이 없구만. 못 들어봤냐? 목포 오거리파. 밤길 갈 때 조심하라구. 너무 예쁜 여자도 문제지만, 너무 못생긴 여자도 회칼 들고 쫓아올 만하지.”

그 방송작가는 녹음기를 손에 들고 한마디 한마디 녹음하고 싶을 정도로 맛있는 사투리를 쓰는 사람이었다. 완도에서 태어나서 목포에서 고등학교와 대학교를 다녔다고 했다. 나는 왠지 주눅이 드는 것 같았다. 현 선배, 작가, 나 이렇게 셋은 고즈넉이 취해갔다. 서울을 한두 주 전쯤 떠나온 것 같았다.

현 선배의 자취방은 70년대 풍이었고, 방으로 들어가는 출입문 위에 정윤희의 사진이나 '삶이 그대를 속일지라도 노하거나 슬퍼하지 마라' 같은 글을 써넣은 종이 조각이 붙어 있기 좋을 만한 분위기를 갖고 있었다. 후에 듣기로 목포는 새로 개발된 지역과 몇십 년 동안 거의 변하지 않은 지역이 금으로 갈라놓은 듯 판이하다는 것이다. 현 선배의 자취방은 물론 후자의 동네에 대롱대롱 붙어 있었다.

"욱진이 너도 참 순진허다이."

아득히 취해가고 있는 사이 깜짝 놀랄 만큼 시간이 지나 있었다. 시계를 힐끗 쳐다본 현 선배가 방송작가에게 내 잠자리를 부탁했을 때, 그 여인이 처음 한 말은 이런 것이었다.

"아니, 못 재워주겠다는 것이 아니라, 방 따땃하겄다 누구 보는 사람 없겄다 꼬옥 보듬고 자불면 될 것을 뭐 헌다고 나헌티 부탁하냐?"

작가는 장난기 가득한 얼굴로 현 선배를 슬쩍, 옆눈으로 보았다.

"누나도 참……."

"참은 뭔 참? 너도 생각을 한번 해봐. 생판 모르는 사람이 이 상황을 들었다고 쳐. 뭔가 심상찮은 것이 없냐? 여자 후배가, 그것도 쩌그 먼 서울이서, 그것도 혼자서 선배를 보러 왔는디, 처음 인사허는 아줌마네 집이서 잠을 자? ……아니, 꼬옥 보듬고 자라는 소린 농담이고, 방도 두 개잖어…… 욱진이 너도 참 순진허다이.”

“그러게 말예요.”

왜 그런 말이 나왔는지 모르겠다. 우스갯소리라는 걸 드러내기 위해 싱글싱글 웃으며 말하긴 했지만, 갑자기 왜 그런 말이 튀어나왔는지…… 나도 모르겠다. 당황한 것은 그 작가였다.

“음마, 그란다고 이 처녀가 지금 맞장구를 치냐. 참말로 큰일 낼 아가씨내이. ……나설라면 언능 나서요. 시간이 벌써 이렇게 됐구마.”

선명하게 달이 떠 있었다. 나는 엉거주춤 여인을 따라나섰다. 그야말로 엉거주춤이었다. 어머니와 맞먹는 편안함을 안겨주는 이모네 집에 놀러왔다가 이모네 옆집에 자러 가는 기분이었다. 갑자기 보일러가 터졌다거나 물이 나오지 않는다거나 하는 어처구니없는 이유로 말이다. 서울은 지금 춥겠다, 하고 의미 없이 머릿속에 써넣었다. 여인은 곡조를 알 수 없는 노래를 흥얼거리며 아득히 앞서가고 있었다.

어찌된 게 파업인데도 저는 정식 노조원이 아니라 더 바쁜 것 같네요. 일어나는 거 보고 따뜻한 아침도 대접해야 하는데 여러 모로 예가 아닙니다. 욱진이가 오전중으로 연락을 줄 거예요. 욱진이 일정이 어떤지 모르겠지만, 혹시 점심시간 전까지 시간 내기 어려울 것 같으면 혼자 돌아다녀보는 것도 좋을 거예요. 여기서 1번 버스 타고 나가면 여객선 터미널이 나오는데, 그 근처에 늘어선 생선 좌판들도 볼 만하고요, 만일 좀더 일찍 일어나게 되면 유달산도 잠시 올라갔다 오세요.

　점심은 꼭 같이 합시다.

—차명희

　※ 참, 여분의 열쇠가 신발장 위에 있어요. 밖에서 잠그고 나서
우유 집어넣는 투입구를 열어 힘껏 던지고 나가세요.

　전화벨 소리에 잠을 깼을 때 머리맡에 놓인 쪽지에는 이런 글이
적혀 있었다. 사투리가 진하게 섞인 구어로 먼저 여인을 접해서인
지 어딘가 생경한 느낌을 불러일으키는 쪽지였다. 전화는 현 선배
였고, 방송국 나가서 어떻게 어려운 소리를 꺼내고 어떻게 욕을 먹
었을지 대강 짐작이 가는데도 "야, 뭐 하냐? 얼른 나와라" 하고 호
기롭게 소리를 질러댔다. 파업이라고는 하지만 임의로 시간을 내는
건 쉽지 않을 것이었다. 시계를 보니 아홉시 반이었다.

　밤새 아무리 들어도 귀가 열리지 않고 해독이 불가능한 환청에
시달렸고 뒤척이다 깨면 네시, 다시 뒤척이다 깨면 여섯시였던 것
이다. 눈은 그대로 감은 채 몸을 일으켜 앉아 심호흡으로 몇 차례
숨을 고르다 어렵게 잠을 청하곤 했다. 낯선 땅, 낯선 방에서도 쉽
게 잠들고 또 깊이 잠들곤 하던 나에게는 좀처럼 없는 일이었다.

　"야, 너 이마가 왜 그래?"

　"……."

　"어떻게 된 거야. 무슨 일 있었어?"

　"됐어요. 자꾸 쳐다보지 말아요. 무슨 일 있어서 그런 거면 창피
스럽지나 않게요. 차 작가네 집 계단 내려오다가 굴렀어요. 지금 다

리도 여러 군데 찍힌걸요."

"잘한다, 잘해. 어린애도 아니고…… 목포 다녀가는 거 티내는 거냐? ……어때? 걷는 건 문제없고?"

"예."

지은 지 오래된 낡은 아파트였다. 계단 폭이 좁았고, 조심한다고 조심했는데 어느 순간 먼지 낀 계단참에 널브러져 있었다. 왜 그랬는지 마음은 편했다. 말하자면 마음 어느 한구석이 시원해지는 기분이었다. 다만 이마가 조금씩 흉하게 부풀어올랐고, 그런 모습으로 낯선 곳을 돌아다닐 일이 걱정이었다.

현 선배는 시종일관 낄낄거리다가 괜찮다는 나를 남겨두고 기어이 약국에 가서 연고와 반창고를 사들고 나왔다. 게다가 내가 화난 듯이 나중에 알아서 바르겠다 해도 "지금 얼른 발라라. 시끄럽다" 하며 짐짓 쏘아붙였고, 다 바르기를 기다려 반창고를 붙이려고 포장을 뜯고 있었다. 반창고까지 붙이려는데는 내가 질겁을 하고 도망을 갔다. "형, 생각해봐요. 차라리 좀 흉하더래도, 보는 사람이 아…… 어디 부딪쳤거나 얻어맞아서 멍들었구나, 하는 게 낫지 반창고까지 붙여놓으면 얼마나 더 싸나워요. 형이 어제 말한 것처럼 회칼 자국이라고 생각할걸요, 아마" 하면서.

아무튼 나는 번들거리는 이마에 화끈거리는 다리를 이끌고 현 선배를 따라 느릿느릿 유달산에 올랐다. 그 시간에 그런 모습으로 산에 오르는 사람은 아무도 없었다. 멀리서 우리를 발견하고 "사진 찍고 가십시오" "멋지게 찍어드립니다" 하던 아저씨들도 우리 모습이 가까워지자 입을 다물었다. 우리는 무슨 기괴한 이별의례를 하는 남녀 같았다. 게다가 번들거리는 이마를 하고 말이다.

"형, 얼마 전에 어느 단편소설을 하나 읽었는데요, 그 속에 나오
는 여자 주인공이 이렇게 말해요. —무슨 일이든 할 수 있어. 짧고,
즐거운 착각이라면."

"네가 밑줄 그을 만한 말이네."

"아니에요. 저랑 비슷해서가 아니라 부러워서 그 말이 외워졌어
요. 한 이삼 년 전만 해도 저도 그랬던 거 같거든요. 요즘엔 제 모든
말 앞에 '한때는'이라는 말이 따라붙어요. 그럴 나이도 아닌데 말
이죠. 그래서 요즘엔 어느 시인의 시 제목을 조금 바꾸어서 '한때
는'에 대한 경멸……, 하고 중얼중얼거리고 다니죠."

"……."

"형, 요즘 광주 아버지는 잘 계세요?"

"응. 나 여기로 발령나고 조금 서운해하시긴 했지만, 뭐 당신 일
이 있으니까. 근데, 넌 걸핏하면 왜 우리 아버지 소식을 묻냐? ……
혹시라도 우리집 식구 되고 싶은 생각 있는 거 아니야?"

"치……."

현 선배는 모를 것이다. 현 선배가 현용우 원장의 아들이라는 사
실을 알게 되었을 때 내 마음속을 지나간 두 가지 물결을. 이제 현
선배와 더욱더 스스럼없이 친해지게 되었구나, 하는 자각과 함께
마음속을 무심히 쓰윽 긋고 지나간 또하나의 날선 물결을. 이제 현
선배와 허물없이 절친하겠지만 더이상 어떤 색조가 옷 입혀진 감정
은 불가능하리라는 조금은 쓰라린 자각을. 현 선배는 모를 것이다.
그 사실 앞에 내가 얼마나 당황하고 있었는지를. 잘된 거야, 더 좋

은 상황이 된 거야…… 하면서 얼마나 많이 내 스스로에게 암시하고 또 암시했는지를.

　유달산은 작았지만 단아하고 아름다웠다. 유달산 초입에 세워진 〈목포의 눈물〉 노래비 앞에서 현 선배는 오래오래 담배를 피웠다. 나는 한쪽 옆에 모르는 사람처럼 서서 〈목포의 눈물〉을 두 배는 느리게 불렀다. 그렇게 불러보고 싶어서였다. 안 듣는 척 무심히 듣고 있던 현 선배는 "〈목포의 눈물〉 이혜석 버전이냐? 그렇게 부르니 트롯 같지 않잖아? 노래를 아주 버려놓았어" 하고 퉁을 주었다. 일부러 불러본 노래를 가지고 왜 그렇게 퉁명스러워요? 하는 표정으로 현 선배를 흘겨보았고, 현 선배는 "무슨 노래건 슬프게 불러버리는 사람이 있지. 난 싫다. 무관한 사람이라면 모르겠지만. 불행하게 살아질 것 같아서" 하고 발걸음에 가만가만 말을 섞었다. 현 선배의 옆모습은 왠지 조금 굳어져 있었고, 나는 갑자기 현 선배가 좋아지는 것 같았다.

　점심시간이 되어 현 선배와 나는 차 작가와 합류했다. 차 작가는 현 선배와 비슷한 연배로 보이는 카메라직 남자 한 사람을 동행하고 나왔다. 나는 바람 때문에 잘 내려오지 않는 앞머리를 억지로 끌어내려 이마를 가리며 인사했다. 처음 인사하는 사람에 대한 첫인상이 염려되기도 했지만, 차 작가에게 보이고 싶지 않았던 것이다. 내 마음 한구석은 시원했지만 차마 차 작가네 집을 나오다가 그랬다고 털어놓을 수는 없는 일이었다. 내 마음의 시원함을 제대로 설명해낼 자신도 없었거니와 괜한 일로 미안해하게 만들고 싶지 않았다. 그들은 목포에 처음 왔으니 뭔가 특별한 걸 먹자면서 양념해서

버무린 준치회를 밥에 얹어 비벼먹게 되어 있는 준치회 비빔밥을 전문으로 하는 식당에 나를 안내했다.

현 선배는 그들에 의해 욱진이, 현 피디, 욱진씨 등으로 불렸고, 카메라직 남자는 성이 정씨인 모양으로 두 사람 모두에 의해 '정카'라고 불렸다. 차 작가는 명희씨나 차 작가로 불렸는데, 현 선배는 여러 사람이 있는 데서는 차 작가를 누나라고 부르지 않았다. '정카'는 초면이었고, 차 작가라고 해봐야 두번째 만나는 것인데도 그들은 사람을 잘 배려해줄 줄 아는 따뜻한 사람들이었다. 그곳에서 입을 "하, 하" 하고 식혀가며 하염없이 앉아 있고 싶었다. 식당 창 밖으로 바람이 매서웠다.

역전까지 왔을 때 차 작가는 먼저 차에서 내리더니 어딘가로 급하게 달려갔다. 잠시 후 역전의 '지역 토산물 판매장'에서 나온 차 작가의 손에는 김 꾸러미가 들려져 있었다. 이건 정말 오래된 풍경이다, 하고 나는 코를 문지르며 생각했다. 나는 그들을 향해 오래전에 이곳에 산 적이 있는 것 같다고, 이곳에 오고 나니 갑자기 사는 게 부끄러워진다고 자신없이 중얼거렸다. 쭈뼛거리며 말했지만 진심이었다.

"오빠, 안녕…… 잘 있어요."

"얘가? 오빠는 뭔 오빠냐, 갑자기."

"별뜻 두지 말아요. 요즘은 학교에서도 남자 선배를 형이라고 부르는 사람은 거의 없는걸요. ……억울하면 형도 한번 색다르게 불러봐요."

"그래. 잘 가라, 이년아."

“안녕. 보고 싶을 거예요.”
“홍.”
그는 스님같이 웃었다.

차에 오르는 사람들은 모두 어딘가에 멍든 표정을 하고 있다.
사람들 사이의 맺고 풀림에는 왜 비극의 냄새가 숨어 있는지 생
각한다.
언젠가 단단한 무 같은 아들을 낳으면 ‘현’이라 부르리라.
목요일 낮 세시 사십분.
김제, 익산을 거쳐 전라도를 벗어나면 캄캄하겠다.

명에 대해 좀 자세히 풀어놓고 싶어지네요.

명이 좋아하는 것은 더 많습니다. 채소, 특히 쑥으로 만든 모든 음식이랑, 정종…… 또 새벽녘의 분위기,

솜이불, 무엇보다 화집, ……음 그리고, 미루나무, 손창섭과 황순원의 소설들, 감촉,

그 모든 특이한 감촉들, 또 먹냄새, 바싹 말린 모든 것, 골방……,

11월이랑, 진청색, 화로, 그리고 발목까지 오는 치마…… 재미있다구요?

하지만 싫어하는 건 물론 더 많지요. 무엇보다 육류, 그 모든 시뻘건 찌개, 또 저녁 어스름…… 대자리,

아지랑이, 4월이랑, 가랑비…… 음, 분홍색, 머리 감는 거, 모임, 또 걸레질, 계획……

동그라미 그리려다

왜 자꾸 푹푹 웃냐구요? 어머, 불쾌하셨다면 용서하세요. 혼자 생각에 골몰해 있었거든요. 누군가를 찾아가는 길인데, 그 사람 생각을 했었더랬지요. 예? ……아, K역까지 갑니다. 고향집은 아니에요. 고향집에 가는 길이라면 이렇게 기쁘지만은 않겠지요. 왜, 고향집에 가려면 이상하게 기쁘고, 이상하게 서럽고, 이상하게 허탈하고…… 그런그런 감정들이 막 뒤섞여 있고 그렇잖아요. 하지만 이곳에 가는 길은 고스란히 즐거운 마음뿐입니다.

예? ……글쎄 누구라고 설명해야 좋을지.

이름은 명이에요.

외글자 이름이지요. 짐작하셨겠지만 한자로는 밝다는 뜻입니다. 그녀의 이름으로는 참 어울리는 것이에요. 그녀의 조부가 지었다고 하는데, 갓난 그녀가 늘 음울하고 허할 줄 어찌 아셨을지. 아무려나 그녀의 이름은 그녀를 아는 주위 모든 사람들의 공통적인 바람입니다. 명의 나날들에 늘 밝은 햇살 가득하기를 말이지요.

1925년 소띠생이에요. 말하자면 할머니지요. 그러나, 그녀에게 할머니라는 자리는 너무도 어색한 것 같습니다. 할머니, 하면 뭔가 온화하고 솜씨 있고 말이 많고…… 그러그러한 연상을 불러일으킵니다만, 명은 우리가 나열할 수 있는 할머니에 관한 그 모든 관념들의 반대 자리에 있지요. 담배 피우는 폼, 하나만 들어도 알 수 있어요. 명은 몸을 잔뜩 옹크리고 담배를 입 가까이 짧게 쥐고 피우는 전형적인 할머니식 흡연 자세를 싫어하지요. 대학가 근처, 후락하고 운치 있는 카페 구석에서나 볼 수 있는 삼십대 여자의 폼으로 명은 담배를 피웁니다.

한 손으론 이마를 짚고, 한 손으론 담배를 넉넉하게 멀리 쥐고, 연기를 날릴 땐 무심히, 머리 높이보다 19도쯤 위의 원경을 건너다보는 그 포즈…….

오래 전, 명의 마을 한 귀퉁이에서 제수굿을 하면서 혼자 살았던 어느 여인은 명에게, "적막강산이로다. 늙어 죽을 때까지 우환 하나 없이 평평허지마는, 마음에 찬바람뿐이다. 평생 담만 넘어다봐. 나갈 땐 나가라구. 물하고는 인연 맺지 말고. 숨쉬는 계통으루다 조심허고……" 뭐 이런 요지의 말을 했다고 합니다.

그 여인이 말한 '물하고는 인연 맺지 말고'가 무슨 뜻인지는 잘 몰라요. 익사 사고를 조심하라는 말인지, 신장이 약하니 물을 많이 마시지 말라는 말인지, 수영장·카페·주점·음료회사·맥주회사 등 물과 관련된 일에 종사하지 말라는 뜻인지 알 수 없지요. 아무려나 그 말은 꽤나 안타까워요. 명은 예술전문대학 근처나 옛 왕릉들, 유적지 근처나 낡은 시외버스 터미널 근처에서 좁은 전통찻집을 경영하기 알맞은 인상을 가졌거든요. 그 여인의 말이 옳았는지 어땠는지는 모르지만 명은 강가를 싫어하지요. 저물녘에 강가에 나와 앉아 있으면 머리가 깨지는 것 같대요. 이상하다…… 나는 머리가 가뿐해지는데, 하고 중얼거리면 너는 강을 모른다고만 하지요.

명의 모든 말은 이런 식입니다. 앞뒤를 모두 잘라먹고 지극히 암시적으로…… 한번은 어느 아침, 좀 짠한 일이 있어 명에게 눈을 그렁하게 만들어가며 들려준 적이 있어요.

"어제 아침, 외출하는 길에 어느 여자를 보았어요. 무슨 슬픈 일이 있는지 아침부터 눈이 뻘게가지고 벤치에 앉아 있잖아요. 어쩌면 그 여자는 지난밤부터 그곳에 앉아 있었는지도 모른다는 생각이 들었어요. 모습이 초췌해 보였거든요. 왠지 마음이 막 아파서, 근처 편의점에 들어가 뜨거운 캔커피를 사서 건넸어요. 그랬더니 여자가 ― 고맙지만 못 먹겠어요. 어떤 방법으로도 전 지금 나아질 수 없을 거예요, 그러잖아요. 마음이 참 안돼서, 돌아나오다가 지하철 계단에서 발을 헛디뎌 넘어졌어요."

"아팠겠구나."

"왜 저물녘에 마루에 나와 앉아 있으면 쓸쓸해지는 걸까요."

"짐승들도 밤 오면 운다, 매한가지지 뭐."

"왜 이렇게 모든 게 안 풀리고 상황 자체가 적대적인지 모르겠어요. 나이를 좀더 먹으면 아예 포기해버리게 될지도 모르지요. 그렇게 되면 차라리 마음 편하게 될지도 모르고요…… 명은 이십대 중반쯤에 꿈이 뭐였어요?"

"벨소릴……."

이런 식이지요. 명이 늘 이렇게 나올 줄 알면서도 왜 자꾸 명에게 애기 걸고 싶어지고, 따지고 싶어지고, 헤프게 되는지 모르지요. 명이 나빠요.

　어디까지 애기했었지요? 좀 어지럽다구요? 고개를 제 쪽으로 돌리지 말고 그냥 정면을 보고 들으세요. 흔들리는 열차 안에서 고개가 불편하면 멀미가 나기 쉽지요. 오늘따라 시간이 좀더 걸리는군요. 저 이정표는 출발한 지 사십 분 지나 통과하게 되어 있는데, 지금 사십삼 분 지났거든요.
　아……그녀의 운수풀이에 대한 것이었지요. 그 제수굿 여자가 말한 뒷부분은 적어도 정확합니다. ‘숨쉬는 계통으루다 조심허고.’
　언젠가 명과 함께 낮잠이 들었는데 저는 몇 번이나 가슴을 쓸어내리며 불안해했어요. 명은 호흡을 불규칙하게 하지요. 한두 번 놀란 뒤로는 이제 익숙해졌어요. 종종걸음으로 얕은 숨을 달막거리다가, 푸우 ― 담배 연기 뱉듯 큰숨을 쉬어요. 그런 명에게 흡연은 치명적일 텐데요. 저의 충고는 언제나 단박에 밀려납니다. 말했듯이 명 특유의 말투로…… “그렇게 호흡기가 약하시면서 담배 끊을 생각은 왜 도통 하시질 않죠?” “내가 걸레냐?” 듣기로 과격한 음주와 흡연 끝에 오십도 못 되어 돌아가신 어느 평론가도 그렇게 말했다더군요. 자연 치료를 권하는 아내에게 ―내가 걸레냐? 하고 말이지요.
　명은 그래도 자식들은 숨을 잘 쉬게 하고 싶었는지 큰딸을 낳고는 이름을 ‘숨’이라고 지었어요. 사람들이 그게 무슨 이름이냐고 핀잔을 주자, 굉장히 불만스러워하며 ‘이’ 자를 하나 더 붙였지요. 호적에 그녀의 이름은 수미라고 되어 있지만 정확히 말하면 ‘숨이’

인 셈입니다. 그래서 명은 그녀를 부를 때도 "수미야, 수미야" 하지 않고 "숨아, 숨아" 하지요. 마치, 옛날 우리 옆집에 대학에서 불문학을 전공하는 언니가 자기 집 고양이에게 '마리'라는 예쁜 이름을 지어주었는데, 목소리가 우렁차고 몸집이 좋은 그 집 아주머니는 늘 그 고양이를 "말아, 말아" 하고 불렀던 것처럼요. 아무려나 명의 바람대로 수미는 숨을 잘 쉽니다.

명에 대해 좀 자세히 풀어놓고 싶어지네요.

우선 그녀의 생김새는요……,

미인은 아니에요. 하지만, 한 번 보면 잊기 힘든 얼굴을 가졌어요. 뭐랄까…… 가느다란 제도용 연필로 분명한 선 몇 개만 쓱쓱 그어놓은 것 같은…… 담백하면서도 자의식 강한 생김새지요. 얼굴은 창백하고, 쌍꺼풀 없는 눈이지만 눈이 크고 눈매가 아름다워요. 그리고 머리숱이 유난히 많아요. 명은 그것이 늘 불만이지요. "이 머리가 얼른 빠져야 남들이 나를 폭삭 늙은 노인으로 볼 텐데……" 그래요, 명은 그런 사람입니다. 말했듯이 노인네들 감각의 정반대라고 보면 아주 정확해요. 또래의 노인들이 조금이라도 더 젊어 보이게 하기 위해 염색을 하고, 화장을 하고, 원색 옷을 입고, 운동을 할 때 명은 늙어 보일 궁리를 하고 있었던 거죠. 때문에 명은 다른 노인들처럼 눈두덩이가 푹 처지지 않은 자신의 선명한 눈매나 혹은 두피가 듬성듬성 드러나 보이는 칠십의 머리가 아닌 자신의 숱 많은 머리를 혐오했습니다.

이렇게 말하고 보니, 몇 년 전쯤 저의 행동반경이 생각나네요. 스물두셋쯤 먹었을 때 저는 스물여덟이나 아홉쯤으로 보이려고 애썼더랬지요. 그때 생각에, 그 나이쯤 되면 사람들이 저에게 아무런 격

정도 도약도 모색도 방황도 쓰라림도 상처도 기대하지 않을 것 같았습니다. 신기하게도 아무런 바람이 없는 나를, 고스란히 항복할 준비가 되어 있는 나를, 산국화 같은 희미하고 낙낙한 웃음을 배워 버린 나를 그냥 봐줄 것 같았어요. 제가 그 나이로만 보인다면 말이죠. 그때, 쓰라린 심정으로 파마를 하고 눈썹을 다듬고 가방을 새로 바꾸던 나날들이 생각났어요. 저는 명을 온전히 좋아하는 건 아닌데, 때론 이런 지점에서 만나요. 그래서 가끔가끔 놀랍습니다.

명은 아주 솔직합니다. 도무지 돌려 말할 줄을 모르지요. 하지만, 낯선 사람들 앞에서 최소한의 예의로 파악될 만한 돌려말하기는 그럭저럭 잘하는 편입니다. 명이 사람들 사이에 있으면 그래도 저는 아슬아슬한 기분이 들어요. 명은 늘 최소만 하지요. 그래서 잘 모르는 사람들 틈에 있는 것을 몹시 싫어합니다. 가령, 집안의 결혼식 같은 경우가 그래요. "아이구, 참 신랑이 무던하기도 하지." "어, 김천댁 아이가, 반갑데이, 반갑데이, 및 년 만이고?" "이 집 딸 인물 하나는 좋지." "아이고, 오랜만입니다."……"네, 그렇군요." "네, 그랬던가요." "저도 잘 있습니다." 명은 얼굴에 애매한 웃음을 담고 주로 "예, 예" 거리면서 잔칫집을 빠져나옵니다. 그리고는 참았던 담배를 피워물지요.

솔직한 명은 가끔은 지나치게 솔직합니다. 어떤 취미든지 마음을 붙이지 못하는 명이지만 서예 하나는 수준급이거든요. 그런데 사람들이 명의 솜씨를 칭찬할 때면 "심심해서 배운 거예요. 방 안에서 휴지나 쥐어뜯고 있을 수도 없고……" 합니다. 그 표현이 인상적이었는지, 명 주위의 사람들은 그 말을 자주 쓴답니다. 가령, 쇼핑 갈 때 데려가주지 않는다거나, 무슨 야유회에 끼워주지 않는다거나 하면 '내가 방 안에서 휴지나 쥐어뜯고 있어야겠냐?' 하지요.

남들은 그 말이 우스웠는지 모르지만 저는 꽤나 아팠더랬습니다. 명의 그 말 위로, 노년의 내가, 사각티슈를 톡톡 뽑아 방 안에 반듯반듯 늘어놓거나, 두루마리 휴지를 둘둘 풀어 실타래마냥 손목에 감았다가 새끼줄마냥 손바닥으로 말았다가…… 제풀에 훌쩍훌쩍 울거나, 창 밖 석양을 망연히 내다보는 환영이…… 아, ……죄송합니다.

예? 이게 뭐냐구요? 곶감이지요. 명에게 갈 때 자주 사들고 가는 거예요. 명은 식물성의 여인입니다. 식물성의 모든 것을 잘 식별하고, 잘 먹고, 잘 누리지요. 제겐 비슷비슷해 보이는 나물들의 맛의 차이나 특성, 장점들을 잘 알아요. 마치 제 자식이기나 한 듯이 "이놈은 어떻고, 이놈은 어떻고, 저 녀석은 또 어떻고……" 하지요. 명은 여러 채소들을 깨끗이 씻어서는 익히지도, 쌈장에 찍지도 않고 그냥 먹는 것을 즐깁니다. 사람들이 채소를 장에 찍어 먹는 것은 그들 고유의 미묘한 맛 차이를 흐뜨려놓는 것이라고 명은 말한 적 있습니다. 그럴 때 보면 명은 산신령의 늙은 아내 같거나 선량한 염소 같습니다.

명이 좋아하는 것은 더 많습니다. 채소, 특히 쑥으로 만든 모든 음식이랑, 정종…… 또 새벽녘의 분위기, 솜이불, 무엇보다 화집, ……음 그리고, 미루나무, 손창섭과 황순원의 소설들, 감촉, 그 모든 특이한 감촉들, 또 먹냄새, 바싹 말린 모든 것, 골방……, 11월이랑, 진청색, 화로, 그리고 발목까지 오는 치마…… 재미있다구요?

하지만 싫어하는 건 물론 더 많지요. 무엇보다 육류, 그 모든 시

뻘건 찌개, 또 저녁 어스름…… 대자리, 아지랑이, 4월이랑, 가랑
비…… 음, 분홍색, 머리 감는 거, 모임, 또 걸레질, 계획…… 대자
리는 왜냐구요? 그건 아주 구체적인 이유가 있지요. 명이 거의 도발
적으로, 과격하게 깡마른 몸을 가졌기 때문입니다. 대자리 위에 아
무것도 깔지 않으면 앉아 있을 수조차 없을 지경으로요. 살갗이 아
프다는군요. 다른 항목들은 구체적인 이유를 대기가 힘듭니다. 그
냥 명의 생래적인 삶의 호흡쯤으로 생각되어요. 다만 남들이 대부
분 좋아하는 봄의 이미지를 싫어하는 건, 봄이 오면 명은 숨쉬기가
더 힘들어지기 때문이지요. 아지랑이를 보면 자주자주 숨이 막힌다
고 합니다. 아마도 어떤 생성의 이미지 모두를 감당하기 힘들었던
건 아닌지, ……아, 미안합니다, 이런 짐작은 사실 좀 그렇군요.
　명은 살림을 못합니다. 살림을 못하는 할머니도 있냐구요? 그렇
지요, 명은 이상한 할머니입니다. 걸레질에도 도통 힘이 없구요, 갖
가지 양념으로 반찬을 만들 줄도 모르지요. 집안을 반짝반짝 닦는
다거나, 철 따라 집안 분위기를 바꿔본다거나 하는 일도 없어요. 명
자신의 옷은 다려 입는 법도 없지요. 명이 채소를 좋아한다고 말했
었지만, 실은 그것도 입맛이 있을 때 얘기예요. 입맛이 없을 때 명
은, 자주 밥 한 숟가락을 입에 물고 간장을 조금씩 털어넣어요. 그
나마 명이 쓰는 몇 안 되는 담백한 양념도 가족들을 위한 것이었을
뿐입니다.
　명은 자주 쓸 만한 살림들을 버립니다. 나이 들어 그렇게도 집착
이 없는 사람은 처음 보았어요. 언제 한번 명을 찾아갔다가 집 앞
한 귀퉁이에 널려 있는 물건들을 발견했습니다. 꽤 귀해 보이는 옛
그릇들, 묵은 책장을 포함한 집안 살림이었지요. 그것들을 의아하

게 바라보는 제 눈길을 느꼈음인지 명은 "한바탕 뒤엎었다", 나지
막하게 한마디만 하더군요. 그렇게 말하는 명의 얼굴에 시원한 해
풍의 기운 같은 게 지나가는 걸 저는 보았습니다. 그건 어쩌면 저항
인지도 모르지요. 세상에 대한, 명 자신의 세대적 조건에서 저지를
수 있는 가장 완강한 저항인지도 모르지요. 지금의 여인들이 록 그
룹을 조직하거나, 사회운동으로 머리띠를 묶거나, 퍼포먼스로 거
리에 나가 온몸으로 무언가를 표현해내는 것에 버금가는 그런 저항
말이에요. 아무려나 제게는 그날 명의 표정이, "한바탕 뒤엎었다"
할 때 명의 그 무심한 자유가 인상적으로 남았지요.

　아…… 식구들이요? 지금은 혼자예요. 명의 남편은 오 년 전에
세상을 떠났고, 자식들이 있지만 함께 살지 않아요. 자식들을 출가
시키고 나서는 줄곧 남편과 두 분이서 사셨지요. 그건 별로 이상할
게 없어요. 요즘은 아들이 있어도 그냥 노부부만 사는 경우가 드물
지 않으니까요. 때문에 큰아들 부부도 함께 모시고 살겠노라고 몇
번을 부모님께 말씀드리다가 그만 물러섰지요. 예? ……아, 선량
하고 자기 도리를 잘 아는 아들이거든요. 하지만 아버지께서 돌아
가시자 그때는 달랐지요. 어머님 혼자 사시게 할 순 없다고 끝까지
고집을 부렸다고 해요. 그때, 명은 이렇게 말했다고 합니다. "네가
효도하기를 원한다면 나를 내버려두어라."

　언젠가 왜 혼자 지내시느냐고 물었을 때 무심히 들은 얘기예요.
효도하고 싶거든 돌아가라고 했더니, 오랫동안 말없이 가만 앉았다
가 가더라고. 그때, 그 아들의 어깨 위로 지던 저녁 해를 보며 좀 미
안했었노라고. 나는 착한 그놈을 매몰차게 보냈다는 것 때문에, 그
놈은 그놈대로 나를 덩그러니 남겨두고 돌아왔다는 것 때문에 서로

오래 가슴 아프리라 예감했었다고. 그리 오랜 세월을 감싸주고 성장시키고 으르렁거리고 배우고 울고 했으면서도 그놈과 나는 아직 서로를 모르는구나, 싶었다고요…….

가족을 싫어한 것은 아닙니다. 명의 얘기를 듣다보면 말 사이사이에 그들에 대한 숨길 수 없는 사랑이 묻어나지요. 결코 겉으로 드러내지는 않지만 말입니다. 다만 명은 노년에 그저 홀로이고 싶었던 것 같습니다. 가족들을 무연히 지켜보면서 말이지요. 밤에 돌아와 옷을 벗을 때, 저 주름진 옷이 나의 익숙한 껍질이었던가, 잠시 생각해보는 것처럼, ……또 흐린 밤에 가로수에 기대 속을 게워낸 후, 저것들이 내 창자 안에서 이룬 것들인가 하고 잠시 생각해보는 것처럼요. 홀로이고 싶다는 것과 가족을 사랑하지 않는다는 것은 다른 얘기라고 생각합니다. 더 설명하진 못하겠군요. 아무려나 명은 혼자예요.

사는 곳은 시골입니다. 오래 전부터 그랬던 건 아니구요. 얼마 전 서울생활을 청산하고 내려가 있지요. 사실 명에게 서울생활이 끼어 있지 않았더라면 저는 명과 영영 인연이 없었을 거예요. 그렇다고 농사를 짓는 것은 아닙니다. 언젠가 저는 명에게 농사를 짓는 것도 아니면서 왜 시골에 사느냐고, 사람들을 만나기 싫은 것은 알지만 도시에 살면서도 얼마든지 휩쓸리지 않을 수 있다고, 그나마 도시에서 여러 자극들이라도 접하고 살아야 뭔가 생기로워지지 않겠느냐고 말했지요.

명은 시골이 마음에 든다고 했습니다. 노인네들만 그득히 남겨져, 느릿느릿 밭고랑 사이를 기어다니는 걸 바라보는 게 좋고, 아무 일 없이 하루하루를 넘기는 게 그럴듯하게 느껴진다고 했습니다.

모두들 작정하고 낡아가는 모양이 다정스럽고 정답다고 했습니다. 가끔 가까운 소읍에 나와 슈퍼 앞 파라솔 아래에서 코가 찡해지도록 사이다를 마시거나, (명은 추억의 '칠성사이다'라면 더욱 좋다고도 했지요) 자전거포에 쏟아지는 햇살을 바라보는 것도 참 괜찮다고 말했습니다. 명은 노인네들이 재미삼아 가꾸는 그 흔한 텃밭 하나 없이, 도시에서 자식들이 부쳐주는 돈으로 이웃이 가꾼 채소를 가지가지로 사서 염소처럼 가만가만 씹어먹으며, 지금 시골에 살지요.

아…… 피곤하면 주무세요, 언제든지요. 아니 아니에요, 저는 조금도 상관없습니다.

명은 지독한 십팔번을 갖고 있어요. 노래 십팔번이냐구요? 아니, 그런 건 아니고 자주 내뱉는 말이 있다는 소리예요. 무슨 큰일을 치르고 난 뒤끝마다, 혹은 연말마다, 혹은 아무 일도 없었던 다만 우울한 날에도 명은 이 말을 하지요.

한번은 자식을 처음 장가보내고, 사람들이 모두 애썼다, 서운하겠다, 혹은 좋겠다 등등의 말을 한바탕 쏟아놓고 돌아간 뒤였다고 합니다. 명의 동서와 텅 빈 잔칫집 마당에 앉아 그릇을 닦다가 명은, "이게 다 뭔가 싶다" 했다고 합니다. 때문에 애꿎은 명의 동서를 술 마시게 했다고, 사실 그 말은 명의 고정 레퍼토리인데, 자주 들은 적 없는 동서는 갑자기 눈이 뻘게지더라고, ……후에, 아주아주 후에, 명으로부터 들었지요. 그때, 동서에게 괜히 미안했다고요.

제 귀로 들은 것만 해도 많아요. 몇 달 전 명을 찾아갔을 때, 명은 스크랩북에서 한지들을 빼내고 있더군요. 명은 자신이 평소에 쓴

붓글씨 중 잘된 것들을, 낱장으로 비닐이 들어간 고급 스크랩북에
얌전히 보관해두곤 했었지요. 그날 명은 그 서예작품들을 버리고
있었던 것입니다. "아니, 왜 그러세요? 그만하세요, 그만, ……도
대체 왜……" "됐다, 말리지 마라, 이게 다 뭔가 싶다."

그래요, 명은 그런 사람입니다. 명이 나빠요. 명의 그 말이 제게
감염되어버렸지요. 모두 명 때문입니다. '이게 다 뭔가 싶어요' 때
문에, 명이 그 말을 뱉을 때 짓는 지독한 표정과 함께 흉내낸 그 말
때문에, 저는 선량한 그 남자를 당황시켜 돌아서게 하고, 몇 달째
열심히 굴러가던 내 좋은 친구들과의 독서모임을 흔들리게 하고,
……아 모두 명 때문입니다.

하지만, 명 앞에서는 한 번도 그 말을 하지 못했지요. "이게 다 뭔
가 싶어요, 명." 그러지 못했지요. 왜 그래선 안 된다고 생각했는지
는 모릅니다. 아마도 명이 그 말을 뱉을 때는 이상하게도 어떤 힘이
느껴지는데 비해, 저의 그 말은 천박하게만 느껴지는 사실과 상관
있는 건지도 모르지요. 어쩌면 그 말은 명 곁에서만 온전히 그 말일
수 있는 건지도 알 수 없습니다. 아마도 오늘 제가 명에게 찾아가
"오는 길에 명 얘기를 들려주었어요"라고 하면 명은 또 그럴지도
모르지요. "무슨 쓸데없는 짓을…… 그게 다 뭔데?"

명은 가끔 제게 편지를 쓰기도 하지요. 의외로 다정다감하다구
요? 그런 건 아니에요. 명이 쓰는 편지는 다섯 줄을 넘어본 적이 없
어요.

여긴 별일 없음.
아침에 일어났더니 목련꽃이 다 졌더군.

지난번 봉규네 가다가 다친 허리는 이제 괜찮으니 쓸데없는 걱
정할 거 없다.
　한번 다녀가든지.

　이런 식이지요. 처음엔 굉장히 야속했어요. 하지만, 명을 잘 알게
되고 나서는 그 짧은 서신의 행간에 뭔가 더 있다, 명은 그 며칠 내
생각을 많이 했단 소리다 하며 즐거웠습니다. 그녀가 관계 맺는 방
식을 가만히 들여다보면 의외의 실망과 의외의 기쁨이 함께 도사리
고 있어요. 저는 이제 명이 보내는 길지 않은 편지, 그 속에서 나는
담배 냄새나 신발을 질질 끌듯 무심히 이어쓴 글씨체나 파격적인
띄어쓰기 등등 그 모두를 온전히 좋아할 수 있게 되었지요.
　명의 몸은 온갖 질병의 백화점이지요. 노루모산과 사리돈은 명의
다정한 친구이고요. 늘 밥과 채소만 먹으면서 왜 그리 소화가 안 된
다는지 모르겠습니다. 아마도 술, 그리고 불규칙한 식사 때문이겠
지요. 명은 종일 한 끼만 들기도 하고, 수시로 채소를 우겨넣기도
합니다. 특히, 무슨 마음 상하는 일이 있을 때는 명의 곁에서 먹을
것을 가능한 한 멀리 떼어놓아야 해요. 무섭게 먹지요. 뒷감당이 두
려울 정도로.
　때문에 저는 명을 대신하여 노루모산 심부름을 자주 해요. 읍내
약국이라는 게, 다 아는 얼굴끼리 장사하는 터라 한 곳에 자주 가기
힘들거든요. 그들은 늘 명에게는 무의미한 소음에 가까운 충고를
아끼지 않아요. "할머니, 맨날 노루모산만 사가시지 말고 병원에서
정밀검사를 받아보시라니까요." 저는 명을 대신하여 읍내에 몇 안
되는 약국을 잊을 만하면 한 번씩 순례하거나, 도시에서 몇 통 사서

들고 갑니다. 명은, "그래 잘 사왔다. 읍내 약국들, 무슨 충고에 굶
주린 사람 같애. 내가 이 약을 십 년 넘게 먹었다" 하지요. 하지만,
아무래도 이제는 제가 나서야 할 것 같습니다. 욕 먹을 각오를 하고
말이지요. "병원에 딱 한 번만 가보자구요. 놀러가는 기분으로 딱
한 번만……" 이렇게요. 오늘은 꼭 용기를 낼 거예요. 제 말에 명이
무어라 할지 알아요. 그러나, 그 말에 대한 준비도 되어 있습니다.
　"뭐? 너 아직도 나를 그렇게 몰라? 내가 걸레냐?"
　"아니요. 명은 걸레가 아니지요. 병원에 가서 제 몸 아픈 곳을 살
피는 게 어찌 걸레입니까. 그게 굴욕이라면, 사는 게 굴욕이겠지요."
　장난이 아니라는 걸 말하기 위해 눈빛을 진지하게 하고 얘기할
것입니다. 그러면 명은 조금은 놀라 문득 나를 오래 바라볼지도 모
르지요. 아니면 늘 그렇듯이 퉁명스레 받아넘길지도 모릅니다.
"뭐? 철학자 났네. 철학자 났어." 가능성은 반반입니다.

　아…… 제 수첩 어디쯤 명의 사진이 있을지도 모르겠군요. 잠깐
만…… 에이 겨우 한 장이네요. 명의 집 앞이에요. 명 옆에 딱 붙어
있는 놈은 현수. 그냥 시골의 흔한 누렁이지요. 왜 개한테 사람 이
름을 붙이냐구요? 명이 붙인 건데, 그녀는 짐승 이름을 아무렇게나
짓는 걸 싫어해요. 하지만, 한문으로 보면 무슨 거창한 것은 아니지
요. 어질 현에 짐승 수. 어진 짐승이라는 말이에요. 누렁이가 명을
잘 따르고 착하기 때문이지요. 그래서 결국 한글만 사람 이름과 비
슷한 꼴이에요. 사람 이름에 '짐승 수' 자를 넣지는 않을 테니까요.
저기 사진 끝에 희미하게 보이는 사람은 가겟집 문씨 아줌마. 동네
아낙이에요. 명에게 친절하게 대해주는 좋은 사람이지요. 자기 남

편인 가겟집 남자가 명과 저를 찍어주기 위해 명의 집 쪽으로 오자 멀리서 내다보는 거예요. 명의 생김새는 어때요? 꼭 설명한 그대로라구요? 하긴 명의 특징이 좀더 분명하게 드러났을 거예요. 사진은 무슨 사진이냐며 시큰둥하게 따라나왔거든요.

사람들이 기억 속으로 찰칵, 사진 찍히듯 남겨지는 모양을 보면 참 신기로워요. 그러니까, 제가 옛날에 존경했던 중학교 적 영어 선생님은 어느 봄날 저녁, 양호실 한구석에서 몰래 울고 계시던 모습으로만 남아 있다거나, 예전에 제 옆집에 살았던 저보다 세 살 위인 오빠는 옥상에 나와 앉아 기타를 가만가만 퉁기던 모습, 그것도 꼭 비틀즈의 〈Girl〉이라는 곡을 연주하던 모습으로만 남아 있다거나 하는 식이지요. 대부분 이런 식으로 뭔가 특별한 그림이지만, 때론 신기하게도 전혀 아무것도 아닌 그림도 있어요. 그러니까, 제 어머니를 떠올리면 어느 여름방학 땐가 무료한 시선으로 마루에 나와 앉아 계신 자세와 그때 입으셨던 잔꽃무늬 여름 치마가 생각나거든요. 아직까지도 모르겠어요. 전혀 인상적일 수 없는 장면이잖아요. 행여 어렴풋한 슬픔이 섞여들었는지도 모르고요, ……그만두죠, 저는 그때 아마 열 살 안팎이었던 것 같군요.

명은 제게 그녀 특유의 자세로 사진 찍혀 있습니다. 명이 자주 취하는 자세는 무릎을 세우고 앉아 양팔로 무릎을 싸안는 자세이지요. 특별한 이유는 없어요. 말했듯이 명은 도발적으로 깡말랐거든요. 의자에 앉는 자세를 싫어하는 명이기에 바닥에 앉긴 앉아야 하는데, 명의 그 자세는 바닥에 앉는 자세 중 바닥과 닿는 면적을 최소화할 수 있는 자세입니다. 명은 그런 자세로 앉아 화집을 들여다보고, 신문을 읽고, 담배를 피우지요. 그 자세로 담배를 어떻게 피우냐구요? 문제없어요. 명의 두 다리는 한 팔로도 충분히 싸안을 수 있지요.

저는 그 자세를 참 좋아합니다. 명은 조금이라도 덜 아프기 위해, 그저 별이유 없이 취하게 되는 불가피한 자세인지 모르지만 저는 그 자세야말로 명의 이미지에 딱 맞는 것 같았지요. 저는 명이 엉덩이살 조금과 발바닥만 붙이고 앉았듯이, 세상에 대해 엉덩이살 조금과 발바닥 정도의 접면만을 감내한 것은 아닌가 하고 생각한 적이 있어요. 명은, 그녀에게는 처음 신는 지압신발과 맞먹는 강도를 주는 대자리를 싫어하듯이, 그 어느 것에도 맞닿을 수는 없었던 건 아닐까 싶었지요.

가끔 명 특유의 자세를 깜박 잊고, 명에게 쭉 펴고 앉으라고 권할 때가 있어요. 낯선 장소가 그걸 잊게 만들어요. 명의 자세는 낭비 없이 좁고 단정한 명의 집에서만 어울리거든요. 저는 명이 행여 그 장소를 불편해하는가 싶어져서 "쭉 펴고 앉으세요. 저, 어디 안 갈 테니 마음 놓으시구요" 합니다. 명은 아직도 모르는가, 하는 표정으로 "난 괜찮다. 닿으면…… 닿으면 아프다" 합니다. "닿으면…… 닿으면 아프다."

아…… 그러고 보니 명에게는 또하나의 십팔번이 더 있군요. 그건 '난 괜찮다' 하는 말입니다. 사람들 앞에 자신을 가능한 한 좁히고 움츠리고자 하는 욕구와 모호한 형태의 겸손과 모르는 여러 타인들에 대한 배려와 어느 정도의 자기 비하랄까…… 이런 것들이 뒤엉킨 말습관이지요. 사실 이 말이 명과 명의 큰아들을 구하기도 했습니다.

6·25 때의 일이지요. 결혼하여 명이 큰아들을 낳은 이듬해에 전쟁이 터진 것입니다. 서울에서 신접살림을 차리고 있었던 명과 남편은 어린 아들을 데리고 경남 하동 골짜기에 있는 숙부님 댁으로 피난을 떠났다고 해요. 선량했던 명의 이웃들 중 많은 사람들이 그 대열에 함께했다지요. 사람들은 어려운 상황 속에서도 먹을 것이 있으면 조금씩 돌려 먹었다고 합니다. 몇 달 며칠을 굶주리는 절박한 기근의 상황이 아니라면 가난은 오히려 사람들을 너그럽게 하고 서로 가엾어하게 만드는 힘이 있는 것 같아요. 그런데, 명은 먹을 것을 돌릴 때마다 "전 괜찮아요" 했다고 합니다. 가끔은 너무 거부하기만 하여 송구스럽기도 해서, 자기 몫으로 받아두었다가는 슬쩍 꼬마들에게 건네기도 했대요. 늘 먹는 것이 문제였던 열 살 안팎의 꼬마들 있잖아요. 우리가 전쟁 자료사진을 접할 때마다 아프게 맞닥뜨리게 되는, 겁먹고 비쩍 마른 그 형형한 눈들을 향해 말이에요.

결국 그런 명의 행동이 그녀와 아들을 살렸습니다. 한번은 폭격이 있어 대열들이 임시 방공호 같은 곳에 들어갔었답니다. 그때, 웬일인지 어린 아들이 크게 울기 시작했는데 쉽사리 울음이 잦아들지 않았지요. 명이 어쩔 줄 몰라하며 갖은 방법으로 아들을 달래고 있는데, 방공호 안쪽에서 격노한 한 장정의 목소리가 우렁우렁 들리더랍니다. "아줌씨, 거 안됐지만, 그놈 데리고 나가주슈."

애원하는 일에 서툰 터라 명은, 살고자 할 사람이면 어떤 상황에서든 살 거다, 하는 다짐을 하면서 아들을 품에 꼭 싸안은 채 주섬주섬 일어서려고 했대요. 말은 안 하지만, 이곳의 모든 이들이 바라는 일일 것이다 생각하면서요. 그러나, 사람들은 외려 그 장정을 나무라더랍니다. "이 난리통에도 저리 군자처럼 행동하는 아줌마를 왜 내보내요?” “우리가 이럴 때 서로 애껴야지 모두 삽니다. 저 아줌마는 생불이요, 생불.”

명의 그 십팔번은 아직도 남아 있습니다. 다만 바뀐 게 있다면 “전 괜찮아요”에서 “난 괜찮다”로 바뀐 것 정도겠지요. 이를테면 이런 식입니다.

“내일 우리 서삼릉 가기로 했는데, 날씨 보니 비 올 것 같네요. 만일 비 오면 어쩌죠?”

“난 괜찮다.”

“여기 읍내 정류장 앞인데요, 나물거리 좀 사갈까요?”

“네 먹고 싶거든…… 난 괜찮다.”

“다음주 목요일에 시간 어때요?”

“난 괜찮다.”

명은 곰곰 생각해보지도 않고 그렇게 되받아요. 가끔은 그런 식으로 통화를 끝내놓고는 십 분쯤 후에 다시 전화가 걸려오기도 하지요. 느릿느릿하고, 잔뜩 미안하다는 말투로 “어, ……근데, 생각해보니 무슨 일이 있더군” 하면서요. 말하자면 안 괜찮다는 거지요. 명의 그 습관은 가끔 저를 고즈넉하고 슬프게 합니다. 나는 아무것도 아니라는 말을, 아무래도 상관없다는 말을 입에 달고 다니는 사람이 있다니요. 지금도 귀에 웅웅거립니다. “난 괜찮다……난 괜찮다…….”

아무래도 모르겠다구요? 도대체 어떤 인연이냐구요? 글쎄……저는 명과 저의 관계를 설명해야 할 때마다 어떤 아득함을 느낍니다. 이제 막 칠십이 된 여인과 이십대 중반의 여인이 절친한 사이일 수 있는 건 혈연이 아니고는 어려울 수 있어요. 건방지다고 생각지 않으신다면 전 우정이라고 말하고 싶은데요. 사실 그 말이 아니고는 더 적절한 표현이 없어요. 혹 오해하실까봐 말씀드리면 저는 여자보다는 남자가 좋습니다. 예? 무슨 말이냐구요? 아…… 젊은 감각을 잘 감지하지 못하고 사시는군요. 무례했다면 용서하세요. 동성애자는 아니라는 뜻입니다.

사실 특별할 것은 없는 만남이었어요. 이 년 전쯤 저는 모 신문사에서 삼 개월 동안 열었던 문화·예술 강좌를 수강한 적이 있습니다. 제가 수강한 반은 '한국 현대미술의 이해와 감상'이라는 반이었지요. 중요한 이유가 있었던 건 아니고, 원래 미술작품 보는 걸 좋아하는데 국내의 젊은 화가들에 대해서는 너무 무지한 게 아닌가 하는 생각이 들었기 때문이에요.

명은 그 반에서 가장 나이가 많은 수강생이었습니다. 그것도 연령대가 골고루 분포된 중에서 최고령자가 아니라, 대부분이 이십대인 반에서 홀로 노년의 모습으로 수업을 들었지요. 그렇다고 돋보였던 건 아닙니다. 강사를 바라보는 자리에서 오른쪽 뒷부분 구석자리에 늘 정물화처럼 앉았지요. 결석도 않고요. 호기심이 발동하긴 했지만 일 주일에 두 번씩이나 두 달이 지나도록 보고도 저는 말을 붙이지 못했어요. 명의 인상이 그걸 거부하는 것 같아 보였기 때문이지요.

제가 머뭇거림을 이기고 명에게 말을 붙이게 된 것은 어느 날 강의 쉬는 시간에 훔쳐본 명의 화집 때문이었습니다. 수업 교재로 되어 있는 그 화집에 명은 4B 연필로 희미하게 짧은 문구들을 남기고 있었습니다. 지금도 기억나는 몇 가지는 박수근의 어느 그림 밑에 적혀 있던 '하늘 끝 한 줄에 납작하게 매달려, 엎드린 평화. 이미 늦었다' 와 이름을 기억할 수 없는 어느 중년화가의 그림 밑에 써 있었던 '가려거든 가라. 가만히 모든 것이 깨어지는 소리' 같은 것이에요. 박수근의 그림은 그렇다 해도, 그 두번째 그림은 어떤 인상이라는 게 거의 불가능한 추상이었지요. '가려거든 가라' 라니…… 거의 몬드리안의 그림과 비슷한 몇 개의 선을 보고 '깨어지는 소리' 라니요…….

그날 이후 명에게 자주 말을 붙이고, 강의 끝난 후 커피 사달라고 조르고, 몇 개월 후엔 그녀의 집에도 들락거리게 되었습니다. 우리가 제법 친해져서는, 이젠 우리 인연의 계기를 밝혀도 되겠다 싶어 화집 얘기를 꺼냈을 때, 명은 처음엔 화를 내더군요. 그러다가는 그걸 들켰다는 것 자체도 대수롭지 않게 느껴졌는지 "그게 뭐라고, 그 문장까지 조목조목 읊어가며 얘기하냐?" 했어요.

친해진 후 알게 된 건데, 명은 우리 그림에 대단한 안목을 갖고 있더군요. 옛날 조선시대 그림에서부터 현대미술까지요. 밝히진 않았지만 아마도 명의 젊은 시절 꿈은 화가이거나 미술평론가였을 거예요. 도무지 꿈이라든가 그런 얘기를 해주지 않기에 들어본 적은 없지만 말입니다. 명이 좋아하는 그림들은 대체로 희미하거나 담담한 그림이지요. 우리 화가 중에 좋아하는 사람은 김환기와 이만익입니다. 김환기의 그림은 시원하고 개방적이기 때문에 좋다고 해요. 정말 아름다운 게 뭔지 아는 분이야, 라고 언젠가 지나가는 소리로 말한 적 있습니다. 이만익 선생을 좋아하는 건 이만익의 그림 속에 등장하는 인물들이 모두 희미한 표정을 갖고 있기 때문이라고 해요. 사람들은 그 얼굴 표정을 보고 현실감이 없다고 할지 모르나, 그 표정이야말로 지독한 현실이야, 했습니다.

그러나, 명은 그림 일반에 대해서는 별 설명을 못 합니다. "왜 그림이 좋으세요?" 하고 물어본 적 있는데, 명은 그저 "오래 봐도 안 지겹다" 한마디만 했지요. 저는 명에게 그림이라는 대상은 오래 맞대고 있을 수 있는 몇 안 되는 접면이 아닐까 생각했어요. 명을 쓰리게 하는 대자리나 도시나 사람들이 아닌, 어떤 그윽한 것 말이에요. 그 대상이 갖는 의미의 무게야 다르겠지만 누구에게나 있는 거겠지요. 제 어머니에게 너무 자주 꺼내 보아서 너덜너덜해진 죽은 오빠의 옛 편지들이 그렇듯이, 제게 우울한 밤마다 불러보는 〈켄터키 옛집〉이 그렇듯이 말입니다.

명이 우리 그림만 잘 아는 건 아니에요. 서양의 미술도 큰 흐름은 읽고 있지요. 명이 서양미술에 대해 말한 것 중에 기억나는 건 "추상, 추상 하는데, 말 그대로 추상은 내 보기엔 없어" 하는 말입니다. 언젠가 명은 추상화가의 대표적인 인물로 알려진 칸딘스키의 그림에 명 나름의 제목을 달아준 적이 있어요. 〈즉흥 14〉〈즉흥 37〉…… 이런 식으로 나가는 칸딘스키의 그림을 명은 참 오래오래 보더군요. 어느 날 그 제목들을 몰래 보려다가 들킨 이후로 아직 보지는 못했습니다. "쓸데없기는……" 하고 퉁을 먹었거든요. 아무려나 명은 그림에 관한 한 "그림에 모든 게 다 있다" "하다못해 그리는 괴로움이라도 있다"는 주장입니다.

삼 개월의 강의가 끝나고도 명과 저는 자주 만났어요. 인사동에서 만나 아무 전시회나 들어가기도 하고, 제가 불쑥 명의 집으로 가 부침개 같은 걸 얻어먹기도 했지요. 그러다가 얼마 전 명이 시골로 내려가버린 거예요. 명이 제게 시골로 내려갈 뜻을 비추었을 때, 그 말투, 그 표정이 손에 잡히는 것 같아요. 놀라 되묻는 제게, "내가 서울에 있는 거, 유일한 이유가 말하자면 문화, 뭐 그런 것 때문인데……이게 다 뭔가 싶다."

참 어두운 사람이라구요? ……그런 셈이지요. 하지만 명 스스로는 언젠가 제게 "어둡게 사는 것보단 밝게 사는 게 좋아. 젊었을 땐 어둡게 사는 것에 끌리기도 하지만……"이라고 말한 적 있습니다. 저는 그 말에 항의했지요. 누군 뭐 어둡게 살고 싶어서 그렇게 사느냐, 자기 삶의 고유한 빛깔 같은 게 아니냐, 밝게 살고 싶다고 그렇게 살아지느냐…… 하고 말이에요. 명은 아니라더군요. "아니다. 어둡게 살고 싶어서 그렇게 사는 게야. 정말로 무슨 진한 기억이나 상처 때문에 어쩔 수 없이 밝아질 수 없는 이는 드물어. 어둡게 사는 것에 자꾸 끌리다보면 처음부터 자신이 어둠과 친해질 수밖에 없는 것처럼 느껴지지. 하지만 아냐. 어둡게 사는 것보단 밝게 사는 게 좋아. 그게 가벼운 건 아니지. 다른 문제야" 했습니다.

잊고 있었던 말이었는데, 주위를 늘 환하고 생기롭게 만들어주면서도 놀랄 만큼 깊은 사람을 만날 때면 가끔 생각나더군요. 명에게 그런 사람들 얘기를 들려주면서, "아니라고 생각했는데 명이 옳았던 것 같군요" 하면 명은 웃지요. "그건 경지야. 난 그렇게 못 하지. 말하자면 내뺀 거야. 그러니 내게 물들지 마라. 니 그릇을 좁히는 것밖에 안 돼." 전 명이 좋아졌습니다.

지금까지도 명에 대해 많은 걸 알고 있지는 못합니다. 지나온 삶에 대해서는 도통 얘길 꺼내지 않아요. 명과 알게 된 지 수개월이 지난 후부터는, 제 나름의 무기를 개발했지요. 명에 관해 무슨 얘기든 듣고 싶을 때마다 꺼내놓는 무기 말입니다. 별건 아니에요. 제가 명에게 무슨무슨 얘기 좀 해줘요, 하면 명은 "쓸데없다. 지난 얘긴 왜?" 하거든요. 어김없지요. 그러면 저는 "명이 그 얘기를 굳이 안 해준다는 건 그 시절이 아직 뭔가 소중하다는 증거지요. 집착이 많으시군요" 합니다. 그러면 명은 한동안 가만히 앉았다가 툭툭 얘기를 던지기 시작해요. 말 그대로 툭툭…… 명의 사랑에 관한 이야기도 그렇게 해서 알게 된 것입니다.

말씀드렸듯이 명은 지금 혼자예요. 오 년 전에 남편과 사별했지요. 물론 그 남편이 명의 사랑은 아닙니다. 그 시절, 대부분의 사람이 그랬듯이 명은 중매로 결혼했지요. 집안에서 정해주는 남자와 말이에요. 다행히도 그 사람은 지켜보기에 따라서는 용납하기 어려웠을 수도 있을 명의 개성을 잘 헤아렸다고 해요. 선량하고 속이 깊은 사람이었다지요. 명은 그분에 대해서는 "고마웠다. 지나고 나서도 그 말밖에는 할말 없어" 했을 뿐입니다.

명의 옛 사랑은 처녀 적 명과 한 동네에 살았던 두 살 위의 청년이었다고 합니다. 명이 서예를 잘하고 미술작품 보는 걸 좋아하는 것은 노년에 익힌 취미가 아니지요. 명은 취미라는 말을 싫어합니다. 혹은 여가활동이라거나 복지…… 이런 말들도요. 아무려나 명은 처녀 적에도 서예를 잘하고, 그 시절 구하기 힘들었을 화집을 늘 옆에 끼고 다녔다고 합니다. 명과 마찬가지로 깡마르고 미술을 좋아했다는 청년은 명의 그 이미지가 애틋했겠지요. 앙상한 어깨를 안으로 굽히고 발 밑만 보며 걸어가는 명의 이미지. 게다가, 말씀드렸듯 명은 지금 노년이면서도 분명한 눈매와 인상적인 생김새를 지녔거든요. 언젠가 처녀 적 명의 사진을 본 적이 있는데 그땐 말 그대로 강렬하더군요. 저돌적이라는 말이 어울립니다.

명은 조용한 말소리로, "그는 나를 좋아한 게 아니라, 내 인상을 좋아한 게야" 했습니다. 저는 속으로 가만히 항의했지요. 그렇다면 그건 사랑이 아닌가. 도대체 명은 사랑에 대해 무얼 기대하는가. 세상 누구든 그런 것 아닌가. 어느 날 문득, 매일 만나던 모임의 동료가 안경을 벗어 피로한 눈 주위를 손으로 누르는 동작이라거나, 자주 까불고 장난치던 친한 친구의 여동생이 어느 날 창가에서 부르던 나직한 노랫소리라거나, 어느 여름 커트머리를 하고 나타난 학과 후배가 쑥스러운 듯 머리를 쓸어넘기는 폼…… 이런 것들에 매료되는 것 아닌가, 하구요.

어쩌면 명은 자신이 쉽사리 다가가지 못하는 그 모든 가치들에 대해, 나름의 고결한 기준을 갖고 있는지도 모르지요. 그 모든 불모의 자리로만 이동하면서도, 그 모든 침묵과 유폐의 자리로만 낮은 포복으로 기어다니면서도, 어떤 그윽한 다른 자리를 늘 생각했는지도 모르지요. 그러나 저는 "사랑이 뭔데요, ……사랑이 뭔데 그 남자가 명의 인상만 좋아한 것뿐이라는 겁니까?" 하지는 못했습니다. 그저 저는, "그런데 왜 그 청년과 결혼하지 않았죠?" 했을 뿐이지요.

명은 한동안 묵묵히 창 밖 원경을 건너다보다가, "어쨌거나 나를 좋아한 사람 아니냐. 그런 사람한테 몇십 년 동안이나 날 참아내게 하고 싶지 않았다" 그러더군요. 명의 논리대로라면 정말 사랑하는 사람과는 결혼해서는 안 된다는 얘기가 되지요. 저는 조금 화가 나더군요. 그러나, 더 묻지는 않았습니다. 아무래도 명은 아름다운 것에 대해, 아름다워야 마땅한 것에 대해 터무니없는 기준을 갖고 있는 것 같았어요. 그래서 아예 안 다가가겠다고 결심한 것인지, 그저 마음속에 담아두고 가끔 꺼내서 닦아보는 것인지요…….

아마도 명이 자신의 접면을 좁히려는 시도는, 가능한 한 닿지 않으려는 노력은 세상이나 사람들을 향하고 있는 것만은 아닌 것 같습니다. 너무 귀한 것, 너무 소중한 것, 마땅히 귀해야 하는 것, 마땅히 소중해야 하는 것을 향해서도 그녀는 등 돌린 것 아닌지요. ……닿으면 아프니까요.

그 청년은 명과 마찬가지로 고향을 떠나 서울에 살았다고 합니다. 고향을 떠나기 전까지 명과 함께 나눈 추억이란 고작, 마을 숲 길에서의 몇 차례의 기나긴 대화나 서로 나누어본 화집과 문학책, 그리고 그 청년이 딱 한 번 보낸 두터운 편지 정도였다고 해요.

그는 당시 시골 마을의 청년들에 어울리지 않게 손아래 마을 처녀에게 끝까지 존댓말을 했다고 합니다. 그 편지 속에는 ‘그토록 힘겨워하는지요. 제가 거부당하고 있다는 느낌을 받으면 언제든지 떠나려고 했었지요. 하지만 아직 한 번도 그런 느낌을 받은 적은 없었습니다. ……그러면 무엇인지요? 가까이 다가설수록 명이 저를 힘들어한다는 사실이 저를 끝없이 고통스럽게 합니다. 저는 어떻게 해야 합니까? ……’ 이런이런 투의 절망적인 문장들로 가득했었다지요.

명은, 너무 지독해서 그랬는지, 그를 위하는 마음에서 그랬는지 마을을 떠나기 전까지 언제나 자신의 모습만은 보여주었다고 해요. 연인 사이로 맺어지지 못하고도 늘 그에게 어떤 영상으로는 남은 것이지요. 마을 초입에서 명의 집까지 가려면 그 청년의 집을 지나야 했대요. 조금 멀리 돌아갈 생각만 있었다면 그의 집을 지나지 않을 수도 있었는데, 명은 늘 그 집을 거쳐갔다고 합니다. 청년이 사무쳐 했던 숙인 어깨와 나직나직한 걸음걸이 그대로 말이지요. 그것이 청년에게 괴로움이었을지, 기쁨이었을지, 혹은 괴로운 기쁨이었을지는 모르겠어요. 아무려나 명은 그 청년에게 영원히 안타까운 어떤 실루엣으로만 남아 있을 것입니다.

그 청년은, 아니지요 이젠 그분이라고 해야겠군요, 지금 서울에 살고 계십니다. 가끔 풍문으로만 그의 소식을 전해듣는데 그는 대학에서 역사학을 가르치다가 퇴직했다고 해요. 언젠가 명은 서점에 들렀다가 그가 쓴 두터운 학술서를 발견했다고 하더군요. 그때, 기분이 어땠었냐고, 그러나 저는 묻지 않았습니다. 명에 대한 반발심리 때문이었는지, 그의 아내는 통통하고 밝고 사교적인 여자라고 합니다.

아, 이제 깨셨네요. 아니 아니에요, 이십 분 정도만 주무신걸요. 그 동안 캔을 하나 사서 마시고, 화장실 맞은편에서 손을 씻고 왔어요. 죄송하지만 차창에 올려놓으신 카세트 테이프를 좀 봐도 될까요? 어머, 조동진을 좋아하시는군요. 저는 잘 몰라요. 아…… 생각나는 게 한 곡은 있군요. 〈나뭇잎 사이로〉라는 노래. 중간에 이 부분이 참 좋지요. '~여름은 벌써 가버렸나. 거리엔 어느새 서늘한 바람. 계절은 이렇게 쉽게 오가는데, 우린 또 얼마나 어렵게 사랑해야 하는지~.'

명은 나이에 걸맞지 않게 가수 배호를 좋아합니다. 사실 저는 배호도 잘 몰라요. 다만 명의 집에 배호의 음반이 있기에 신기하게 살펴본 것뿐이지요. 하긴 저는 배호를 좋아한다는 사람을 몇 알고 있습니다. 명은 그 가운데 단연 최고령이지요. 하지만 그들 사이엔 공통점이 있어요. 실제로 방랑벽이 있든 없든, 방랑자를 동경한다거나 어떤 빛깔의 멋이든 멋이 난다는 점이에요.

명은 배호에 대해, "그 사람 정말 음악한다는 게 뭔지 아는 사람이다" 했어요. 예전에 그림의 김환기를 말할 때, "정말 아름다운 게 뭔지 아는 분이야" 했던 것처럼요. 하지만 명이 배호의 노래를 따라 부르는 것은 아니에요. 듣기만 하지요.

명이 노래 부르는 것을 들어본 적은 없습니다. 하긴 말도 아끼는 사람이니까요. 남들이 있을 때 그렇게 말을 아끼는 것으로 짐작하건대 명은 혼자가 될 때면 배호의 노래를 낮게 부르곤 할지도 모르지요. 사람들이 뭔가 나타내고 밖으로 표출하는 건 일정한 용량을 갖는다는 게 제 생각이에요. 외향적이고 말이 많은 사람은 하루의 어느 구석에는 지독하게 농밀한 소극성의 시간이 있을 겁니다. 그리고 약하고 조용한 사람은 또 어느 구석에선가 놀랄 만한 폭발력을 가질 테구요. 명도 아마 그럴 거예요. 명과 친하긴 해도, 아직 혼자 있는 것과 맞먹는 편안함을 전해주는 건 아니니 그저 그렇게 짐작해볼 따름입니다.

아…… 명에 대해 재미있는 일화 하나가 생각났어요. 얼마 전 국회의원 선거 때였어요. 마침 명과 통화한 날이 투표일 다음날이라 저는 "누구 찍었어요?" 했지요. 물론 제가 기대한 답은 뻔했습니다. "뭐, 투표 말이냐? 누굴 찍겠냐, 내가……" 뭐 이런 식이려니 했지요. 명은 놀랍게도 "다 찍었다" 하더군요. 제가 무슨 소린지 못 알아듣고 "예?" 하니까 "모두 찍었다구. 골고루 한 번씩" 했습니다.

명은 대부분의 경우 투표하러 가지 않습니다. 가끔은 아무것도 아니라는 식으로 슬쩍 나가 야당을 찍고 오기도 한다더군요. 지난 대통령 선거 때는 민중 후보, 혹은 조금은 냉소적으로 운동권 후보라고도 말하는 어느 무소속 후보를 찍었다고 말해, 저를 놀라게 하기도 했지요. 놀라 되묻는 제게 "그 사람, 고집이 있잖아" 그 한마디만 했습니다.

그러나 거의 언제나 명은 투표하러 가지도, 누가 당선되었는지 궁금해하지도 않지요. 때문에 그날의 대답은 흥미로웠습니다. 그래서 명의 그런 성미를 잘 아는 제가 "아니 왜 괜히 나가서 무효표를 만들어요?" 물었지요. 명의 설명은 이랬습니다.

"서울 살 땐 별로 몰랐지. 워낙 사람들이 낮에 집에들 없어서 선거운동 같은 걸 열심으로 하는 분위기가 아니잖아. 뭐, 내가 집에 없을 때도 있었고…… 근데 여기 내려와보니 거의 날마다 차들이 와서 떠들어. 좀 슬프더라. 그 열망이라는 거. 개중엔 자신이 그 지역에서 명백한 열세라는 사실을 안 사람도 있었을 텐데. 그래도 투표할 생각은 안 했지. 찍고 싶은 사람도 없고. 근데 투표 당일날까지 운동원들이 설치는 거야. 노골적인 선거운동은 못하고 동네를 분주히 오가며 안절부절못하는데…… 지독하게 슬프더라. 그래서 죄다 찍었지. 골고루."

어머…… 곧 K역이로군요. 죄송하지만 저기 올린 짐 좀 내려주시겠어요? ……고맙습니다. 아…… 오늘도 명이 마중 나와 있다면 좋겠어요. 명은 원래는 제가 언제언제 가겠다고 미리 기별을 해도 마중 나오는 법이 없거든요. 근데 최근 몇 번은 무심한 척 역에 나와 있었어요. 기차가 역에 닿을 때까지는 꼼꼼히 기차를 살피고 있다가, 사람들이 쏟아져나올 때면 짐짓 돌아서서 담배를 피우고 있지요. 아직 문이 열리지 않았어도 기차가 서면 다 보이는데도 말입니다. 건방진 소리지만, 그럴 때 명은 참 귀여워요. 명이 마중 나와 있는 걸 보고 처음엔 되게 기뻤었는데, 한편으론 조금 서글펐지요. 명도 늙나봐요.

　명을 만나면 조동진도 한번 들어보시라고 권하겠어요. 왜냐구요? 별말 없이 무심히 들어주시는 품이 어쩐지 명과 통할 것 같거든요. 덕분에 덜 지루했어요. K로 내려올 때마다 이상하게 마음이 들뜨는지 책도 안 읽히고 잠도 오지 않곤 해서 늘 어쩔 줄 몰랐거든요. 가시는 곳까지 편안히 내려가세요. 그럼…….

"전 조금 화가 나기도 하고 허탈하기도 해서 깨끗한 종이를 한 장 꺼내서 거기에다가
내 이름을 한자로 정성껏 써두었어요. 하늘 민에 뜰 정.
한자만으로 보면 내 이름은 그리 흔치 않거든요. 하늘 담긴 뜰. 맑은 하늘 담긴 뜰.
밝고 높게 살라고 어머니께서 지어주신 이름이죠."
"저는 아버지가 지어준 이름이에요. 다를 이에 생각 견. 다른 생각을 갖고 살라는 거죠.
니 아비가 생활 앞에서, 더러운 생존 앞에서 차마 품지 못하고 차마 펼치지 못하는
다른 생각을 맘껏 펼치고 살라는 뜻이죠.
내 여동생은 이각이에요. 다를 이에 느낄 각. 정이각."

민정(旻庭)과 이견(異見)

“우선 카스 세 병 주세요. 예? 그럼 라거. 안주는 뭘로 할까요?”

“글쎄요. 난 이 집 처음인데…….”

“골뱅이무침 먹어요. 여기 그거 잘 해요. ……라거 세 병에 골뱅이무침. 이견씨 매운 거 잘 먹어요?”

“예. 비교적.”

“그럼 싱겁지 않게, 맛있게 무쳐주세요.”

“여기 자주 오나 보죠?”

“그저 가끔. 재수생이나 스물한두 살짜리로 보이는 애들이 잘 안 와서 좋아요. 별로 시끄럽지도 않고.”

“근데 웬일이에요, 오늘따라. 살다보니 민정씨한테 술 얻어먹는 일이 다 있네. 아무튼 나쁘지 않은데요? ……그나저나 무슨 바람이 분 거예요?”

“나한테 술 얻어먹는 일이 다 있네, 라뇨. 이거 되게 섭섭하네요.

늘 뭔가 사람 어렵게 만드는 얄궂은 우수 같은 걸 덮어쓰고 사는 사
람이 누군데요? ……아, 사실 기분이 좀 나빠서 그래요. 자주 있는
일이긴 해도 오늘처럼 작정이나 한 듯이 세 명씩이나 나타나준 적
은 없었거든요."

"누가 나타났어요? 일테면 빚쟁이?"

"아뇨. 그렇다면 이견씨한테 에스오에스를 요청하거나 냅다 도
망이라도 가거나, 아무튼 무슨 대책이라도 생기죠. 민정이라는 사
람들이 나타났어요, 그것도 우르르."

"……."

"이름이 워낙 흔해서 민정이라는 이름을 가진 사람을 자주 마주치
게 되거든요. 기분이 좋을 리가 있겠어요, 이젠 조금쯤 무감각해진
일이라고 해두요. 오랜만에 맘먹고 백화점에서 꽤 비싼 정장 투피스
를 사 입었는데 그걸 입고 나간 첫 아침에 버스 칸에서 똑같은 걸 입
은 여인을 만난 기분. 조금 과장이긴 해도 크게 다르지 않아요."

"그렇겠죠. 게다가 선우 민정도 아니고 탁민정도 아니고 피민정
도 아니고 성까지 흔해빠진 김민정이니……."

"어, 지금 놀리는 거예요? 나 얘기 안 해요?"

"아, 아니에요."

"그런데 오늘 총 세 명의 민정이 내 생활에 불쑥 개입해들어온 거
예요. 오전에 전화 한 통을 받았는데 박 대리를 바꿔달라는 전화였
어요. 그때 마침 박 대리가 자리를 비운 상태여서 지금 안 계시는데
누구라고 전할까요, 했더니 학교 후배 민정이라고 전해주세요, 하
잖아요. 그래서 쓴웃음을 지으며 메모지에 썼죠. 학교 후배 민정이,
라구요. 자기 이름을 그런 용도로 메모지에 쓸 때의 낯선 이물감과

공허······ 알아요?"

"아뇨, 몰라요. ······담배 연기 괜찮죠?"

"예. 뭐 새삼스럽게······ 하지만 그때까진 그렇게 기분이 상하지 않은 상태였어요. 기분을 바꿔볼려고 점심시간에 모처럼 조금 먼 데까지 나가서 스파게티를 먹고 돌아왔죠. 그리곤 점심시간 직후에 친구 전화를 받았는데, 주말에 가까운 산에나 가자는 전화였어요. 산? 좋지, 근데 누구누구 가? 그랬더니 뭐 별로 안 돼. 너까지 가면 나랑 너랑 은재랑 민정이랑 이렇게 넷이 되는 거야, 그랬어요. ······ 예, 고맙습니다. 아니오, 그냥 두세요. 알아서 비벼 먹을게요. 놀라서는 민정이가 누구야? 그랬죠. 그 친구는 왜 은재 재수할 때 친구 있잖아. 저번에 우리들 모일 때 몇 번 같이 만나서 인사도 하고 노래방도 같이 가고······, 했어요. 누군지 생각나는 얼굴이었는데 그 애 이름이 민정이었다는 것은 잊었던가봐요. 아무튼 그게 오늘의 두번째 민정이었죠. 자, 한잔 받으세요."

"사람의 기억이란 게 놀랍도록 간사한 거죠. 좋고 자랑스럽고 생각만 해도 즐겁고 기쁜 기억은 꽤 오랜 시간이 흘러도 그 세부적인 환경까지 다 기억해내는 거죠. 또 기억할 만한 건데도 피하고 싶은 것은 의도적으로 비껴가기도 하고······ 따라서 민정씨는 민정이라는 이름을 가진 사람을 만나게 되는 일이 무척 싫으신가봐요. 그런 걸 보면 사람이란 참 그래요, 목숨 붙이고 살아가게 돼 있죠. ······ 그래서요? 점심 먹고 나아진 기분이 다시 구겨졌겠군요."

"아녜요. 전 조금 화가 나기도 하고 허탈하기도 해서 깨끗한 종이를 한 장 꺼내서 거기에다가 내 이름을 한자로 정성껏 써두었어요. 하늘 민에 뜰 정. 한자만으로 보면 내 이름은 그리 흔치 않거든요.

보통은 옥돌 민이나 백성 민, 민첩할 민 자를 많이 쓰고, 또 정 자만
해도 곧을 정이나 맑을 정, 고요할 정 자를 많이 쓰죠. 하늘 담긴
뜰. 맑은 하늘 담긴 뜰. 밝고 높게 살라고 어머니께서 지어주신 이
름이죠. 그러고 나선 기분이 많이 가라앉았어요."

"얼마 후 오늘의 세번째 민정을 만났겠죠?"

"그래요. 오후에 나른하기도 하고 부칠 우편물이 있기도 해서 사
무실 앞 우체국에 나갔어요. 우체국 갔다가 돌아오는 길에 어떤 여
자 목소리가 나를 부르는 거예요. 모르는 얼굴이었어요. 나말고 다
른 사람을 부른 거구나. 이름이 흔하니 이런 일까지 너무 성가셔,
뭐 이런 생각을 하며 다시 가는데 그 여자가 나를 막아서더니 너 나
몰라? 나 민정이잖아, 그러는 거예요. 뭐? 나 민정이라구. 왜 중학
교 이학년 때 너랑 이름이 같아서 친구들이 큰 민정이, 작은 민정이
그랬었구. 어머 어쩜 이렇게 몰라보게 변했니, 애. 너 특유의 거꾸
정한 걸음걸이만 아니었으면 그냥 지나쳤을 거야. 이젠 키도 나랑
비슷하네, 뭐. 야, 되게 억울하다, 야. 그때 작은 민정이라고 불리는
게 너무 싫었었는데, 하면서 말할 틈도 주지 않고 혼자 떠드는 거예
요. 가만 보니 중학교 때 친구 민정이가 맞더군요. 그 여인이 오늘
의 세번째 민정이."

"그래서요?"

"그래서 이름 흔한 사람의 고뇌 따위는 단 한 번도 생각해본 적이
없을 정이견씨랑 술을 먹기로 작정한 거죠."

"민정씨 이름이 그렇게 흔해요?"

"그래요. 좀 슬픈 얘기긴 한데 대학 다닐 때 과에서 이름 흔한 애
들이 모여서 서로 언쟁을 한 적이 있었어요. 내 이름이 흔하다, 아

니다 내 이름이 더 흔하다 그런 유치한 언쟁이었죠. 일테면 인정 투쟁 같은 거예요. 내 이름이 제일 흔하니 나를 좀 가엾게 여겨달라. 이름 흔한 자로 살아가는 고충을 헤아려달라. 그때 그 언쟁에 끼어 있던 애들은 현주, 현정이, 은경이, 은주, 소영이, 지은이…… 뭐 대충 이런 이름들을 갖고 있었죠. 우리는 어떻게 우열을 가릴까 생각하다가 마침 2월이어서 그해 모 대학 합격자 명단에서 누구 이름이 제일 많이 나오는지를 따지기로 했죠."

"민정씨가 최후의 승자였나요?"

"예. 승리라고 하기엔 너무 쓸쓸한 승리죠. 친구들로부터 위로주를 얻어먹었구요. 그때 그 술자리에서 어떤 친구 하나가 불러준 노래가 아직도 귀에 남았어요. 열 사람 중에서 아홉 사람이 내 얼굴을 보면서 손가락질해. 그놈의 손가락질 받기 싫지만 위선은 싫다 거짓은 싫어. 못생긴 내 얼굴 맨 처음부터 못생긴 걸 어떡해~."

"괜히 비감해지네요."

"나중엔 우리 모두가 다 함께 불렀죠. 그러니까 현주, 현정이, 은경이, 은주 그런 애들 말예요. 가사도 이렇게 바꿔서요. 흔한 내 이름 맨 처음부터 흔해빠진 걸 어떡해~."

"……."

"에이그, 그게 뭐예요? 포크를 그렇게 못 써요? 골뱅이랑 파는 콕콕 찍고 국수는 스파게티 먹을 때처럼 돌돌 말아서 먹어봐요. ……어머, 다 튄다 다 튀어."

"이젠 됐죠? 하지만 민정씬 오늘 술친구를 잘못 골랐어요. 나 역시 흔하기 때문에 그렇진 않지만 내 이름을 미워하는 사람 중의 하나니까."

“왜요?”

“왜요라뇨. 몰라서 물어요? 내가 내 이름을 말하면 사람들은 꼭 두 번씩 묻죠. 예? 뭐라구요, 하면서요. 다시 말해주면 그럼 이견 있습니까? 할 때 그 이견입니까? 하고 또다시 물어요. 열이면 열이 다 그렇다구요. 그러면서 덧붙이죠. 이름이 참 근사하시군요. 하지만 얼굴 표정은 좀 복잡해져요. 직장 상사나 나이 많은 연장자일수록 그렇죠. 말하자면 앞으로 이놈 조심해야겠군, 그런 표정이에요. 오죽하면 이 부장이 날 보고 어이, 삐딱이 그러겠어요.”

“그래도 민그재이보다는 낫죠, 뭐. 처음엔 경상도 출신인 이 부장이 사투리를 심하게 쓰니까 나는 민정이, 그러는 줄로만 알았어요. 알고 보니 내가 일 처리를 조금 꼼꼼하게 하는 스타일이라 일 진행 속도가 다른 사람보다 더디니까 뭉그적거린다는 뜻이었대요. 그러니까 뭉그쟁이쯤 되는 말이죠, 뭐.”

“오늘 술자리는 민그재이와 삐딱이의 만남이로군요. 게으른 사람과 삐딱한 사람. 조직에서 제일 싫어하는 사람들끼리의 술자리이기도 하구요. ……그런데 민정씨 이름은 누가 지으셨죠?”

“어머니가요. 누가 이름의 내력을 묻거나 이름이 한자로 어떻게 되는지 물어주면 저는 너무 기뻐요. 오죽하면 누가 이름 물을 때 물어보지도 않은 한자를 곁들여서 말해주곤 할 정도죠. 서러운 싸움이에요. 개별성의 확보라는 거. 가끔은 내가 추하게 느껴질 때도 있어요. 실은 아무것도 아닌데, 이게 뭐라고 내가 이렇게 집착하나, 삶의 내용이나 개별성 있게 꾸릴 것이지…… 내가 태어나기 일 주일쯤 전에 큰집 둘째아들이 태어났대요. 순산이었고 그 아이 외가에서 외할머니가 와 계셨는데도 할머니는 어머니가 딸을 낳았다는 소식에 와보시지조차 않고 큰집에만 계셨다더군요. 전화만 하셨대요. 에미냐, 순산했으면 됐다. 백일 때나 보자. 애가 회복이 더디구나. 암만해도 더 붙어 있어봐야겠다. 난 큰딸이고 큰집 아들은 둘째였는데도 그러셨다는군요. 어머닌 퉁퉁 부은 얼굴로 아랫니를 깨물고 드러누워 자다 깨다 하며 옥편만 열심히 살폈대요. 하늘 민에 뜰 정. 옥편에 따라 가을 하늘 민, 혹은 맑은 하늘 민이라고 나와 있는데도 있어요. 뜰 안에 가득한 맑은 하늘, 뭐 그런 뜻이지요. 어머닌 이를 악물었다는군요. 두고봐라, 이 설움, 이 무관심 내가 다 기억할 거다, 보란 듯이 키울 거다, 하구요. 나보다 생일이 일 주일쯤 빠른 큰집 둘째는 나와는 대조적인 이름이에요. 창근이. 밝을 창에 뿌리 근. 어머닌 두고두고 그 이름을 비웃으시더군요. 우습지 않니, 얼마나 노골적이고 뻔한 이름이냐. 그럴듯하기만 했지 아무 의미도 없지 않니, 하시면서요. 어머닌 정색을 하고는 민정아, 창근이 이름은 크지만 작은 이름이고 네 이름은 작지만 큰 이름이란다, 하셨어요. 어어, 넘쳐요 넘쳐."

"재밌군요. 자라면서 그 둘은 야릇한 경쟁관계였겠군요."

"그래요. 다행인지 불행인지 창근인 그후로 공부를 지독시리 못해서 결과는 어머니의 판정승으로 끝났어요. 물론 공부가 다는 아니지만. 근데 이 음악 누가 부르는 거죠?"

"돈 맥클린, 제목은 〈크라잉〉이구요. 꽤 오래된 노래죠, 아마."

"오랜만에 들으니 좋네요. ……참, 근데 이견씬 어떻게 그 이름을 갖게 된 거죠?"

"아버지가 지어준 이름이에요. 아버진 80년에 그 거지 같은 언론 통폐합이 있기 전까지 신문사 기자였어요. 기나긴 유신 시대에 기

자라는 이름으로 살아가는 일은 아마도 무척 고단하고 굴욕적인 일이었을 거예요. 내가 태어난 시점 역시 꽤 드라마틱했죠. 72년 10월, 유신헌법이 선포되고 제4공화국이라는 괴물이 얼굴을 내민 바로 그때였으니까요. 다를 이에 생각 견. 다른 생각을 갖고 살라는 거죠. 니 아비가 생활 앞에서, 더러운 생존 앞에서 차마 품지 못하고 차마 펼치지 못하는 다른 생각을 맘껏 펼치고 살라는 뜻이죠. 그이태 후에, 유신시대가 제 틀을 잡고 보다 공고해진 시점에 태어난 내 여동생은 이각이에요. 다를 이에 느낄 각. 정이각."

"이름의 내력을 듣고 나니 너무 근사하고 좋은데요? 앞으로 삐딱이니 둘개니 하고 이상하게 부르는 사람은 내가 가만두지 않겠어요."

"둘개요?"

"어머, 몰랐어요? 그럼 내가 괜한 말을 했네. 난 이견씨도 아는 줄 알았어요. 사무실에서 이 부장만 삐딱이라고 하고 다른 사람들은 죄다 둘개라고 하거든요. ……아, 난 그런 적 없어요."

"됐어요. 새삼스러운 일도 아닌데요, 뭐. 자라면서 이름 때문에 너무 많이 괴로웠어요. 초등학교 때 친구들은 날 보고 변견이라고 하거나 개 두 마리라고 했죠. 그땐 아마 이견이라는 말을 잘 몰라서 그랬을 거예요. 그후로는 언제나 이견, 다른 의견과 관계된 놀림거리였어요. 고등학교 때나 대학 때 무슨 회의 같은 걸 하면 이견 없습니까? 하는 말에 모두들 이견이가 왜 없어 여깄지, 했어요. 혹은 그런 농담할 분위기가 아니고 조금이라도 진지한 의논거리가 있으면 모두들 말없이 나를 바라보곤 했죠. 니가 말해, 니가 이견이잖아, 야 뭐 좀 좋은 생각 없어, 하는 표정으로요."

"그게 다 무의식적인 억압이었겠네요."

"그래요. 그러는 사이 나는 내 이름을 지어준 부친의 의도와는 달리 점점 이견 없는 인간으로 변해갔어요. 나라고 별수 있겠어, 나도 아무 이견 없어 쓰팔, 왜 다들 나만 가지고 이러는 거야…… 속으로 무수히 울부짖었죠. 하긴 그런 고통이라면 나보다도 내 여동생이 더 심했을 거예요."

"왜요?"

"그앤 대학 때 조소를 전공했거든요. 주위 사람들이 맨날 이러는 거죠. 야, 다른 느낌, 이름값 좀 해. 이름값 좀 하라구. ……여동생은 다른 사람이 보지 않는 자기만의 노트 같은 곳에는 늘 제 이름을 고각이라고 썼죠. 내가, 야 이게 뭐냐? 하면 두 가지야, '굳을 고'도 되고 '옛 고'도 돼, 하면서 쓰게 웃곤 했어요."

"미안해요."

"뭐가요?"

"난 몰랐어요. 생각도 못 했다구요. 언제나 내 이름만 원망했죠. 그러고는 속으로 이렇게 되뇌었구요. 니들이 어떻게 알어. 니들이 내 고통을 어떻게 아느냐구."

"누구에게나 다 그렇죠 뭐. 사람들은 자기가 가진 고통이 언제나 가장 크고 무거운 것이라고 생각하잖아요. 하긴 나도 이름 흔한 사람의 쓸쓸함 같은 건 생각도 못 했었어요."

"어, 언제 이런 게 들어왔지? 음악 소리 때문에 못 들었나? 사이삼에 육칠육구? 사로 시작하면 어느 쪽이죠?"

"아마 송파구 쪽?"

"잠깐만요."

……

"뭐예요?"

"아까 낮에 전화했던 친구. 주말에 산에 가는 거 확답을 받으려구
요. 간다고 했죠, 뭐."

"민정이랑 함께요?"

"푸웃, ……그래요. 그 친구한텐 지금까지 민정이라는 이름 앞에
어떤 수식어가 따라붙었는지 궁금해요."

"그게 무슨 말이에요?"

"학교 다닐 때 보통 같은 반에 민정이가 한둘씩은 더 있거든요.
그래서 친구들은 이런 식으로 말하죠. 큰 민정이 작은 민정이, 혹은
출석번호로 십육번 민정이 사십이번 민정이, 혹은 커트 민정이 단
발 민정이……."

"민정씨한텐 주로 어떤 수식어들이 따라붙었죠?"

"지금 내 키가 중학교 일학년 때 다 자란 키거든요. 그래서 대체
로 큰 민정이였어요. 친구들은 현명하게도 내가 방금 말한 것처럼
키나 머리 스타일, 혹은 출석번호처럼 겉으로 드러나는 객관적인
특성들로만 그런 수식어들을 만들었지만 나는 가끔 속으로 이런 생
각도 했어요. 저애들은 자기 나름대로 보다 내밀한 기준으로 우리
를 재고 있을지 모른다는. 이를테면 착한 민정이 못돼먹은 민정이,
좋은 민정이 나쁜 민정이, 예쁜 민정이 못생긴 민정이, 잘사는 민정
이 가난한 민정이…… 이렇게 말이에요. 이름이란 게 수백 번 수천
번 듣긴 해도 자기 입으로 말하는 경우는 무척 적다는 아이러니를
갖고 있잖아요. 하지만 내 경우엔 그런 아이러니조차 비껴가는 셈
이죠. 그래서 학교 때는 같은 민정이끼리는 별명으로 부르곤 했어
요. 남을 부르기 위해 자기 이름을 입 밖으로 소리내어 발음하는 이

물감이 싫어서죠. 별명이 마땅치 않으면 그냥 성과 이름의 첫자만
으로 불렀어요. 최민, 박민 하면서요. ……푸웃, 저…… 이견씨,
골뱅이무침이 그렇게 맛있어요?"

"예?"

"턱에 벌겋게 묻혀가면서 먹을 만큼 맛있느냐구요."

"이런…… 이젠 됐어요?"

"아뇨. 오른쪽……, 예. 됐어요."

"난 민정씨 이름을 처음 듣고는 민정당을 먼저 떠올렸죠. 아버지
와 우리 가정을 황폐하게 만든 그 정권, 그때 여당의 이름이었잖아
요."

"내가 미웠겠군요."

"아녜요, 그런 건 아니죠. 그렇다면 정당 이름을 자기 이름으로
가진 사람들은 죄다 미움을 받게요?"

"난 민정당을 민정당이라고 불러본 적이 없어요. 언제나 민주정
의당으로 불렀죠. 물론 그 정당 이름을 구성하는 민주나 정의라는
말에 속이 느글거리기는 했지만요. 내 이름자로 그치들을 부르는
것보다야 백 배 낫죠. ……잠깐만요."

"오늘 기분좋은데요. 난 누구한테 단 한 번도 내 이름자에 대해
이런저런 얘기를 털어놓은 적이 없었어요. 듣기 좋은 얘기도 아닐
뿐더러 별로 하고 싶지도 않았죠. 오늘도 민정씨가 이름 얘기를 먼
저 꺼내지 않았더라면 아마 이런 얘기는 못 했을 거예요. 그런데 꺼
내놓고 나니 조금 편해졌어요. 민정씨 지금까지 살아오면서 이름
때문에 구체적으로 힘들었던 일 있어요?"

"그냥 그래요. 힘들었다기보다는 내가 많이 싸웠죠. 내 이름 안

에서, 주어진 여건 안에서 내 나름의 의미를 부여하기 위해 애썼어요. 초등학교 다닐 적에 이름 때문에 한참 속이 상해 있을 때 국어 시간에 이런 동시를 써서 상을 받은 적이 있어요. 제목은 「내 이름 민정」이었는데, 내 이름 민정 / 뜰 안에 가득한 하늘이라는 뜻이지요 / 내 이름을 삐뚤빼뚤 삐뚤빼뚤 쓸 때면 / 마당 냄새 하늘 냄새가 납니다' 뭐 이런 식으로 나가는 동시였어요. 여우 같은 기집애였던 거죠. 닭살 돋을 만한 얘기까지 더 해도 돼요?"

"뭔데요? 해보세요."

"지금은 아니지만 한동안 나랑 연애 비슷한 걸 하는 사이였던 어느 선배는 군에 있을 적에 내게 편지를 보내올 때마다 뜰에게, 라고 쓰거나 하늘에게, 혹은 하늘 뜰에게, 뜰 안의 하늘에게 등으로 시작하곤 했어요. ……어머, 괜찮아요? 화장지 좀 드려요?"

"아니, 괜찮아요. 그냥 짧은 국수 가닥이 기도로 넘어갔나봐요. 진짜 괜찮아요. 편지 얘길 하니까 나도 생각나는 게 있어요. 한창 힘들 때였죠. 스물둘이나 스물셋쯤이었을 거예요. 이름대로 살 자신도 없고 이름에 대한 반항심도 들고 기가 꺾일 대로 꺾여 모든 일에 다 의욕이 없을 때였죠. 그 무렵 친구들에게 간혹 편지를 띄울 때면 장난기 반 냉소 반으로 서울에서 개로부터, 라고 쓰거나 서울에서 지친 개로부터, 혹은 낙심한 개로부터, 라고 썼죠. 기분이 조금 나아질 때면 우리 어릴 때 한참 유행하던 어떤 광고를 모방해서 이런 장난도 쳤어요. 저 개도 아닙니다, 그 개도 아닙니다, 지금까지 이 개, 이견이었습니다. ……어, 괜찮아요?"

"……"

"코 아파요? 왜 코를 쥐고 그래요?"

"술이 코로 넘어갔어요. 조금 있으면 괜찮아질 거예요."

"그럼 잠깐만 코 쥐고 앉아 계세요. 나 화장실 좀 다녀올게요."

"신나는 날이에요. 이렇게 웃어본 거 정말 오랜만이거든요. 왜 진작 이견씨랑 술 마실 생각을 못 했을까 몰라."

"진짜예요?"

"그럼요. 이견씨, 우리 처음 사무실에서 인사하던 날 이견씨가 내 이름 물었을 때 내가 토라진 표정으로 한번 맞혀보세요, 굉장히 흔한 이름이거든요. 아마 열 개 넘어가기 전에 맞힐걸요? 했던 거 기억나요?"

"예. 내가 결국 못 맞혔죠. 난 사람 이름에 별로 관심이 없거든요. 그래서 어떤 이름이 흔한지도 잘 몰랐어요. 내 이름자에 대한 아픔이 있다 보니 이름 자체에 그다지 가치를 두지 않는 것으로 나름의 방어를 했던 것 같아요."

"난 사실 그날 얼마나 기뻤는지 몰라요. 난 가끔 사람들 처음 만나면 그런 식으로 이름을 맞혀보라고 하거든요. 그러면 정말 거의 대부분의 사람들이 열 개를 안 넘기고 알아맞혀요. 이견씨가 결국 알아내지 못하니까 너무 산뜻하고 기쁜 거 있죠."

"그런 게 다 기뻐요?"

"내가 좀 그래요. 사실 조금 과민하다 싶을 정도로 내 이름을 싫어했죠. 내 밑으로 여동생 하나 남동생 하나가 있는데 여동생은 민형, 남동생은 민후예요. 나만 상대적으로 그렇게 느끼는지는 모르겠지만 꽤 괜찮은 이름이죠. 어릴 때 어머니께 괜히 화도 많이 내고 항의 아닌 항의도 많이 했어요. 어머닌 처음엔 이러시더군요. 그게 말이다. 니 이름 지을 당시엔 그렇게 많지 않은 것 같더니 그게 좋은 이름인 줄 다들 알아차렸는지 점점 많아지데…… 그러고는 얼마 후부터는 이런 식으로 나를 위로하더군요. 민정아, 원래 훌륭한 사람들은 이름이 다 흔하단다. 우선 대통령만 해도 그렇다. 박정희, 물론 여자 이름으로 흔한 것이긴 하지만 얼마나 흔한 이름이냐. 영부인도 그래. 물론 남자 이름으로 흔하지만. ……술 좀더 할 거죠? 아저씨, 여기 맥주 세 병 더 주세요. 국수도 새로 더 얹어주시구요."

"재미있는 집 같애요. 우리집은 식구들끼리 그런 살가운 말을 주고받는 분위기가 아니에요. 저마다 자기 일을 하죠. 지적인 풍모가 있는지는 모르겠지만 난 그런 분위기가 싫어요. 이견이라는 이름만 해도 그래요. 사실 얼마나 지적인 이름이에요. 다른 사람들에게는 멋져 보일지 모르지만……, 답답하고 지겨워요 그 굴레. 아버지가 그렇게 신문사에서 해직당하신 후에 굉장한 부자로 살았던 우리 외가의 도움으로 제법 큰 서점을 운영하셨어요. 서점 운영에 직접 관련된 일은 거의 어머니가 도맡아 하시고 아버진 그 서점 이층에 어머니가 꾸며주신 작은 서재에 거의 매일 나가셔서는 하루를 보냈어요. 87년엔가 88년엔가 재벌을 등에 업지 않은 진보 성향의 작은 일간지가 출범하여 그 일에 결합하시기 전까지 계속 그런 식으로 생활하셨죠. 난 싫었어요. 아버지가 책 읽는 모습을 볼 때마다 속으로 외쳤죠. 아버지 거기에 무엇이 있습니까. 거기에 대체 무엇이 있단 말입니까."

"예, 고맙습니다. 어머, 많이도 주시네요. ……이견씨, 이 노래 양희은 노래 맞죠?"

"그래요. 아마 제목이 〈백구〉일 거예요."

"이견씨랑 술 먹으니까 노래도 마침 개 얘기가 나오네요."

"예? 말 다했어요?"

"아, 농담이에요. 이 노래 내가 굉장히 좋아하는 노래죠. 슬프거나 답답하거나 그럴 때 울고 싶은데 눈물조차 나오지 않으면 이 노래 들어요. 들으면서 우는 거죠. 재수할 때 특히 자주 들었어요."

"재수했어요?"

"예. 재수할 때도 이름 때문에 아픔을 겪어야 했어요. 왜 보통 합격자 발표할 때 그 전날 밤쯤 되면 자동 전화안내를 실시하잖아요. 그런데 전화가 몇 시간째 불통인 거예요. 그래서 그냥 일찌감치 포기하고는 그 다음날 날이 밝자마자 직접 학교 운동장으로 나갔죠. 어머니와 함께 나섰는데 나는 사실 자신이 없는 상태였구요. 내가 지원한 사회학과는 정원이 삼십 명밖에 되지 않아서 굳이 수험번호로 확인할 것도 없이 합격자 명단이 한눈에 들어오게 되어 있었어요. 어머니가 먼저 보고는 얘야 애썼다, 그 동안 고생 많았어, 하면서 나를 부둥켜안는 거예요. 내가 직접 다시 보니 내 수험번호는 없더군요. 다만 김민정이 있었을 뿐이었어요."

"이제 조금 이해가 돼요. 민정씨가 이름 같은 사람에 대해 과민하게 반응하는 거. 그런 일까지 겪었으니 오죽하겠어요. 열아홉이면 세상에서 무언가 자기를 외면하는 것이 눈에 띄기만 해도 어쩔 줄 모르고 분노하고 이를 갈고 치를 떨고 그럴 나인데…… 어휴, 매워."

"어머, 이쪽으로 먹어보세요. 이쪽이 조금 덜 비벼졌거든요. ……어때요?"

"예. 이제 괜찮아요. 그 얘기 계속해봐요."

"그래요. 하지만 분노는 아니었어요. 이상하게도 그 여자애, 사회학과에 나를 제치고 합격한 그 김민정이라는 아이가 가엾더군요.

뭐라고 설명할 수 있을지는 잘 모르겠어요. 하지만 조금씩 철이 들면서 나는 더이상 민정이라는 사람들이 남 같지 않았어요. 나는 그저 그 여자애가 선배 민정이들, 그리고 앞으로 자기 후배로 입학할 많은 민정이들과 잘 지내기를 바라볼 뿐이었어요."

"훌륭한데요. 난 단 한 번도 이견이라는 사람을 만나본 적이 없지만 만약 그런 사람을 만나게 된다고 해도 그가 무척 미울 것 같아요. 언제 한번은 대학 때 친한 친구들끼리 작은 독서모임을 만든 적이 있었어요. 다들 개성이 뚜렷하고 진취적이고 박식한 녀석들이라 다툼도 많았죠. 근데 나는 그 모든 삐그덕거림이 다 나 때문인 것 같은 생각이 들었어요. 난 이견이니까요. 한번은 술이 취해서 친구들이 모두 모인 자리에서 이렇게 퍼부어댔죠. 나 이제 안 나올게. 난 우리 모임에서 없을수록 좋은 존재지 뭐야. 내가 없어야 서로 의견도 잘 맞고 잘 풀릴 거 아냐. 그래, 난 이견이니까. 이제부터 안 나온다구. 그래도 되지? 아니 아니지, 그래도 되는 게 다 뭐야. 그게 좋겠지? 이견 없지? ……민정씨는 내 맘 몰라요."

"그래요. 그렇지만 이견씨도 내 맘 모르긴 마찬가질 거예요. 살아가면서 항상 누군가 다른 사람을 먼저 쳐다봐야 하고, 의식해야 하고, 좋은 일로 내 이름이 호명되면 설마 나일까 하고 지레 뒷걸음질치고 무슨 나쁜 일에 내 이름이 거론되면 혹시 나 아닐까 덜컥 가슴부터 졸여야 하고…… 병원 대기석에 앉아 있을 때 간호사가 김민정씨! 하고 부르면 누군가 다른 사람이 일어나지 않나 먼저 살펴야 하죠. 대학 때 한번은 이런 일도 있었어요. 왜 도서관에서 책 대출하거나 반납할 때 학생증 바코드를 인식하는 기기로 처리하잖아요. 하루는 그 기기가 고장나서 학생들이 줄지어 차례를 기다리고

있고 도서관 담당자가 일일이 그 학생의 이름을 입력시켜, 화면에
뜨는 서너 명쯤의 이름 가운데 학과를 확인하여 그 학생의 대출 상
황 화면을 찾아내고 있었어요. 기다리는 사람들은 조금 지체되는
상황에 짜증을 내면서도 이 대학에 내 이름과 같은 사람이 얼마나
다니고 있나 하는 자못 호기심 어린 표정으로 서 있더군요. 난 내
이름을 입력시켰을 때의 상황이 불 보듯 뻔하기 때문에 슬그머니
그 대열에서 빠져나오려고 하다가 그날이 대출 마감일이라 할 수
없이 기다렸어요. 뭔가 절망적이기도 하고 섬뜩하기도 하더군요.
빠르게 넘어가던 그 민정의 대열들이라니……."
　"미안해요."
　"이번엔 이견씨가요?"
　"그래요. 그러고 보니 우린 서로 한 번씩 미안한 사람들이로군
요. 재밌어요. 어, 이건 뭐죠? 서비스 안줍니까? 고마워요."
　"뭐 재밌는 얘기 없어요? 이견이라는 이름과 관련해서요. 괜히
내가 분위기를 이상하게 만들었나봐요. 이럴 생각이 아니었는데."
　"친구들 중에 아주 독종이 있었죠. 날 놀려도 아주 지독하게 놀리
는. 왜 아까도 말했지만 친구들이 내 이름 가지고 뭐라 그래도 다들
‘이견 없습니까?’ 수준이거든요. 그런데 그애는 내 성과 이름을 함
께 놀려댔죠."
　"어떻게요?"
　"이견 없지요? 저엉, 이견이 있으면 손을 들고 말씀하십시오."
　"말 되네요."
　"뿐만 아니에요. 고등학교 때 같은 반에 각종이라는 좀 특이한 이
름을 가진 친구가 있었거든요. 그애랑 같이 묶어서 놀리는 거예요.

자, 각종 이견 있으면 말씀해주십시오. 사람을 더 난감하게 하는 건 그애가 반장이었다는 거예요. 그러니까 우리들끼리 무슨 사적인 의논을 하는 자리에서만 그러는 게 아니라 학급회의 시간에도 그런다는 거죠. 각종이는 지금도 연락이 되는 친군데 만나면 아직 그 일들을 잊지 않고 자주 얘기하더군요. 사람들은 그걸 몰라요. 웃으면서 넘겨도 속으론 작으나마 앙금으로 남는다는 걸. 게다가 자기한텐 한 번이지만 당하는 사람한텐 수십 번 수백 번이라는 걸."

"폭력이군요."

"더 가슴 아픈 폭력도 있어요. 대학 때 나와 연인관계로 발전할 수 있었던 학과 후배가 있었어요. 그앤 내 이름을 참 좋아했죠. 오빠 이름은 대학사회에서 가장 멋지고 근사한 이름이야, 하면서요. 가까이에 있어도 꼭 불렀어요. 이견 오빠, 이견 오빠 그렇게요. 몇 달을 우리는 잘 어울려 다니고 즐겁게 지냈어요. 그런데 그애가 자꾸만 나를 멀리하는 거예요. 내가 너 왜 그러냐, 내가 무슨 잘못이라도 했느냐 하면 아무것도 아니라는 거죠. 그 몇 주 후에 그애가 그러더군요. 오빠 너무 힘들어. 우린 너무 다른 것 같아. 이견이 많다구요. 나 이제 지쳤어요. ……그게 끝이었죠."

"……"

"나중에 알고 보니 그 여자애를 좋아하던 다른 후배 녀석이, 그러니까 그 여자애와는 과 동기가 되는 놈이죠, 그애를 볼 때마다 이렇게 말했다더군요. 야, 너 아직 다른 생각 그 선배랑 잘 지내냐? 그 선배랑은 다른 생각이 없나보지, 생각이 잘 맞나보지? 야, 확실히 연애가 별거긴 별거다 야. 그 선배 이젠 같은 생각이라고 불러야겠는걸……"

"너무했어요."

"두고보라죠. 언젠가 정말 내용 있는 이견, 나만의 투철하고 치열한 이견을 내놓고 그 이견에 따라 살아가는 모습을 꼭 보일 거예요. 그래서 그 후배 녀석, 치사하게 사랑을 얻으려고 남의 이름 가지고 놀려대던 그 녀석에게 멋지게 복수할 거예요. ……아, 민정씨 죄송해요. 금방 끊을게요. 여보세요. 뭐? 나 지금 회사 동료 만나고 있어. 아니야, 기다리지 마. 다음주에 보기로 했잖아, 왜. 됐어. 지금 사람 앞에 앉혀놓고 있어. 내가 다시 연락할게. 끊어."

"이견씨."

"왜요? 왜 쑥스럽게 사람 빤히 보고 그래요."

"우린 어떤 점에서는 서로 많이 통하는 것 같애요. 그죠?"

"난 예전부터 자주 느꼈었는걸요, 뭘."

"이젠 악몽 따위엔 시달리지 않아도 될 것 같아요."

"악몽이요?"

"예. 사실 난 오늘처럼 민정이를 우르르 만난 날이나 무슨 일인가 잘 풀리지 않고 좌절을 겪을 때, 혹은 너무 슬픈 일이 있거나 그럴 때면 똑같은 악몽에 시달리거든요. 늘 이름과 관련된 거죠. 왜 내 이름이 하늘 담긴 뜰, 맑은 하늘 가득한 뜰이라는 의미를 담고 있다는 얘기는 했었죠. 그런데 꿈에서는 항상 이상한 하늘이 나와요. 낭떠러지에서 떨어지는 꿈인데 떨어지면서 내가 떨어지는 곳이 어딘가 하고 아찔한 상태에서 내려다보면 그곳은 논바닥이나 푹풍 치는 바다가 아니라 검은 하늘인 거예요. 낭떠러지에서 떨어졌는데 검은 하늘이라뇨. 깨어나보면 내 방 안이고 나는 방어자세로 태아처럼 웅크리고 있는 거죠. ……잠깐만요."

"괜찮아요?"

"아뇨. 그냥 화장실 다녀온 것뿐예요. 어디 안 좋아 보여요?"

"민정씨."

"……."

"마음 편하게 가져요. 아무것도 아니잖아요."

"그래요. 고마워요."

"그래도 민정씨는 고차원적인 꿈이나 꾸죠. 난 고등학교 때 항상 출석부 꿈을 꿨어요."

"출석부 꿈이요?"

"예. 출석부가 불타는 꿈이나 출석부가 없어져서 반장이 혼나는 꿈. 그런데 내 고등학교 생활을 보자면 그 꿈이란 게 얼마나 단순한 건지 알 수 있어요. 고등학교 때 선생님들이 수업시간에 문제풀이를 시키거나 무슨 질문을 던질 때 무작위로 학생들을 지목하잖아요. 그런데 나는 선생님들이 보자, 오늘이 며칠이지? 하고 나오면 대안심이고 어디 보자, 하면서 출석부를 펼치면 속으로 망했다, 하는 거예요. 어김없거든요. 정이견이? 얼마나 다른 생각을 갖고 있는지 어디 한번 들어볼까? 하시죠. 그러니 출석부가 얼마나 미웠겠어요. 출석부가 불타는 꿈이야 출석부 하나에 대한 증오이지만 출석부가 없어져서 반장이 혼나는 꿈은 두 가지 대상 모두에 대한 증오가 다 풀리는 셈이죠. 왜 아까 말했잖아요, 그놈. 저엉, 이견이 있으시면 말씀해주십시오. 각종 이견 있으면 말씀해주십시오. 바로 그놈이요."

"하긴, 출석부 얘기 하니까 나도 생각나는 애가 있어요. 중학교 때 같은 반 아인데, 이름이 샘물이거든요, 이샘물. 이견씨나 나나 아직은 한글 이름이 생소한 세대잖아요. 게다가 출석부에 이름들도 죄다 한자로 표기되어 있었구요. 우린 선생님들이 일단 출석부 쪽으로 관심을 돌리면 모두 안심했죠. 그러고 보니 당사자인 샘물이는 그 순간이 너무 싫을 거란 생각은 한 번도 해본 적이 없었네요. 선생님들은 모두 그랬죠. 샘물이? 맑고 시원한 생각 한번 들어보자. 또, 한 번 시험 볼 때마다 성적을 확인해서 성적 떨어진 애들한테는 플라스틱 자로 허벅지를 때리곤 했던 무서운 수학 선생님이 있었는데, 그 선생님은 샘물이한테 자주 그랬어요. 어이, 이샘물. 여긴 중학교야. 셈만 잘해서는 안 된다구. ……그애 별명이 뭐였는 줄 아세요?"

"글쎄요. 시샘이? 으음, ……짤순이?"

"쌤통."

"멋지네요."

"이름에서 따온 것도 있지만 사실 걔가 좀 쌤통이긴 했어요. ……술 그만하실 거죠?"

"왜요?"

"이 집엔 종업원 불러서 술 다 마셨어요, 하고 말하면 따뜻한 차를 갖다주거든요. 이 집만의 서비스죠. 대추차, 녹차, 둥굴레차 아마 그럴 거예요. 입도 매울 텐데 차 마시고 가요."

"좋죠. 그럼 난 녹차. 민정씨가 주문하세요. 나 잠깐 몸무게 좀 가볍게 하고 올게요. 맥주는 이게 나쁘단 말야, 특히 둘이서만 술 마실 때……."

"아저씨, 여기 술 다 마셨어요. 녹차 두 잔 부탁합니다."

"이름이란 게 참 그래요. 난 가끔 내가 민정이, 라는 이름의 틀 속에서 살아가도록 되어 있다는 생각이 들거든요. 레디메이드 인생, 뭐 그런 것처럼 말예요."

"하지만 민정이라는 이름이 무슨 특별한 의미를 가진 건 아니잖아요. 정직이, 탐욕이, 예쁜이 뭐 이런 것이라면 몰라도."

"그냥 느낌이죠. 어쨌거나 남자 이름으로는 거의 없는 것이니까 여성성이 강한 여성으로 살아야 한다거나, 그게 아니라고 해도 내 나름대로 민정이라는 이름에 대해 갖고 있는 인상 같은 것, 그것대로 살아야 할 것 같아요."

"그게 뭔데요?"

"이름에서 풍기는 뉘앙스이기도 하고 조금은 통계적인 것이기도 해요. 물론 내가 만난 민정이는 이 세상 민정이의 몇만 분의 일도 안 되겠지만. 그러니까 얌전하고 조용하고 자기 주장은 별로 강하지 않고 얼굴 생김은 그저 수수하게 다분히 한국적인 분위기를 풍긴달까…… 코도 낮고 이목구비도 그다지 뚜렷뚜렷하지 않구요."

"내가 보기에 민정씬 그렇지 않은 것 같은데요?"

"그래요? 그거 칭찬으로 들어도 되나요?"

"그럼요."

"사춘기를 거치면서 나는 민정이라는 틀 속에 갇혀 가장 민정이다운 민정이로 살아가기로 되어 있는 사람이다, 이런 생각으로 괴로웠어요. 그래서 괜히 독특한 취향을 추구하곤 했죠. 한참 발라드 가수 이문세의 노래가 판을 칠 때면 여중생들이 잘 알지도 못하는 그룹 들국화를 좋아하고, 야광색 소매 없는 쫄티가 유행하면 일부러 색깔 어두운 옷만 입고 다니고…… 사실 서글픈 거죠."

"난 아들 낳으면 이름을 동의라고 지을 거예요."

"예, 동의요?"

"그래요. 동의한다 할 때 그 동의요. 그러면 그애는 제 이름에 대한 반항심 때문에 이견을 많이 가진 사람으로 자랄 거예요. 주위 사람들이 야 니가 아니면 누가 동의해주냐 좀 가만있어라, 하고 나오거나 혹은 예스맨이라고 흉을 보기라도 하면 쓰팔, 내가 왜 동의야. 난 동의 안 해. 난 동의 못 한다구, 하면서 치고 나오겠죠. 부친의 뜻이 손자대에 이르러서 완성되는 거구요. 게다가 내 이름처럼 척 들어서 이상하다는 느낌은 없잖아요. 대부분 동희라고 알아들을 테고 혹 동의라고 바로 알아들어도 그렇게 이상하지는 않겠죠. 의, 자야 사람 이름에 많이들 쓰는 거니까."

"이견씨."

"왜요?"

"그렇게 비관하지 말아요."

"비관하는 거 아녜요. 이름 때문에 자주 괴로웠지만 내 이름 미워해본 적은 단 한 번도 없어요, 나. ……녹차 좋은데요?"

"오늘 너무 즐거웠어요. 이견씨 아니었으면 오늘도 집에 틀어박혀서 집안 식구들한테 소리나 지르고 혹시 민형이나 민후가 빨리 들어와 있기라도 하면 너는 그렇게 할 일이 없니, 하고 트집을 잡거나 그래 너 잘났다 니 이름 근사하다 하면서 언니, 누나답지 않게 말도 안 되는 시비나 걸었을 거예요. 그러곤 자다가 낭떠러지 꿈 꾸고요."

"……"

"왜요, 왜 웃고 그래요?"

"민정씨, 주말엔 뭐 해요?"

"그냥. 별일 없어요. 가끔 친구들과 약속 있으면 몰라두요."

"이번 일요일, 아…… 아니지 이번 일요일엔 산에 간댔으니까 우리 다음 일요일에 같이 동물원 갈까요?"

"동물원이요?"

"예. 거기 가면 아마 제 이름을 우리들보다 훨씬 더 미워하며 살아갈 동물들이 많을 거예요. 멧돼지, 불곰, 두더지…… 동물로 태어난 것도 서러운데 말이죠. 게다가 이름 길게 달고 있는 놈들도 있잖아요, 왜. 얼룩점 뭐뭐라든지 머리 붉은 뭐뭐라든지 하는 것들요. 점 있는 놈한테 너 점 있지 하면서 이름까지 그렇게 붙여주면 얼마나 신경질 나겠어요. 사람한테 점순아, 하는 것하고 똑같잖아요. 가서 개들 이름이나 구경해요. 그리고 동물원 간 김에, 간만에 동물원 노래들 생각나는 대로 흥얼거리면서 산책이나 하는 거죠. 이 노래 알아요? 고무풍선을 움켜쥔 아이와 하품하는 사자들과, 푸른 하늘 맴도는 원숭이는 지나온 내 모습이었지~."

"그럼요, 잘 알죠. 그러고 보니 동물원 가본 지도 정말 오래됐어요."

"그럴 줄 알았어요."

"멋진데요. 그러니까 데이트예요?"

"그래요, 데이트."

"……."

"어때요, 이견 없죠?"

심연은 그 뉘앙스와는 달리 가까운 곳에 있다.

그 점이 나는 애석하기도 하고 재미있기도 한 것이다.

심연은 우리 동네 한 블록 위의, 평범한 주택가 미장원에 불과하다.

그곳은 아기용품 판매점 옆, 약국 맞은편에 키를 낮추고 서 있다.

옅은 갈색으로 선팅된 문에는 '속눈썹 파마합니다' 라고 적힌 작은 종이 조각이 붙어 있다.

때는 토요일의 오후.

심연으로 들어가는 문 꼭대기의 은색 종이 "딸랑", 나의 진입을 알린다.

나는 이렇게 들어왔다.

심연에서 졸다

‘심연’에 머리 자르러 간다.

나는 심연에서 머리를 짧게 자를까 한다. 더불어 마음까지 뭔가 가볍게 추스를 수 있다면 더 기쁠 것 같다. 심연은 내 머리를 능숙하게 다룰 것이고, 나는 한없이 편안할 것이다.

‘헤어숍—심연’

내가 지금 찾아가는 곳의 이름은 그렇다. 가끔 그 집 앞을 지날 때, 쿡쿡 웃었던 생각이 난다. ‘헤어숍—심연’이라니…… 그러면서 내가 상상했던 것은 삼십대의 서늘한 여인이 긴 생머리를 하고 영업을 하면서 간간이 담배를 피운다거나, 인문주의에 침윤했던 여자가 이러저러한 이유로 세상에 신물을 내고 미장원을 차렸다거나, 혹은 운동권 경력이 있는 여인이 도피의 한 수단으로 선택한 일일지도 모르리라는…… 그만그만한 연상이었다. 아무튼 내가 그 상호를 사랑한 것만은 틀림없다. 그 어떤 이유에서건 ‘헤어숍—심연'이라는 간판을 내걸고 사람들의 머리를 자르고 굵거나 가는 파마를 시켜주고 온갖 여인들의 얘기를 들어주는 사람이 나는 애틋했기 때문이었다. 그리고 오늘은, 한번쯤 그 이름 때문에라도 찾아가보리라던 그곳 '심연'에 머리 자르러 간다. 나는 지금 심연으로 가고 있다.

심연은, 그 뉘앙스와는 달리 가까운 곳에 있다. 그 점이 나는 애석하기도 하고 재미있기도 한 것이다. 심연은 우리 동네 한 블록 위의, 평범한 주택가 미장원에 불과하다. 그곳은 아기용품 판매점 옆, 약국 맞은편에 키를 낮추고 서 있다. 옅은 갈색으로 선팅된 문에는 '속눈썹 파마합니다'라고 적힌 작은 종이 조각이 붙어 있다. 심연의 문을 열었을 때, 동네를 오가며 희미하게 얼굴을 익힌 것도 같은 중년 여인들이 나른하게 앉아 있었다. 때는 토요일의 오후. 심연으로 들어가는 문 꼭대기의 은색 종이 "딸랑", 나의 진입을 알린다. 나는 이렇게 들어왔다. 이미 들어온 것이다.

진입…….

이곳은 좀 어둡다. 하긴, 햇살 밝은 오후의 모든 실내는 상대적으로 좀 어두울 수 있을 것이다. 다만 나는 심연에서 어두움을 읽고 싶을 뿐인지도 모른다. 누구나, 보고 싶은 대로 보려고 하면 정말 그렇게 보인다. 그 주관적인 미망을 오래오래 깨뜨리지 않을수록 어쩌면 행복한 것인지도 모르리라 생각해본다.

심연을 훑어본다. 눈에 띄는 특징을 찾기엔 심연이 너무 평범하다. 한 벽면을 거울이 차지하고 있고, 미용도구를 담은 바퀴 달린 수납장과 의자들, 대기용 소파, 그리고 늘 그렇듯이 두 개의 문이 있고 그 위에는 각각 샴푸실과 마사지실이라고 적힌 작은 아크릴

표지가 붙어 있다. 그리고…… 심연의 비밀.

주인 여자의 웃는 얼굴 뒤에 걸린 표구에서 나는 그것을 알았다. 어디에나, 가령 약국, 개인병원 등등에서도 그렇듯이 흰색 마분지에 무슨무슨 자격을 표시한 종이를 표구해서 걸어두곤 한다. 특히 미장원은 무슨 헤어 콩쿠르에서 입상한 경력을 자랑하는 상장이나 상패가 진열되어 있기 마련이다. 이곳에서도 어김없이 발견할 수 있었던 상패와 표구. 그리고 그 속에 박혀 있는 주인 여자의 이름…… 최심연. 세상의 비밀은 때론 어처구니없을 만큼 단순할 수 있다. 하긴 그 주인 여자의 웃는 얼굴에 어둡거나 깊은 구석은 없다. 밝은 여자, 최심연. 나는 지금 심연에 들어와 앉았다.

"머리, 어떻게 해드려요?"
낯선 나를 조심조심 살피며 주인 여자가 물었다.
"그냥 짧은 단발머리로……."
"왜요, 예쁘게 길렀는데."
"좀 거추장스러운 생각이 들어서요. 날씨도 그렇고."
"아무튼 후회 말아요, 괜히 원망 듣기 싫으니깐."
주인 여자는 씩씩하고 당당하다.
"……."
"좀 기다려야 할 거예요. 죄송해요, 주말이라……."
나는 심연의 깊숙한 소파에 앉았다. 언제나 그렇듯이 미장원 소파를 구성하는 찢어진 여성잡지와 군것질거리와 여인들의 쉼없는 대화와 웅웅거리는 라디오 소리 속을 헤집고 가만히 자리잡는다. 주인 여자가 기다리는 나를 위해 커피를 가져다준다. 나는 조금 나른해진다.

  찻잔…….

  찻잔에 심미안을 가진 친구가 있었다. 함께 차를 마시거나 할 때면 찻잔을 들어올려 요모조모 살피고 뭐라뭐라 오랫동안 품평을 해대던 녀석이었다. 그릇을 볼 줄 모르는 나는 꽤 예쁘군, 이건 별로인데…… 이외의 말을 할 수 없었으므로 녀석의 심미안이 심드렁하면서도 조금은 신기했던 기억이 있다.

  누구에게나 심미안이라고 말할 수는 없는 수준이라 해도, 유난히 오래 들여다보게 되는 대상이 있는 것도 같다. 내게는 그것이 사람들의 신발인 셈이다. 나는 신발을 자주 바라보게 된다. 언제부터인지는 모른다. 상경 이후, 지하철을 내 주요 교통수단으로 삼게 되면서부터인지도 모르겠다. 생각해보면, 지하철처럼 시선처리가 곤란한 공간도 없다. 읽고 싶지 않아도 책을 읽거나, 졸리지 않아도 눈을 감고 있거나, 이도저도 고통스러우면 나는 발을 본다. 그리고 이제는 애초에 시선처리의 한 궁여지책이었던 것에서 나름의 재미와 향유법을 익힌 셈이 된다. 적지 않은 관찰을 통해 내가 알 수 있게 된 사실은 무슨 특별한 행사가 있는 사람을 제외하면, 사람들은 대체로 좀 더러운 신발을 신고 있다는 점이다. 특히 이십대의 젊은 남녀들일수록 그러하다. 나는 왜 이런 일이 생겼을까 곰곰 따져보는 것은 포기하지 않을 수 없었으나, (왜냐하면 그것은 나로서는 너무 힘든 질문이었기 때문이다) 그 신발이 무슨 몹쓸 상징인 것만 같아 꽤나 서글퍼진 기억이 있다.

  서글픔…….

  커피가 싸늘하게 식었다. 그러나, 그건 내가 오래오래 상념에 빠져 있었기 때문은 아니다. 얼마 전부터 나는 커피를 마시지 않는다. 위장이 쓰려서인데 커피를 끊는 것이 위장을 다독이는 데 딱히 도움을 주리라고는 확신할 수 없지만, 약을 광적으로 싫어하는 나는, 약에 의존하지 않는 한 이런 노력이라도 해보려고 한다. 그러나 가끔은 여럿이서 함께 간 찻집, 커피를 끊었다고 말해야 할 때 내 마음의 작은 울렁거림이나 그 말을 듣고 나서 친구들이 짓는 설명하기 힘든 희미한 표정을 바라볼 때 나는 서글퍼지기도 하는 것이다. 아직 나는, "커피를 끊었어" 혹은 "당분간 소주를 끊어야겠어" 혹은 "이제 담배는 못 피우겠어"라고 무감하게 말할 수 있는 나이는 아닌 것 같다. 그게 나이와 무슨 상관이 있느냐고 한다면 당장은 대답이 궁하겠지만, 적어도 내 느낌엔 아직 그렇게 말해서는 안 될 것 같기 때문이다.

헤어숍—심연의 맞은편은 카페이다. 주택가에서 가끔 볼 수 있는 좁고 아기자기한 카페인데, 늦게 문을 열고 일찍 닫는다. 한번, 제법 이래저래 우울했던 귀갓길에 들른 적이 있다. 그곳에는 서른 살은 분명 넘어 보이는, 그러면서도 기혼의 여자가 어쩔 수 없이(숨기려 할수록 더욱 분명하게) 풍기게 되는 인상만은 확실히 찾아볼 수 없는 한 여자가 언제나 자리를 지키고 있다. 그 여자에 관해 무언가 지레 헤아려보는 것을 나는 포기한다.

카페.

그 어느 카페를 오래 들여다볼 때라도, 나는 결국 그해 여름의 카페로 생각이 모아지곤 한다. 만약 그 당시에, 내게 이토록 인상적인 그림을 남기리라 짐작했더라면 그렇게 열심으로 드나들진 않았을 것이다. 나는 질펀하게 자국을 남기는 일들을 신뢰하지 못한다. 그것들은 한없이 허약하다.

　스무 살이었던 해, 나는 어느 어두운 카페에 매주 한 번씩 들렀다. 스물두 살 남자 둘과 스물셋의 남자, 그리고 나, 이렇게 넷이서 꾸린 독서모임 비슷한 것이었다. '예'라는 이름의 어두운 카페였는데, 그 의미가 예술이나 무예, 기예 할 때의 '예'인지, 혹은 예/아니오 할 때의 '예'인지, 그도 아니면 또다른 의미를 갖는 것일지 한동안 궁금해했었다.

　그 카페에 앉아 토론으로 들어가기 전에 우리들은 늘 바나나를 먹었다. 애초엔 그 카페 앞 노점에서 한 할아버지가 바나나를 팔아, 모임 첫날 스물셋의 남자가 우연히 사들고 들어온 것에 불과했다. 그후, 그 할아버지의 노점은 다소간 고정적인 것이었는지 매번 다른 사람이 바나나를 사들고 오고 몇 번인가는 둘씩이나 사오기도 해서 저녁까지 걸러가며 먹곤 했다. 우리는 매번, 뭔지 숙연하고 침잠된 분위기에서 천천히 바나나를 삼켰다. 내가 그 야릇한 분위기를 어떻게든 읽어내려고 생각에 잠긴 채 마지막 한 입을 베어물 때쯤이면, 스물셋의 남자가 나직이 입을 열어 "자, 이제 시작하지" 하는 말을 꺼내는 걸 들을 수 있었다.

　그후, 그 독서모임이 서서히 생기를 잃고 마침내는 막을 내릴 무렵에야 나는 막연히 우리의 바나나 먹기를 짐작해볼 수 있었다. 삶에는 어떤 제의성이 숨어 있는지도 모르리라는 생각이었다. 습관이나 규칙성 등으로 이름해보기에는 너무 서늘한 어떤 것이 있으리라는 것이었다. 그 독서모임이 막을 내린 후, 잠 안 오는 밤마다 오래오래 머리를 빗게 될 때 나는 어렴풋이 우리의 바나나를 떠올리기도 했다.

그런그런 일상의 구석자리에 이런 제의성은 잊은 듯 얼굴을 내민다. 돌아가시기 전 내 외할머니는 집안에 이렇다 할 뚜렷한 우환이 없을 때에도 새벽마다 향을 피웠다. 아침에 잠에서 깨면, 집 안을 가득 채운 향냄새가 나를 먼저 반겼었다. 그러나 어렸던 내게 그 향냄새의 존재는 할머니가 우리집에 와 계시다는 표시 이외의 다른 아무것도 아니었다. 하지만, 지금 내가 떠올리는 우리의 바나나 혹은 나의 늦은 밤 빗질이나 아침의 향냄새에는 어쩔 수 없는 서늘한 기운이 있다.

서늘하다…….

서늘하다……라고밖에 말할 수 없는 인상을 남기고 멀어진 사람들이 많다. 그 사람들을 떠올릴 때면 그 단어 이외의 아무런 생각도 나를 도와주지 못한다. 지금도 카페 '예'의 어두운 의자에 앉아 담배를 물고 있을 것만 같은 그 스물셋의 남자 역시 서늘한 사람이었다.

삶에서 평범이란 무엇인가 가끔 생각할 때가 있다. 내가 가혹하다 싶을 만큼 평범하게 살아남은 건 아닌지 헤아려볼 때마다 나는 그렇게 묻곤 한다. 평범이란 무엇인가 하고.

그는 평범한 인물이었다. 독서모임이 중반쯤으로 접어들었을 무렵의 어느 날이었다. 모임 끝에 그는 간촐한 술자리를 제안했는데, 그때 나직이 털어놓은 얘기들에 의하면 분명 그는 그랬다. 그는 마치 지독한 아픔을 털어놓는 것처럼 얘기했다.

……나는 적당히 교육을 받고, 적당히 화목한 부모님 밑에서 자란 셈이지, 보통 정도로 부유하고…… 유년 시절은 온화했으며 늘 공부 잘해 칭찬받았고…… 그늘이라곤 없어…… 그 흔한 좌절…… 우습게 들리겠지만…… 대입 재수라도 한번 했었으면 생

각한 적도 있다…… 명문 대학의 보통 정도로 공부하는 학생……
사회는 날 받아줄 테고…… 나는 우리 부모님 같은 가정을 또 꾸리
게 될 테지…….

그의 어조가 나는 슬펐다. 얘기 끝엔가 폭음의 끝엔가 그는 또 이
런 말을 혼잣말처럼 섞었다. ……그 무엇에도 훼손되지 않을 단단
한 아픔을 가진 자는 행복할지도 몰라…… 그런 말을.

나는 그로부터 오랜 시간이 지난 후에, 그가 문학을 꿈꾸지 않았
다면 그가 말한 평범함은 그에게 썩 어울리는 힘이 될 수 있지 않았
을까 생각하곤 했다. 아니다, 아닐지도 모른다. 가끔 그에게서 읽을
수 있는 무섭도록 진중한 인상은 그렇게만 짐작해버리지는 못하게
할 울림을 갖고 있었다. 아무려나 그로 인하여 나는 고난받는 삶을
선택한 사람의 고독에 대해, 안온한 삶을 삐걱이게 하는 사람의 쓸
쓸함에 대해 오래오래 생각해보곤 했다.

그는 이제 이십대 후반이다.

한때 뭔가 애틋하고 사무쳤던 사람들의 소식을 바람결에, 한 계
절에 한 번쯤, 걸러지고 걸러져서 듣게 되는 방식에 나는 몸서리친
다. 그러나, 그 역시 그런 식으로 아프게 잊혀지는 사람들의 부류에
속수무책 속하게 되어버렸다. 지난여름, 그가 영국으로 이유를 딱
히 짐작하기 힘든 유학을 갔다고 들었다가…… 두 계절이 지나고,
그가 몹시 아프다는 소식을 전해 듣고, ……마지막 들은 소식은 몇
달 전 그가 귀국하여 이리저리 일자리를 알아보는 중이라는 얘기까
지이다.

예전, 그의 고백에 의하면 적당히 교육을 받고, 적당히 화목했다
던 그의 부모님은 그의 고단한 행적에 가슴이 쓰라렸을 것이다. 내

겐 영원히 스무 살 적 나와 바나나를 나누어 먹은 스물셋 남자로 남아 있을 그는 그렇게 잊혀질 것이다. 가끔 내가 가혹하다 싶을 만큼 평범하게 살아남은 건 아닌지 헤아려볼 때마다 나는 또 이렇게 물을 것이다. 평범이란 무엇인가 하고. 그리고 그 물음과 함께 잊은 듯 그의 얼굴이 떠올라줄지도 모른다. 기약없는 일이다.

"아가씨, 저쪽 의자로 앉아요."
"……."
"많이 기다리게 해서 미안하네."
주인 여자가 오른쪽 구석 의자를 툭툭 털어내면서 나를 향해 웃었다.
내 차례가 온 모양이다. 심연도 때로는 나를 받아들인다. 나는 느릿느릿 주인 여자가 가리키는 자리로 간다. 주인 여자는 의자의 높이 조절대를 발로 빠르게 움직였다. 그녀는 의자 높이를 가늠하면서 거울 속의 내 얼굴을 쓰윽 훑어보았다. 잠깐, 거울 속에서, 나와 눈이 마주친다. 밝디밝은 여자, 최심연은 나의 존재가 의아스러울 것이다. 거의가 단골 장사인 이런 주택가 미용실에 낯선 사람의 출연은 어떤 의미를 가질 것인가. 내가 이곳을 찾은 이유를 알게 된다면, 그 여인은 생경스레 제 이름을 발음해볼지도 모르겠다.
나는 지금 심연의 거울 앞에 얌전히 앉아 있다. 분무기로 경쾌하게 물을 뿌린 후, 여인은 능숙한 솜씨로 내 머리칼을 잘라낸다.
또다시, 아까 내가 들어올 때 그랬듯이 심연의 출입문이 '딸랑' 울었다. 그러곤 웬 꼬마가 뛰어든다. 여인의 표정이 환하게 바뀐다.
"기훈이 이제 오냐, 방 안에 과자 있으니 먹어라."

"나, 금방 나가야 돼. 돈 좀 주세요."

"어딜 또 나갈려구 그래? 좀 진득하니 집에 붙어 있는 꼴을 못 보겠네."

여자의 얼굴이 약하게 찌푸려진다.

"……"

"……자 ……여기, 너무 늦지 말고, 만화방 같은 데 가지 말고, 응?"

엄마에게 반말과 존댓말을 섞어 쓰던 그 아이는 대답도 없이 휑하니 사라진다. 유치원? 혹은 초등학교 저학년쯤 되었을까. 생각해 보면, 이것은 미장원의 전형적인 구도가 아닐까 싶다. 젊은 여주인과 다섯 살쯤에서 열 살쯤의 사이에 있는 그녀의 아이들.

여주인은 낮게 낮게 혼잣말을 한다는 투로, 요즘 어린아이들의 무례함과 대책없음과 위험성에 대해 얘기했다. 낯선 손님에게 쉽게 말을 건넬 수 있다는 점 역시 미장원 아줌마나 이발소 주인 혹은 택시 운전기사 같은 일에 종사하는 사람들의 특징일 것이다. 그리고, 자기 아이를 나무란다는 투로 자연스럽게 출발하여 요즘 어린아이들의 전체적인 위험성을 걱정하는 식의 주제는 손님들의 폭넓은 공감을 얻기 쉬운 무난한 주제에 속할 것이다.

낯선 손님에게 건넬 적절한 대화 주제를 선택하는 것 역시 중요한 경력일 수 있으리라는 생각을 해본다. 그러나, 만약 천성이 밝고 사교적인 사람이라면 모르겠지만, 생래적으로 그런 일이 서툰 사람이 뭔가 울분을 눌러 참으며, 이렇게 살아남아야 하나…… 속으로 되뇌이면서, 힘겹게 사교성을 익힌 경우라면 얼마나 고통스러웠으랴, 생각하니 마음이 아파왔다. 그런 경우라면, 한 십여 년쯤 미장원을 하고 나면 원래 성격이 어땠었는지도 모르게 외향성을 몸에 붙이게 될 것이다. 어느 날 문득, 내가 젊은 시절 무척 내성적이었지 자각하게 될 때 삶이 참을 수 없어질 것이다. 이런 짐작 역시 아프고, 아프다.

그 꼬마를 생각한다.

녀석에게 엄마의 미장원은 그것이 설령 자랑이 될 수는 없다고 해도, 부끄러운 곳은 아닌 모양이다. 그는 서슴없이 뛰어들어오고, 자기 할 얘기를 쏟아놓고 또한 씩씩하게 뛰어나갔다. 자기 어머니의 직장에 맘놓고 뛰어들어올 수 없는 아이들도 있을 것이다. 그들에게 세상은 한없이 불가해하고 억울한 금지의 체계일 것이다. 그리고 그들은 그 억울하고 불가해한 금지를 토대로 세상을 배우기 시작할 것이다.

그들의 청년기에, 어느 늦은 술자리 나직한 고백을 통해 그들은…… 어릴 적 가난했던 내 어머니…… 나는 몹쓸 철부지였고…… 모든 것이 다 부끄러웠었다…… 내 맘, 이해하니? ……그렇게 중얼거릴지도 모른다. 혹은 아까 그 녀석만 해도, 아직 어리기에 저렇게 씩씩하게 엄마에게 달려오는지도 모른다. 만약 나이가 들고, 혹 제 머릿속에 미장원이라는 공간이 어떤 치부의 뉘앙스를 가진 공간으로 자리잡는다면 그 아이 역시 아픈 응어리를 갖게 될 수도 있다. 녀석이 뛰어나간 자리 위로, 사춘기가 된 그 꼬마, 돌멩이를 툭툭 차며 망설이다가 미장원을 돌아가는 뒷모습의, ……아득한 환영.

오후가 설핏 기울어가고 있다. 심연에도 어둠이 제법 스민다. 주인 여자가 남은 등을 마저 밝히자 이곳을 들어올 때 구석구석 남아 있던 어둠이 말끔히 걷힌다. 오후가 기울어가자, 뒷자리 소파에 여인들이 늘었다. 꼭 머리를 만질 볼일이 없는 여인들도 저녁 찬거릴 사오다가 들르곤 했다. 자주 이곳을 찾는 여인들인지 들어오는 사람들에게 하나하나 주인 여자가 눈인사를 건넨다. 지금 심연에서 나는 소외된다. 모르는 여자이다.

"기훈 엄마, 전에 세탁소집 여자한테 해준 그 머리, 참 괜찮데. 나도 그 스타일로 하면 어떨까?"

"예? 아…… 단발머리 충진 거? 에이, 그게 지현이네한테 어디 어울리나…… 시장 갔다오는 길인가봐요?"

"예. 살 게 없어 큰일이야. 요즘 기훈 엄만 뭐 해먹구 지내요?"

"우리도 맨날 걱정이지요, 뭐."

가끔 미장원이나 동네 목욕탕에 가게 될 때, 여인들을 무연한 눈길로 바라보는 나 자신을 느끼고는 놀란다. 언젠가 지하철에서 나는 내 책을 훔쳐보는 눈길을 느끼고, 그 눈의 주인공이 누군가 하고 흘낏 옆을 본 적이 있다. 그 여인은 사오 개월쯤 되었을까, 아기를 앞으로 안은 채 내 책을 보고 있었다. 그러고도 이십여 분쯤 우리가 함께 지하철을 타고 있는 동안 그녀는 내 책을 훔쳐보다가, 아이를 토닥이다가, 낮게 한숨을 쉬다가, 옆이마를 지그시 누르다가…… 아이를 물끄러미 바라보는 동작을 반복했다.

아이를 바라보는 그 시선이 깊고도 처연하여 나 역시 그 아이를 여인의 심정으로 보았다. 그 모든 것에도 불구하고 아이는 말갛게 예뻤고, 여인은 옆이마를 한 번 더 누르더니 축 처진 걸음걸이로 내렸다. 그날 일기장에 나는 슬픈 한 줄로…… '오늘 지하철에서 나는 나의 미래와, 내 예정된 진창과 조우했다. 우리는 그렇게 만났다' 라고 써넣었던 기억이 있다.

'여자의 일생'. 이런 제목은 상투적이지만, 그 상투를 넘는 뭔가 숙연한 힘을 갖고 있다. 아무도 그 숙연한 힘에 대해서까지는 말 못 할 것이다. 슬프고 슬픈 제목이다.

더러 매니큐어를 발라보기도 하고, 거울에 얼굴을 들이대고 눈가 주름을 자세히 살펴보기도 하던 여인들이 잠시 후 우르르 빠져나간다. 주인 여자가 힘없이 가볍게 웃는다. 내 머리칼은 거의 다 잘리고 있다.

잘리는 머리카락…….

바닥에 무슨 인상주의 화풍의 그림처럼 흩어진 머리카락은 조금은 그로테스크한 느낌을 준다. 내가 그 뭉치들을 계속 노려보고 있으려니, 주인 여자가 깨끗이 쓸어모아 어떤 자루에 담아넣는다. 그 자루 속엔 오늘 오전 혹은 어제 손질되고 떨어진 머리카락이 담겨 있었다. 자루의 열린 입구 틈으로 흘깃 바라본 그 검은 구렁은 기묘한 감정을 불러일으켰다.

심연…… 마침내 심연에서 만난 검은 심연.

타인의 몸으로부터 각각 조금씩 모여져 하나의 거대한 황폐를, 또는 거대한 구렁을 이루게 된 그 자루.

오래 보아왔다면 범상한 느낌을 줄 텐데도, 주인 여자 역시 뭔가 석연치 않은지 자루를 얼른 묶었다. 나는 그 자루를 다시 열어놓고 오래오래 그것을 바라보고 싶은 충동을 느꼈다. 알 수 없는 일이다.

머리는 이제 마지막 손질 단계인 모양이다. 상뚱하게 짧은 단발 머리 형태로 모양은 만들어졌고, 다듬는 일만이 남아 있다. 거울을 통해 나는 달라진 인상을 눈에 익히고 있다. 확실히 가벼워졌다.

몸을 생각한다.

주기적으로 재위주어야 하고, 주기적으로 텅텅 비어 아귀아귀 비명 지르고, 주기적으로 옷깃에 때를 내려앉히고, 주기적으로 추워하고 더워하고…… 그런 일밖에 할 수 없는 속수무책의 존재. 가끔 옷 벗듯이 능청스레 벗어놓고 싶어지기도 하는 것. 또 어느 날엔 놀랍게 사랑스러워지기도 한다. 그런 순간들 때문에 나는 몸에 대해 결정적으로 두 손 들고 싶어질 때마다 슬며시 뭉그적거리며 몸의 자리로 되돌아오는 것이다.

이리저리 몸을 움직여볼 때 몸이 주는 기쁨과 또는 몸의 정직성에 대해 자각할 때에도. 늦은 밤, 책에 빠져 어깨 웅크리고 앉았을 때면 문득 나를 방문하는 상쾌한 공복감, 그리고 이렇게 미장원에 앉아 있을 때 몸의 변화가 가져다주는 놀랍도록 생기롭고 신선한 느낌까지.

확실히 가벼워졌다.

거울을 통해 아주머니와 눈이 마주친다. 씩 웃는 내게서 어떤 만족을 읽었음인지, "괜찮지요? 산뜻하고 어려 보이네" 한마디 한다. 심연에는 이제 미소만이 가득하다.

미소…….

사실 이곳엔 온갖 미소들이 정지된 채 떠다니고 있다. 그 미소들이란 다름아닌 여러 가지 머리 모양을 갖춘 서양 여인들의 사진이다. 이것은 익숙한 구도이다. 어떤 형식성이라는 것. 미장원에는 항상 사진들이 있게 마련이다. 모던한 커트 머리, 풍성한 웨이브 머리, 특이하게 감아올린 올림 머리, 쭈뼛쭈뼛하게 개성적으로 뻗친

분방한 파마 머리 등을 자유자재로 연출한 이방의 여인들이 분위기 있는 흑백사진이나 은은한 색조를 넣어 예뻐 보이게 찍은 컬러사진 속에 들어 있다.

늘 우리는 그 장소에서 기대하게 되는 구도를 갖는 셈이다. 다정한 밥집에 가면 '여기 들어오는 모든 이에게 평화'라는 글귀를 새겨넣은 벽걸이가 한쪽에 제자리를 잡은 채 걸려 있고, 후락한 역전 화장실엔 어김없이 '카페 물망초―여종업원 급구' 스티커가 환경미화원들의 집요한 끌칼질에도 살아남아 겹겹이 붙어 있고, 치킨집 겸 술집의 옹색한 벽엔 빛 낡은 달력 속에 계절과 무관하게 벗은 여인이 우리를 반긴다. 그리고 시골 공용터미널 벽의 그 불가항력적인 '택규와 선숙이는 어젯밤에……'까지…… 마치 그것은 그 장소를 그 장소이게 해주는 중요한 구성요소인 것도 같다.

그러면 내게는? 내게 '카페 물망초'와 '택규와 선숙이는……'은 무엇인가 하고 생각해본다. 나를 나이게 해주고, 늘 내게서 기대하게 되는 구도란 무엇인가 하고 허허롭게 물어본다. 나를 들여다볼 때마다 물위 그림처럼 일렁일렁 떠올라오는 형체는 무엇일까, …… 무엇일까, 그렇게. 내게도 튼튼한 상징이 필요하다.

어떤 불가항력을 갖고 싶다.

서양 여인들의 사진을 다시 찬찬히 본다. 그 여인들의, 아마도 최고로 잘 나왔을 그 사진들을 바라보고 있자니 예전에 어느 선배로부터 들은 얘기가 생각난다. …… 50년댄가, 60년대에 미국에 어느 예쁜 여배우가 있었대. 그 여자는 탁월한 미인이라기보다는 그냥저냥 배우로 나쁘지 않은 얼굴이었는데, 어느 날 무슨 광고모델 섭외

를 받았나봐. 수십 장의 사진을 찍어서 광고로 쓰기에 가장 적합한
것을 골랐겠지. 물론 테크닉적인 문제를 최대한 활용하여 거의 환
상적으로 찍었을 거야. 그런데, 그 여자는 최종 결정된 그 사진을
보고 스스로 황홀감을 느꼈대. 이물스러울 정도로 너무나 낯설고
황홀해서는 몇 년을 두문불출했다는 거야. 아무리 용기를 내고, 화
장을 고치고 하여도 도저히 그 환상적인 기준에는 따를 수 없었던
거지. 결국 자살했대. 후기산업사회의 어떤 한 비극적 단면을 상징
하는 것 같지 않냐…….

그 여인의 오후를 생각한다.

자신의 사진을 낯선 듯, 뿌듯한 듯 계속 바라보고 바라보았을 그
여인의 사무친 오후를 생각한다. 그리고 사뭇 다른 맥락이지만 언
젠가, 브라질 독재정권 치하를 배경으로 한 어느 영화에 나오는 혁
명가 발렌틴의 호모 애인 몰리나를 생각한다. 한 시인으로 하여금
'몰리나는 오직 아름다워지고 싶기 때문에 살 수 있었다' 하고 낮
은 탄식을 하게 만든 그의 삶을 생각한다.

그녀의 죽음은 물론 그 선배의 말대로, 후기산업사회의 어떤 한
비극적 단면을 상징하는 사건일 테지만, 그녀에게 그것은 하나의
빛나는 선택이었는지도 모르리라는 생각을…… 물론 그때는 꺼내
놓지 못했지만, 어렴풋하게 떠올려보기도 한다. 지금 저기 저 벽 가
득히 붙여진 이방의 여인들의 활짝 웃는 웃음 위로 낯모르는 그녀
와 남미 청년 몰리나의 그렁그렁한 눈동자가 겹쳐지고 있다.

이젠 너의 희미한 기억 속에
나는 점점 더 멀어져가고

너의 슬픈 기억만이 나의 마음속에~

갑자기, 빠른 템포의 음악이 나를 깨운다. 주인 여자가 음악을 튼 모양이다. 이것은 이를테면 노동요이다. 그 가요의 박자에 맞추어 주인 여자의 손놀림이 경쾌해진다. 박자가 몸에 딱딱 붙는 것 같은 그녀의 능숙이 나는 슬프다.

노동요…….

내가 노동요의 슬픔을 알게 된 것은 스무 살의 여름 때이다. 나는 농촌활동이라고 일컬어지는 이름으로 한 열흘 충청남도의 낯선 땅에 엎드려 있었다. 다짐도 오기도 한 사흘을 버티다가 사라지고, 그 이후의 시간들은 한없는 자괴감에 싸인 채 거의 욕망이 지시하는 대로 움직였다. 동료들의 시선을 의식하면서 자주자주 가쁜 숨을 몰아쉬며 혼자 일을 중단했고, 그보다 더 자주 나는 내 스스로를 몸서리쳤다. 그럴 수밖에 없었다.

그런 나날들 중의 어느 하루, 나는 세상에서 가장 슬픈 노래를 들었다. 대낮의 폭양(아…… 폭양이라는 말의 그 사실성)을 그대로 받으며 밭고랑 사이를 기다시피 오가고 있을 때, 어느 아주머니의 노랫가락…….

옆마을에서 태어나 고개 너머 이 마을로 시집왔다던 전형적인 시골 아낙인 그 아주머니는 제목을 알긴 어려우나 어딘가 익숙한 흘러간 가요를 부르고 있었다. 실은 다 알지도 못하는 모양으로, 늘 같은 구절에서 그만 끊기고 처음으로 다시 돌아가는 우스꽝스러운 반복이었다. "아주머니 계속 한번 해보시지 그래요, 듣기도 좋은데요." "다 알지도 못해. ……뭐, 노래 부르자고 하는 거유, 어디? 구시렁구시렁…… 힘이나 덜자고 그러지."

아주머니의 노랫소리는 느릿느릿한 고랑을 따라, 일이 힘겨워서
터져나오는 밭은 호흡인지 아니면 한숨 소리인지 분간하기 힘든 그
녀의 숨결을 따라, 이울 줄 모르고 기염을 토하는 햇살을 따라 오래
오래 계속되었다.

때로, 노래는 고통을 잊기 위한 끝없는 주절거림의 형식일 수도
있다는 자각을, 나는 그해 스무 살의 여름, 뼈아프게 새기고 있었
다. 그리고 노동요의 역할을 닮은 것이 삶에는 참으로 많다는 생각
을, 더불어 묵묵히 새기고 있었다. 그저 고통이 오는 것을 연기시키
기 위해, 고통을 덜기 위해, 혹은 고통을 망각하기 위해, 혹은 외면
하기 위해 끝없이 이어지는 기쁨없는 형식들.

진통제가 그렇고 환각제가 그렇고……, 아니다, 그런 분명하고
가시적인 형식이 아닌 훨씬 더 많은 삶의 표정이 실은 노동요의 얼
굴을 하고 있다. 어쩌면 사랑이라는 이름이…… 그만둔다. 무서운
생각의 가지들.

주인 여자의 경쾌한 손놀림은 계속되고 있다. 나는 그만, 저 빠른
템포의 음악을 중지시키고 싶다. 이토록 빠른 음악 속에서 내가 슬
며시 코를 훌쩍인다면 주인 여자는 나를 이상하게 생각할 것이기에.

　　이렇게 비가 오는 밤이면
　　내 지친 그리움으로 널 만나고
　　이 비가 그치고 나면 난 너를 찾아 떠나~

심연의 노동요는 계속되고 있다.

머리 손질은 모두 끝났다. 그런데 약간은 곤란한 상황이 발생했다. 애초에 이렇게 기다리게 될 줄 모르고, 집에 다시 들어갔다가 시내에서 잡힌 약속시간에 맞추려고 했었다. 지금, 애매한 시간이 남아 있다. 한 블록 너머의 집까지 들어가서 뭔가 하기에는 그렇게 여유로운 시간이 아닌 것이다. 잠깐 이곳에 좀더 오랫동안 내려앉아 있을까 생각한다.

"아주머니, 약속시간이 좀 남아서요. 조금만 앉았다 갈게요."

"예, 그러세요."

나는 내 식은 커피잔이 그대로 남아 있는 소파에 기대앉는다. 이젠 제법 어두워졌다. 심연의 밤은 또 어떤 모습일까 짧게 생각하다가 그만둔다.

주인 여자가 '샴푸실'이라고 적힌 곳에 들어갔다. 좀 오랫동안 나오지 않는다…… 생각하고 있는데, 잠시 후 여자가 입을 우물거리며 밖으로 나왔다. 저녁을 먹기에는 아무래도 좀 이른 시간이다 싶은 그녀의 식사. 아마도 그녀의 식사시간은 잠깐이라도 짬이 나는 하루 중 아무 때일지도 모른다. 저것이 그녀의 몇번째 식사인지, 혹은 군것질인지 나는 알 수 없다. 세상의 구석에는 어느 외진 자리에서 급히 밥을 우겨넣고 나와야 하는 사람들이 있다. 그것이 때로는 나를 처연하게 한다.

식사…….

왜 유독 먹는 일에 대해서만은 관대한가 하고 생각해본 일이 있다. 근본적인 욕망이라는 문제가 때론 숭고하면서도 불가피하게 치부의 뉘앙스를 가질 수밖에 없다면 왜 유독 식욕에 대해서만은 우리 모두 뻔뻔해지는가 하고 물어본 적이 있다. 누군가에게 내 자는 모습을 들킨다거나, 배설하는 모습을 들킨다는 것과 내 먹는 모습을 들킨다는 것은 왜 같은 의미를 갖지 않는 걸까 하고. 오히려 누군가와 함께 식사할 약속을 잡고, 맛있는 장소를 물색하고, 무얼 먹을 것인가 고민하고…… 왜 그것만은 오로지 즐김의 공간일 뿐인가.

내가 기억하는 가장 인상적인 식사를 생각한다.

어느 날 오후의 대학로에서였다. 대학로에서는 좀 어울리지 않는다 싶은, 간혹은 서울역에서나 볼 수 있는 광경이었다. 어느 스님 한 분이 느리게 목탁을 두드리며 염불하고 있었다. 스님이 자리를 편 자리에서 멀지 않은 곳이 약속장소였던 터라, 늦게 나타나는 친구를 원망하며 그저 무연히 그 스님을 바라보고 있었다.

잠시 목탁 소리가 끊긴다 싶어 무슨 일일까 하고 스님을 바라보고 있는데, 그분은 자리는 걷지 않은 채 그 옆 나무 그늘에 조금 돌아앉아 식은 도시락밥을 우겨넣고 있었다. 그 스님의 식사는 말 그대로 공복감을 메운다는 의미 이외의 아무것도 아니었다. 천천히 밥덩어리를 삼키고 있는 스님의 옆모습은 그 내용을 알아듣기 힘든 그의 그 어떤 염불보다도 훨씬 더 많은 걸 토로하고 있었다.

대학로에 쏟아지는 햇살과 스님의 묵묵한 식사…….

"아주머니, 위장 나빠지시겠어요. 저녁식사…… 아니죠?"

"늦은 점심이에요. 주말엔 이제 익숙한걸요."

"저렇게 어둠침침하고 습한 곳에서 늘 식사하셔서 어떡해요."

"그래도 저기 들어가서 먹으면 마음 편해요. 아예, 이젠 저기 아닌 데서 점심하려면 어색하기까지 하니까……."

밝은 여자 최심연의 점심식사를 나는 사랑한다.

주인 여자는 프로정신이 있다. 손님이 아무리 어떤 스타일을 고
집해도, 자신의 판단에 그 스타일이 손님에게 어울리지 않으면, 돈
벌이와 무관하게 거부하는 것이다. 그녀에게는 자존심이 있고, 직
업정신이 있고, 고집이 있다. 지금, 심연에서는 그녀의 자존심이 한
껏 발휘되고 있는 중이다. 벌써 몇 분째 그녀는 손님과 실랑이를 하
고 있는 것이다.

"아니, 글쎄, 아줌마한테는 커트가 안 어울린다니까요."

"넘들 한 것 보니까는 쎄련되고 좋기만 하더만……."

"제 말 들어요 아줌마, 다 해놓고 화내지 말고."

주인 여자의 표정은 변함없이 완강하다.

"아이고, 아줌마한테는 못 당하겠다니깐. 매번 결국 당신 말 듣
게 돼요, 어찌된 게……."

"헤헤헤…… 믿어요, 믿어. 이젠 지나가는 여자 옆모습만 쓱 봐
도 감이 오는걸."

손님으로 온 그 여인은 이제쯤 고집을 꺾은 모양이다. 온순하게
앉아 주인 여자의 손놀림에 머리를 맡기고 있다.

고집이라는 것.

누가 뭐라 해도 결국은 그렇게 할 수밖에 없는 사람들이 있다. 아
무리 상황이 불리하고 열악해도 제 갈 길을 가고야 마는 사람들이
있다. 내게 무서울 정도의 고집으로 기억되는 사람들이 몇 있었다.

윤 선배는 이른바 활동가였다. 그가 부린 최초의 고집은 학생운
동의 길로 들어선 것이라고 할 수 있을 것이다. 유복하게 자란 대기
업 이사의 아들이 취한 행동반경으로는 다분히 피로한 싸움과 절차

를 필요로 하는 모험이었을 것이다. 게다가 지금은 지난 연대의 대학이 아니다. 활동가의 길은 이제 주변 사람들의 빛나는 격려와 매일매일의 싸움과 고난으로 점철된 것이 아니다. 그러나, 그는 묵묵히 제 할 일을 했다.

무슨무슨 집회 때마다 앞으로 나서서 얼굴 알리는 일에 열중인 부류는 아니었지만, 학생회실을 지키고, 밤새워 대자보를 쓰고, 힘든 행사들을 기획해내고…… 모든 일에 늘 열심이었다. 나는 무슨 일로 새벽녘에 학교에 오게 될 때 윤 선배의 피로한 뒷모습과 자주 마주치곤 했다. 그러곤 시간이 덧쌓이고, 그를 잊었던 것도 같다. 지난 가을엔가 나는 그가 부린 두번째의 고집에 대해 듣고서는 어느 새벽녘 그의 뒷모습이 아프게 육박해오는 것을 느꼈다.

활동가들의 앞길이란 서글프지만 일정하게 정형화되어 있는 셈이다. '현장'이라는 말이 우리의 가슴에서 생경해지기 시작하면서, 더러 조금이라도 진보적인 진출을 꿈꾸는 자들은 신문사나 기타 진보적인 언론지 혹은 야당이나 재야단체에 들어가곤 했다. 그렇지 않은 많은 사람들은 학생회 일로 인해 나빠진 학점 때문에, 대학 시절의 학점을 묻지 않는 국가고시 준비에 몰두하는 것이다. 그도 아니면, 어깨를 축 늘어뜨린 채 뒤늦게 공부를 하고 대학원에 진학하는 것…… 그것이 어쩌면 내가 헤아려볼 수 있는 활동가들 앞길의 전부일지도 모른다.

윤 선배는 7급인가, 9급 공무원 시험을 치고, 지금 강원도에 살고 있다.

친척도, 친구도 없다던 그곳에서 그가 무슨 궁리를 하고 있을지 나는 알지 못한다. 밤늦은 골방, 일을 마치고 돌아와 그가 묵연히

바라볼 별빛들에 대해 떠올려본다. 그리고 그의 가슴을 쓸고 지나
갈 온갖 상념의 파장들에 대해 생각한다.

　윤 선배의 두번째 고집…….

　그것은 어쩌면 대부분의 사람들이 대학 일이학년 때나 품어보는
치기일 수 있다. 모든 일이 힘에 부치고 세상 모든 존재가 마치 내
게 시련을 주기 위해 존재하는 것처럼 느껴질 때 한번쯤 떠올려보
게 되는, 조금은 낭만적인 상상에 지나지 않을 것이다. 강원도 하면
연상되는 탄광촌의 회색빛 인생들 틈에 끼어 자기 존재를 낮출 수
있을 때까지 최대한 낮추어서 사는 것. 낡고 조그만 동사무소에서
흐릿하게 앉아 도장을 찍어주는 모습. 그 어떤 수묵담채화 같은 이
미지들.

　그러나, 그것은 가끔 꺼내어보고 꿈꾸기 위해 존재하는 서랍장
밑의 애틋한 그림과 같은 것이다. 누구도, 정말로 그 꿈을 가혹한
리얼리티로 탈색시켜, 그 꿈속으로 기어들어가지는 않는다. ……
그러나, 그는 터벅터벅 우리의 서랍장 밑으로 들어가버리고 말았
다. 우리가 힘들 때, 마치 자신을 한번쯤 꺼내달라는 듯이. 그 꿈에
조금의 현실감이라도 보태겠다는 듯이…….

　지난가을, 내게 윤 선배의 소식을 전해준 녀석은 학생회 내에서
그에 대한 비판이 많았다고…… 차라리 노골적으로 사회에 투항
해버려…… 그렇게 극언한 선배들이 많았다고…… 짜슥, 결국 한
다는 짓거리가 도피냐…… 그 선배를 내 대학생활 모델로 삼았었
는데, 이게 도대체 뭐란 말야…… 울부짖는 선후배들이 많았다고
전해주었다.

　나는 지금은 강원도에 있는 그가 그러그러한 원망의 시간들에 대

해 모르고 있기를 간절히 빌어보았다. 그것을 알게 되면 그렇지 않
아도 시리디시릴 그의 마음은 견딜 수 없이 시릴 것이리라. 그의 마
음속으로는 그 모든 극언들의 몇십 배를 넘을 둔중한 배 한 척이 느
릿느릿 마음자락을 끌고 있을 것이다. 나는 다만, 그의 밤늦은 골방
에서 빛나는 궁리가 싹트길 바라보는 것뿐이다. 고집으로부터 너무
도 쉽게 놓여나는 내게 희미하게라도 암시를 줄 무언가를 선택하게
되길 빌어보는 것이다.

심연에서 나는 윤 선배의 고집을 생각한다.

"야, 세시에 돌아온다던 애가 인제 들어오면 어떡해?"

"죄송해요, 아줌마. 시내 좀 돌아다니다가……."

젊은 여자 하나가 입구에 선 채 안절부절못하고 있다.

"가뜩이나 주말에 바쁜 거 알면서…… 나 혼자서 혼이 났다, 혼
이 났어."

"……."

"그렇게 섰지 말고, 어서 준비하고 나와야지. ……아, 참…… 윤
태라는 사람이 들어오는 대로 전화해달래더라."

주인 여자 일 도와주는 여인인 모양이다. 어쩔 줄 모르고 섰다가
쪼르르 들어가 수선 피우는 소리를 낸다. 스물셋이나 넷쯤 되었을
까. 그녀에게 이 주택가의 나른한 미장원은 한없이 아득한 굴레일
수도 있을 것이다. 토요일 오후, 주인 여자가 바쁘리라는 걸 알면서
도 한없이 발걸음이 느려지기만 했을 그녀의 상기된 시내 나들이.

어딘가로 돌아가는 발걸음이 한없이 더디어질 수밖에 없는 시절
을 생각한다.

우리 형제들 중 가장 먼저 상경하여 객지생활을 시작한 큰언니는 대학 시절, 거처 문제가 늘 불안정했었다. 몇 개월의 하숙과 몇 개월의 자취와 그 잦은 이사들. 언니의 살림은 언제나 한나절 안에 쉽게 꾸려질 수 있도록 정돈되어 있었다. 그런 불안한 일 년여를 보내다가 언니는 결국 서울 먼 친척의 집으로 들어가게 되었다. 어머니의 강압에 가까운 설득과 언니의 누적된 피로감이 겹쳐진 선택이었다.

새 거처는 훨씬 편안하고 끼니는 따뜻했지만 언니는 해 있는 시간을 늘 서성거렸다. 생각을 느슨하게 풀어놓고 이리저리 거닐어보는 일이 아닌, 삶을 저주하게 만드는 그 불가피한 서성거림은 고단하고 고단하다. 언니가 대학을 졸업할 무렵에야 그저 범상한 추억이라도 듣듯이 들을 수 있게 된 그 시절의 얘기는 나를 가끔 고쳐앉게 만들어주었다. 그러면 나는 그 누구에게인지도 모르는, 알 수 없는 용서를 빌곤 했다.

여자가 열고 들어간 문을 보고 있는 중이다. 그녀 뒷모습의 흐릿한 잔상 위로, 나는 문득 그녀의 꿈은 무엇일까 생각한다.

미장원이라도 하나 차려서 착실히 살고 싶다…… 이런 결심을 흔히 듣는다. 미장원은 여인들이 꿈꿔볼 수 있는 몇 안 되는 성(城) 중에 하나인 것 같다. 파출부를 하면서 억척스레 돈을 모으는 여인도, 마음 가득 울분을 참으며 손을 내맡기고 어깨를 내맡기는 읍내 다방의 어린 여급도, 그리고 저 여인처럼 미장원 일을 보조하면서 박봉을 받는 사람도…… 자주 말하곤 하는 것이다. 미장원이라도 하나 차려서 착실히 살고 싶다, 하고.

그 소박하디 소박한 성이 나를 시큰하게 한다. 이 세상에 여인이 숨어들 틈은 많지 않다. 나는 가끔 꿈의 크기 역시, 좌절의 크기 역시, 부익부 빈익빈이 아닐까 생각하게 될 때가 있다. 바라는 것이 많지 않은 여인에게일수록 세상은 외려 더 빡빡하게 맞서는 것이다. 지금 뛰어들어온 여인의 얼굴 위로 최심연의 슬픈 점심식사가 겹쳐지고 있다. 나는…… 마주 볼 수 없다.

여자가 가만가만한 걸음으로 나온다. 나는 그 여자의, 멋있게 웨이브진 긴 머릿결을 본다. 그 나이 또래의 모든 여자들은 어딘지 모르게 모두 자매 같다는 생각을 할 때가 있다. 아니, 설령 모두 다 닮지는 않았다고 해도 몇 안 되는 유형으로 나누어볼 수 있는, 신기한 공통점을 갖고 있는 것 같다. 거리에서 저 여자를 다시 만난다 해도 나는 결코 그녀를 알아보지 못할 것이다.

가끔 복잡한 지하철 안에 서서, 맞은편에 멈춘, 역시도 복잡한 지하철의 창을 볼 때 무서워 몸을 떨 때가 있다. ……저렇게 똑같을 수가…… 그녀들 역시 맞은편 창에 얼굴을 붙이고 선 나를 보며 비슷한 생각을 할지도 모를 것이다. 나는 그녀들 틈에 자매처럼 끼어 있는 것이 한없이 편안하고, 또 한없이 불편하다. 많은 순간, 물론 그 편안함이 이기기는 한다, 다행스럽게도.

심연은 나른하게 출렁거리고 있다.

언젠가, 그때는 '헤어숍—심연'이라는 그 매력적인 상호에 이끌려서가 아니라 프로정신이 있고 손님들에게 싹싹하며 사무친 점심을 먹고 어린 아들을 키우는 밝은 여자 최심연을 보러 이곳에 또 들를지도 모른다.

누군가가 어깨를 톡톡 두드린다.
"아가씨, 약속시간 안 늦었어요?"
주인 여자의 웃는 눈이 내 얼굴 전체에 육박해온다.

어느 토요일 오후,
심연에서 졸다.

은아야 너는 지금 니가 빠질 구덩이를 니 손으로 파고 있구나.

아버지 아파요, 지금 제 발을 꾹 밟고 계시지 않습니까.

아버지 무거워요. 발톱이 퍼렇게 썩어들 지경이라구요.

산에 왔으니 물을 마셔라 은아야.

아버지 저는 목마르지 않아요. 마시지 않겠어요.

아버지처럼 물 마시고 어, 시원타 그러지는 않겠어요, 아버지.

이 문으로 들어가면 좁다

아버지가 올라오셨다. 나는 혼곤한 낮잠중이었고, 집요한 초인종 소리에 짜증 섞인 목소리로 "누구세요?" 했을 때, 아버지는 사뭇 자신없고 힘없는 목소리로 "은아 아니냐?" 하셨다. 문득, 눈가에 남아 있던 잠이 홀연히 달아나는 기분이었고 나는 당혹스러웠다.

아버지였다. 아버지는 땀 밴 여름 남방셔츠를 입고 계셨고, 한 손에는 신장개업한 부동산 같은 데서 나누어줄 법한 낡은 스타일의 부채와 동그랗게 말아쥔 『한겨레 21』을, 또 한 손에는 토마토가 가득 담긴 비닐봉지를 든 채였다. 아버지의 숱 적은 머리카락이 땀 밴 이마에 달라붙어 있었다. 지쳐 보였고, 아버지는 그새 이 년은 더 늙어 보였다.

"무슨 잠을 그렇게 깊이 자고 그래?"

"더워서요. 날이 워낙 더운데다가 이 집이 좀 유난하거든요. ……그런데 아버진 연락도 없이 웬일이세요?"

"니네 엄마 형제들 모임에 갔어. 예전엔 그냥 당일에도 오고 그러더니 요번엔 이틀이나 자고 오겠다네. 방학이고 해서 나도 시간이 있고, 너희들도 궁금하고 해서 왔지. 빈집에 혼자 있기도 뭣하고."

"요번엔 어디서 한다는데요?"

"구미 처제네. 늘 그렇잖니. 워낙들 뿔뿔이 흩어져 사니까, 거기가 모이기야 제일 편하고."

"두 분이서 싸우신 건 아니구요?"

"니네 엄마하고 싸울 일이 뭐가 있겠어. 싱겁 떠는 건 여전하구나."

"……뭐 시원한 거 드려요?"

"물이나 한 잔 다오."

더운 여름날이었다. 집 뒷산에서는 매미가 극성스레 울어댔고, 책은 읽히지 않았다. 방바닥이 열을 받아 달아오르는 것 같아 찬물에 얼음을 통째로 쏟아넣고 그 물에 헹궈낸 걸레로 힘겹게 방을 훔쳐냈다. 걸레를 널기 위해 나가본 베란다는 녹아내리고 있는 것 같았다. 맹렬한 햇살이었다. 걸레를 빨아 널고 들어오다가 나는 총에 맞은 듯 쓰러져 잠이 들었다. 꿈 한점 스며들지 않았고, 초인종 소리는 저 낮은 물 속에서 들리는 것같이 이물스러웠다. 아버지가 오셨다고는 하지만 아버지와 내가 함께 해볼 수 있는 일이 생각나지 않았다. 아버지는 한동안 욕실에 들어가 물소리를 내다가 오빠 방에 들어가 누우셨고, 나는 내 방으로 돌아와 아버지와 내일 하루 무얼 하며 보낼까를 궁리했다. 나는 그러니까 어쩔 줄 몰라하고 있었던 것 같다. 아버지가, 어머니를 동반하지 않고 홀로 서울에 오신 일은 이번이 처음이었다. 늘 어머니와 함께였다. 어머니 홀로 오셨다면 문제는 간단했을지도 모른다. 나는 어머니와 이것저것 사서 만들어 먹기도 하고, 늘어지게 자다 깨다 하며 이런저런 시시콜콜한 얘기들, 그러니까 날이 갈수록 아이 같아지는, 구십을 바라보는 할머니 얘기, 사촌 언니들의 출산 얘기, 신혼집 얘기, 그들의 철없는 남편들 얘기, 어머니 이웃들의 이런저런 개인사들을 들어주었을 터였다. 그러나 아버지였다. 아버지 혼자였다. 나는 무슨 숙제를 받아놓은 아이처럼 방 안을 서성거리고만 있었다. 저녁시간은 아직 멀었고, 오빠도 새언니도 아직 귀가하지 않았다.

나는 스물다섯이 되었고, 그 여름 교원임용고시에 합격한 대기발령 상태의 예비교사였다. 이런저런 일을 마음 닿는 대로 해보고 싶었지만, 이것이 내게 주어진 마지막 여유시간일지도 모르리라는 생각에 더 아무 일도 되지 않았고, 시간은 가만가만 흘러주었다. 가끔 친구가 불러내면 시내에 나가 영화를 보고 들어오는 일이 내가 해볼 수 있는 유일한 일이었다. 어머니는 자주 전화를 하여 '그쪽 집'과 미리 약속이 되어 있으니 주말에 시간을 비워두라고 했고, 나는 그런 어머니를 향해 소리를 빽 질러주는 것으로 내가 방구석에서도 죽어 있는 게 아님을 보여주곤 했다. 그게 전부였다. 나는 밥값을 하기 위해 늘 바쁜 새언니를 대신하여 반찬을 만들고 욕실 청소를 했으며 계절마다 오빠 옷과 내 옷을 바꾸어 꺼내놓았다. 나와 다섯 살 차이가 나는 오빠는 작년에 두 살 아래의 밝고 명랑한 여인과 결혼을 했다. 그녀는 신진 만화가였고, 집 근처에 작은 작업실을 마련하여 출퇴근을 했다. 무던한 여인이었기에 내가 함께 지내는 것을 개의치 않았으며 내가 꼼지락거리며 집안일을 그럭저럭 해놓는 것을 가식없이 기뻐해주었다. 대학에서 미생물학을 전공한 오빠는 지금 박사과정에 다니고 있었다. 아버지를 닮아 과묵한 오빠는 집에 와도 늘 별말이 없었고, 내가 만든 지나치게 싱거운 음식도, 새언니가 만든 지나치게 단 음식도 잘 먹어주었다. 나는 언제까지나 그들과 함께 지내게 된다고 해도 아무런 불만이 없을 것 같았다. 새언니가 낳을 맑고 자그마한 아이를 대신 돌보면서 늙어간다고 해도 나쁘지 않으리라는 생각을 한 적도 있었다. 그러나 그런 일은 일어나지 않을 것이다. 결혼을 하게 되든 그렇지 않든 간에 나는 이곳을 떠나 다른 곳에 둥우리를 틀고 어떻게든 살아야 할 터였다. 그렇게 되면 아버진 이런 경우 힘겹게 토마토 봉지를 들고 오빠네와 내 작은 집에 함께 들르셔야 하겠다. 사람의 온기가 없는 내 집을 휘 둘러보시고는 쓸쓸하게 웃으셔야 하겠다. 아버지의 잠이 너무 깊고 오랜 것 같다.

"어머 아버님, 이렇게 불쑥 오시니 어쩔 줄 모르겠네요. ……그리고 참 아가씨두, 아버님 오셨으면 오시자마자 작업실로 전화라도 주시지 않구요. ……절부터 받으세요, 아버님."

"됐다. 애 있는데 뭘. 너 많이 바쁘다는 얘긴 들었다. 니가 수고가 많구나."

"수고는요, 아버님. 아가씨 덕택에 일이 바빠도 한결 편한걸요. 저는 하는 일 없어요."

"애야 뭐 노는 손에 집안일이라도 도와야지."

"아버님 잠깐만요. 제가 매운탕 끓일게요. 아버님 매운탕 괜찮죠?"

"나야 좋다만 번거롭지 않겠냐?"

"아니에요. 조금만 기다리세요."

아버지는 새언니를 무척 귀여워한다. 그도 그럴 것이 그는 우리 집 문화에는 무척이나 이질적이게도 사람들을 잘 웃기고, 늘 환하고, 애교스러웠기 때문이다. 그녀가 곧잘 아버지 팔짱을 끼고 이런저런 얘기를 할 때면 우리 식구들은 두 사람을 물끄러미 바라보곤 했다. 새언니는 그런 사람이었다. 그녀는 땀을 뻘뻘 흘려가며 저녁 준비를 했고, 아버지와 나는 TV를 보았다. TV를 보았다기보다는 아버지의 취향에 맞추어 나는 가만히 화면을 응시해야 했다. 그는 내가 알기로 이십여 년 동안 변함없는 취향으로 〈동물의 왕국〉과 각종 다큐멘터리, 뉴스, 〈PD수첩〉이나 〈시사매거진 2580〉 같은 시사분석 프로그램, 교육방송의 수학문제 풀이나 바둑, 작품이 괜찮을 경우의 〈주말의 명화〉나 〈명화극장〉, 어쩌다 가끔은 교육방송의 영어회화 프로그램을 보았다. 그러곤 "이젠 잘 안 들려. 이젠 못 알아듣겠어" 하며 쓸쓸하게 중얼거리곤 했다. 또 있다. 한 오 년 전쯤부터는 어머니가 보던 일일연속극, 주로 여덟시 반부터 삼십 분짜리로 하는, 노인네들이 많이 나와서 자주 웃고 우는 그런 드라마들을 보시기 시작했다. 그러면서 가만가만 웃곤 했다.

새언니의 매운탕은 아니나다를까 식당에서 만든 것처럼 달고 들쩍지근했으며, 아버지는 오빠가 그러하듯이 별말 없이 드셨다. 오빠는 늦었고, 새언니는 오빠가 무슨 중학생이나 되는 것처럼 "이상하네요. 평소엔 늘 빨리 들어오는데요" 하면서 발을 굴렀다. 그러나 그는 평소에도 늘 늦었다. 그는 요즘 무슨 괴로움이 있는 사람처럼, 늦게 들어와 빨리 나갔고, 어쩌다 집에서 오랜만에 마주치면 낯선 듯 나를 오래오래 물끄러미 바라보곤 했다. 오빠는 자주 눈이 빨

겠고, 일부러 그런 것처럼 머리를 흩트려놓고 다녔다. 그는 오늘도
늦었다.

 아버지는 대구에서 수학교사를 하고 있다. 국립사대를 졸업했
고, 졸업 후 변함없이 학교에서 삼십여 년을 보낸 것이다. 덕택에
대구에서 공립 중고등학교를 나온 나는 학교에 들어가면 언제나 두
세 분쯤 아버지를 아는, 아버지와 같은 학교에서 근무한 적이 있는
선생님을 만나야 했다. 나는 그것이 좋기도 했고, 싫기도 했다.
 아버지는 4·19 세대이다. 그것이 오빠와 나의 성장기를 어떤 면
으로는 무척이나 강한 강도로 짓눌러왔다고 할 수 있다. 아버진 언
제나 '4월 세대로서' 말하고 행동하고, 충고하고, 훈계했고, 우리
는 그것을 받아들여야 했다. '언제나 4월 세대로서' 라고 했지만 아
버지의 모습이 내게 항상 같은 것으로 다가온 것은 아니었다. 열여
섯이나 열일곱이 되기 전까지, 그것은 부당하게 튀는, 다시 말해 부
당하게 삐딱하게 느껴지는 태도였고, 그 이후로 그것은 부당하게 꽉
막힌, 부당하게 정답 같은 태도였다. 나는 따라서 철들기 전이나 철
든 다음이나 4월 세대로서의 아버지의 모습이 싫었다고 할 수 있다.
 정확히 말하면 아버지는 4월 세대가 아니었다. 아버지는 그걸 오
랫동안 숨기고 싶어했다. 왜 그랬는지는 모른다. 그냥 우리들에게,
그러니까 아버지의 훈계를 들어야 하는 오빠와 나에게 부끄러운 모
습이라고, 체면이 서지 않는 모습이라고 생각했는지도 모른다. 아
버지는 41년생이었고, 그해 4월에 재수생이었다. 아버지는 첫해 그
누구도 떨어지리라고 생각지 못한 상태에서 국립사대에 낙방했다.
그러고는 의기소침한 상태에서 당시 제기동에 있었던 아버지의 외

가로 올라와 재수를 시작했다. 외가에는 아버지가 첫해에 응시했던 바로 그 국립사대의 학생들이 하숙을 하고 있었다. 외가에서 얼마 떨어지지 않은 용두동이라는 작은 동네에 종합화 이전의 국립사대가 있었기 때문이었다. 아버지는 그들 틈에 섞여, 마치 또 한 사람의 하숙생처럼 조용히 지냈고, 중학교를 다니고 있던 그 집 장남을 가르치고 가끔 대학 캠퍼스를 어슬렁거리곤 했다. 그리고 4월이 왔다. 아버지는 그들 틈에 섞여 파출소를 부수고 다녔고, 4월 내내 알 수 없는 두통에 휩싸여 지냈다고 한다. 그러니 아버지는, 4월 세대가 아니었지만, 그러나 생각해보면 4월 세대이기도 한 것이다. 그 복잡함을 아버지는 설명하기 싫었을 것이다. 뒤늦게, 대학원에 진학하기 위해 학교 때 성적증명서를 떼어다 달라고 내게 부탁하셨을 때 아버지는 한참을 망설이다가 입학 연도를 일러주었는데, 그 입학 연도가 61년이었다. 나는 작은 고통을 느꼈다.

아버지는 늘 자신을 '4월 세대'라 표현하였다. '4·19 세대'가 아닌 '4월 세대'라고 말이다. 아버지는 어색했다고 한다. 그날, 그리고 그날을 전후한 그 며칠 동안의 움직임이 이런저런 의미로 새겨지는 게 어색했다고 한다. 그리고 기실 아버지는 3월 선거 직전 흔히 2·28로 불리는 대구에서의 학생시위에 아버지 친구들이 대거 참여했다는 사실을 전해 듣고, 얼마 후 3·15 부정선거가 밝혀지고, 18일에 고려대학교 학생들이 시위를 벌이고 한 것부터 시작해서, 4월 내내 알 수 없는 열기와 부끄러움과 자신감에 차 있었다고 했다. 하긴 4월 세대라는 말도 이상한 것은 아니다. 나는 대학에 입학한 후로, 1학기의 시간들은 모두 그 달로 상징되는 어떤 사건으로, 그 사건의 의미를 새기고 오늘을 살피는 것으로 보내야 했으니까. 4월은 4·19로, 5월은 '그해 5월'로, 6월은 87년 6월 항쟁으로 말이다. 그리고 왜 나는 어떤 달의 상징이 되지 못하는가, 그 상징의 주인공이 되지 못하는가, 어리게 마음으로 항의했으니까 말이다.

4월 세대로서, 내게 다가왔던 아버지의 첫번째 모습은 '부당함'이다. 여섯 살이었을 때, 2월생으로 한 해 일찍 유치원에 들어가 그해 유치원생이던 나는 어느 가을, 온 동네의 셔터가 내려진 검고 답답한 하루를 눈물로 보내고 있었다. 그날은 대통령 박정희가 역사에서 사라진 날이었다. 영화 같은 일이었다. 총을 맞아 돌아가셨다고 했다. 어느 날 대통령이 총을 맞고 저 세상으로 사라진다는 것을 나는 믿을 수 없었다. 동네 아주머니들이 모두 울었으므로, 나도 그저 훌쩍훌쩍 울고 돌아다녔던 것이다. 그날, 내가 보는 모든 풍경들은 화면에 진청색을 끼워넣은 것처럼 낮고 우울하고 느렸다. 그 울음이 집에까지 이어진 모양이었다. 아버지는 노기 띤 얼굴로 나를 혼냈고, 나는 강제로 울음을 멈추어야 했다. 급기야 다급한 딸꾹질로 이어지는 그 서러운 울음 멈추기 말이다. 아버지의 말은 잘 생각나지 않지만, 어린 내게 한없이 부당하게 느껴지는 논리였던 것만은 분명하다. ……이제야 나는 아버지의 그 마음을 생각하는 것이다. 자신의 대학 일학년 때부터 지금까지, 이십대와 삼십대의 시간들을 통째로 짓눌러온 어느 가혹한 통치자의 죽음, 그리고 그 죽음을 듣고 훌쩍거리기나 하고 있는 어린 딸 앞에 선 그의 마음을. 스물한 살의 나이로, 스무 살에 어정쩡한 신분으로 겪은 자유의 기억, 그해 4월을 놓치고 한 살 어린 학생들과 함께 교정을 들어선 그의 마음을. 어느 날 학교 앞에 낯선 탱크들이 진주해 있었고, 나중에 알고 보니 그게 5·16이었더구나, 하며 쓸쓸하게 말하던 그의 마음을. 대통령 박정희의 이름 아래 대학을 다니고, 군대를 다니고 대학을 졸업하여 공립고등학교 교사라는 교육 공무원이 되고, 박정희의 이름 아래 나랏돈으로 가정을 꾸리며 아이를 낳아 기른 그의 마음을.

그리고 내가 초등학교에 들어간 80년대에 아버지는 여전히 '부당함'으로 내게 도장 찍혀 있다. 삼학년 땐가 사학년 때, 무슨 일론가 아버지와 어머니 그리고 오빠까지 모두 우리 학교에 와 사진도 찍고 저녁도 함께 먹은 일이 있었다. 내가 다닌 학교에는 학교 정문 바로 옆에 육영수 여사가 지은 동시 같은 짧은 글귀가 새겨져 있었다. 나는 그 말이 너무 마음에 들었고, 학교에 오를 때마다 마음까지 다 환해지는 기분이 들곤 했다. 그 글귀는 아마도 '웃고 뛰놀자. 그리고 푸른 하늘을 보며 생각하고 푸른 내일의 꿈을 키우자'였을 것이다. 학교 앞에 꽤 커다랗고 모양이 반듯한 돌에 그 글이 새겨져 있었다. 나는 그 앞에서 사진을 찍고 싶다고 했고, 아버진 다른 좋은 데도 많은데 왜 하필 거기냐, 했던 것 같다. 나는 아버지가 미웠다. 그 글귀를 바라보며 내가 매일 학교를 드나드는데, 나는 그것으로 인해 마음이 한없이 밝아지는데, 아버진 저 돌멩이만큼도 나를 이해해주지 못하는 사람이다, 아버진 왜 항상 저렇게 어두운 얼굴로 뭐든 싫다, 싫다고만 하는가,……그런 생각을 했던 것 같다. 결국 나는 그 돌 앞에서 사진을 찍었고, 그 사진 속의 나는 저돌적으로, 보란 듯이 활짝 웃고 서 있다. 그 속의 나는 당신이 아무리 내 아버지라 해도 내 유년기에, 내 환하디 환한 유년기에 검은 커튼을 드리울 순 없을걸, 하고 말하고 있는 것 같다. 나는 이제야 그 사진을 슬프게 응시하는 것이다. 내가 그랬듯이, 아버지는 내가, 그 돌 앞에 환하디 환한 내가 미웠을 것이다.

그리고 아버지는, 4월 세대로서의 아버지는 어느 날, 아마도 내가 육학년쯤 되었을 어느 봄, 내게 버럭 화를 내는 것으로 남아 있다. 그 아침, 나는 아마도 무슨 깃인가를 빠뜨리고 달지 않은 채 등교하려던 모양이었다. 그땐 그런 깃들이 많았다. 육학년이었으니, 85년이다. '6월은 호국보훈의 달'이라거나 '정직, 질서, 창조' 같은 글이 박혀 있는 그런 깃을 달이 바뀌면 바꿔가면서 달도록 되어 있었고, 깜빡 잊고 깃을 달지 않은 채 등교하는 아이들은 선생님께 야단을 맞아야 했다. 아마 그 전날 어머니가 깃과 함께 내 옷을 빤 모양이었고, 나는 엉망이 된 깃을 꺼내들고 어머니에게 마구 화를 내었을 것이다. 출근길의 아버지가 나를 준엄하게 내려다보더니, "그게 뭐라고 엄마한테 화를 내고 그래?" 했다. 아버지는 내가 그 깃을 달지 않고 가면 나를 야단칠 사람과 같은 신분인 선생님이었다. 나는 그 혼란을 참을 수 없었던 것이다. 아버지께 내가 뭐라고 대들었는지는 기억나지 않는다. 그러나, 나는 속으로 내가 아버지께 대들 논리를 갖추게 될 세월이 빨리 와주기를 빌었다. 그땐 그냥 혼란일 뿐이고 부당함일 뿐이었지만, 나는 곧 아버지에게 당당하게 항의하리라 생각했던 것이다. 슬프고 안타까운 시간들이었다. ……그 시간들 속에서 아버진 무슨 생각을 했을까.

80년대 후반의 시간들 속에서 아버지는, 4월 세대로서의 아버지는 '안방회동'으로 자신의 임무를 다했다. 나의 사촌들은 대개 나보다 여섯, 일곱 살씩이 많아서, 85년부터 하나둘 대학에 들어가기 시작했다. 아버지는 그들이 대학에 들어가기 전 1월이나 2월의 어느 날 그들을 불러 훈계의 말을 했던 것이다. 사촌들은 그것을 '2월의 안방회동'이라 불렀다. 그들로서는 불편하고 불편한 자리였을 것이다. 아버지는 언제나 그들의 수학공부를 마지막 두세 달을 남겨두고 집중적으로 정리해주었기 때문에 사촌들에게는 다정하면서도 어렵고 친근하면서도 고마운 존재였다. 아버지는 그들을 불러놓고 우리 사회가 어떻게 얼마만큼 썩었으며, 그럼에도 너희들이 대학에 가서 왜 데모를 하면 안 되는지에 대해 열심히 설명하고 또 설명하였다. 사촌들의 다리에는 쥐가 내렸고, 그들은 조용히 예, 예 하기만 했다. 그것은 사촌들이 성인이 되기 위해 반드시 거쳐야 할 통과의례 같은 것이었다.

그때부터 나는 아버지의 태도에 모종의 혼란을 느껴야 했다. 어린 내게 아버지는 이상한 교사였고, 대통령을 싫어하는 공무원이었다. 그러나, 아버지는 이제 대통령을 맘껏 싫어할 위치에 진입하려는 사촌 오빠나 언니들에게 '경거망동' 하지 말 것을 요청하고 있는 것이다. 나는 그 모순을 풀 길이 없었다. 나중에 '안방회동'의 막차를 탄 오빠는 그런 의문을 표시하는 내게 "우리 아버지 4·19세대 아니시냐" 하면서 비웃는 것처럼 말했다. 나는 더 알 수가 없었다.

6월 항쟁이 일어났고, 나는 중학교 이학년이 되었다. 그때의 아버지를 나는 선명하게 기억하고 있다. 5월에서 6월 초에 이르는 시간 동안, 아버지는 말이 없으셨다. 나는 그때 뉴스 시간의 거의 절반 이상을 차지하던 시위 소식과 시위 장면을 열심히 보았고, 아버지에게 무슨 말이라도 붙여보려고 안달했었다. 그러나, 아버지의 침묵은 완강한 것이었다. 그때 내가 뉴스를 열심히 보았던 이유는 내게 그것이 무슨 축제같이 느껴졌기 때문이었다. 사람들이 너무 많이 모여 있었고, 그들은 대체로 젊었고, 상기된 얼굴로 무슨 소리인가를 외치고 있었다. 발을 구르고 손뼉을 치고 일제히 손을 치켜들며 구호를 외치고 있었다. 무언가 있다, 나는 생각했고, 그 축제를 부럽게 훔쳐보고 있었다. 아버지는 내가 들떠 있을수록 가라앉아갔고, 나는 아버지가 무서웠다.

6월 중순쯤 되었을 것이다. 아버지가 밝아지기 시작했고, 귀가시간이 늦어지기 시작했다. 아버지는, 그러니까 거의 한 달여의 시간 동안 이 사건을 아버지의 의미망 속에 어떻게 위치시킬 것인지를 고민했던 것이다. 아버지는 드디어, '4월 세대'로서도 이 사건이 무척이나 의미 있는 일이고 우리 역사에 꼭 필요한 대중적인 항쟁이라고 판단했던 모양이었다. 아버지는 아마 퇴근 후에 중앙로나 대구역 근처, 시위가 열리는 곳에 나가보는 모양이었다. 아버지의 옷에서는 매운 가스 냄새가 났다. 고3이었던 오빠의 옷에서도 가끔 그 냄새가 났고, 나는 어머니나 내가 멍청이나 이방인이 된 기분으로 아슬아슬하게 그들을 지켜보았다. 아버지가 퇴근길에 그 거리에서 하는 일이란 아마도 고작 그 대열을 지켜보고 육교 같은 데 올라가 박수를 치고, 혹은 조금 더 호기로움을 발휘한다면 슈퍼에 들어가 돈이 되는 대로 빵을 한 백 개쯤 사서 육교에 올라가 던지는 일 정도였을 것이다. 그렇지만 아버지는 6월 하순까지 불규칙한 귀가를 멈추지 않았다. 그리고 29일이 왔고, 아버지는 흡족해했고, 아버지의 판단이 옳았음을 드러내놓고 기뻐했다. 고3이었던 오빠가 이게 뭐야, 대통령 직선제에 김대중 사면복권이 다야, 12월까지 쌔가 빠지게 뛰어서 지가 대통령 해먹겠다는 거 아니고 뭐야, 자기를 비롯해서 앞으로 군바리가 정치하는 일은 다시는 없을 거라고 국민들 앞에 약속하든가, 시국과 관련해서 감옥살이하고 있는 사람을 모조리 석방하거나, 전두환이랑 두 손 맞잡고 자발적으로 감옥에 들어가거나, 그게 아니면 대학입시라도 없애야지……, 하며 고3 학생답게, 혈기는 넘치나 아무런 논리는 없는 말로 흥분했던 것과는 다른 모습이었다.

아버지는 어떠했을까, 아버지는 무슨 생각을 했을까, 이런 뒤늦은 헤아림들은 안타깝고 부질없다. 아버지는 매일매일 살아야 했을 것이다. 4월 세대로서, 아버지는 그래도 청소년 선도요원이 되어야 했을 것이고, 선거가 있으면 투개표 요원이 되어야 했을 것이고, 무슨무슨 관 주도의 행사에도 자릿수를 채워야 했을 것이다. 한때 우리가 살았던 아파트는 주택공사에서 지은 아파트 중 관청에서 한 개의 동을 구입하여 공무원들만이 좋은 조건으로 입주할 수 있는 아파트였다. 그곳에 살았을 때 언제나 국경일이 되면 무슨 운동회라도 하듯이 우리 동에서만 집집마다 태극기가 휘날렸고, 투표일이면 서로 서로가 감시인이 되어 빠짐없이 투표를 하곤 했다. 멀리서 태극기가 가득 휘날리는 우리 동을 바라보며 그는 굴욕감을 느꼈을지도 모를 일이다. 그는 그렇게 하루하루 살아야 했을 것이다.

오빠는 새벽에 들어왔고, 그때까지 잠을 설친 모양인지 아버지가 밖으로 나와 둘이서 낮은 목소리로 무슨 얘기인가를 나누는 소리가 건너왔다. 그는 많이 외로울 터였다.

89년이었다. 전국교직원노동조합. 그해 5월에 출범한 한 용감한 단체의 이름은 이러했다. 나는 고등학생이 되었고, 오빠는 서울로 진학하여 이학년에 다니고 있었다. 그해, 나는 내가 어린 가슴을 자주 쓸어내리며 안도했던 것으로 그해를 기억한다. 내 안도의 내용은 대단한 것이 아니었다. 아버지가 우리 학교에 근무하지 않는다는 것. 아슬아슬하게도, 내가 고등학교에 입학한 그해, 아버지는 내가 다닌 여자고등학교에서 오 년을 채우고 다른 학교로 전근갔던 것이다. 그러지 않았다면 나는 그해, 전국교직원노동조합이 출범한 그해, 내 스스로를 견디지 못하고 휴학하거나 전학했을 것이었다. 매일매일이 지옥 같았다. 젊은 선생님 서너 분은 오후 네시가 지나면 교무실에서 찾을 수 없었는데, 반장 얘기로는 그분들이 정규 수업시간 이후에는 화학실 구석에 모여 매일 반성문을 써야 한다는 것이었다. 매일 아침 교직원 회의가 늦어져 아침 조례시간이 십 분이나 이십 분쯤 늦춰졌고, 조례시간에 뒤늦게 나타난 담임선생님은 언제나 부은 얼굴을 하고 있었다. 가끔, 수업시간에 몇몇 아이들은 용기를 내어 선생님들에게 질문을 하곤 했다. 도대체, 지금, 무엇이 어떻게 되어가고 있는 것이냐고. 모두들 괴로운 시간이었다. 우리는 의협심 때문에, 그 의협심을 어떻게 무엇으로 표출해야 할지 모르는 막막함 때문에 괴로웠고 선생님들은 마음 깊은 곳으로부터의 짐승스러운 자괴감으로, 갈등으로 괴로웠다. 교원노조 출범에 참여했던 네 분 선생님들 중 두 분은 결국 면직당했고, 한 분은 탈퇴 각서를 제출하고 다시 교무실에 나타나고, 젊은 여선생님 한 분은 건강을 이유로 내세웠지만 무언지 애매한 휴직원을 제출하는 것으로 우리 학교 내의 움직임은 마무리되었다.

그 시간들 속에 아버지가 끼어 있다고 생각하면 지금도 나는 서늘해진다. 매일 아침과 늦은 밤, 싯누렇게 변한 아버지의 얼굴과 맞닥뜨려야 했지만, 나는 그 얼굴을 내가 학교에 가 있는 시간에는 보지 않아도 된다는 데 안도했다. 그해, 지옥 같은 봄과 여름이 지나는 동안 '4월 세대'로서 아버지는 침묵했고 그해 갑자기 몇 년을 더 늙어버렸다. 어느 밤, 망설이고 망설이다 아버지에게 다가가 그 움직임을, 그 젊은 움직임을 어떻게 보시느냐고 물었을 때 아버지는 준엄하고 낮은 음성으로 "그들은 옳다"고만 했다. 그러나, 그해 봄 4월 세대로서, 아버지는 깊이 침묵하셨던 것이다.

아버지와 나는 사실 서로 나눌 얘기가 많을 것 같다. 내가 지금 그 봄으로 돌아간다면, 그럴 수 있다면 상황은 달라졌을 수도 있겠다. 그해, 서로 깊은 침묵으로 세월을 견디는 동안 아버지는 어쩌면 나와 싸우고 있었는지도 모른다. 계속 아버지를 보기만 했지만, 아버지를 응시하던 내 저돌적인 눈동자와 싸늘한 얼굴 표정을 아버지는 정면으로 감당하여야 했을 것이다. 그러나, 나는 이제 곧 선생이 된다. 맨 처음, 내가 교원임용고시에 최종 합격했음을 집으로 알렸을 때, 아버지는 어쩌면 그해, 89년의 봄과 여름을 떠올렸을지도 모른다. 그래, 나는 이제 곧 선생이 된다. 아버지의 4월도, 5월도, 6월도 짊어지지 않은 나는, 교원노조가 출범하던 그해 봄 퉁퉁 부은 고등학교 일학년이었던 나는 이제 곧 선생이 된다.

희미한 약 냄새가 퍼져나온다. 이 새벽에, 그녀는 무슨 약을 올려놓은 것일까. 한약 냄새는 언제나 내게 아늑한 평화를 안겨준다. 허약한 가족 누군가를 위해 우리 모두 두 손 모으고 있음을 증거하는 저 향기. 시골집에서 나는 저녁 연기 냄새나 밥 짓는 냄새, 잘 마른 창호지 냄새를 닮은 저 평화. 오래 맡으면 깊이 잠들 수 있을 것 같은 저 치유의 냄새. 오빠의 헤아릴 수 없는 고민, 그녀의 봄꽃 같은 마음씀으로 아버지는 이 새벽 오래오래 뒤척일 것 같다.

　그 일 년 후였다. 그리고 또다시 5월이었다. 대중매체를 통해서는 최초로, 80년 광주민중항쟁의 비디오 자료가 공개되었다. 외국 기자들이 찍은 자료였다. 〈5월은 말한다〉였거나 〈어머니의 노래〉였을 것이다. 어머니와 아버지, 그리고 나는 TV에서 떨어지지 않은 채 그 자료를 끝까지 보았다. 어머니는 울었고, 아버지는 상기된 얼굴로 화면을 쏘아보았고, 나는…… 아버지를 보았다. 어머니는 울음 끝에 "짐승 같은 새끼들"이라고도 했고 "어떻게 저럴 수 있느냐"고도 했지만 아버지는 아무 말이 없었다. 다만 그 프로그램이 끝나고 서둘러 TV를 끄고 방으로 들어가는 아버지의 다리가 후들거렸던 기억은 있다. 아버지는 그 다음날인가 다음다음날 몸을 제대로 가누지 못할 정도로 만취한 상태로 귀가하는 것으로 그렇게 그 충격을 풀어내었다. 아버지는 거듭 "믿을 수 없다"고만 했고, 어머니나 내가 부축하려 들면 사납게 노려보며 "저리 가라"고 했다. 나는 아버지의 호통을 참아내며 일부러 아버지에게 대들었다. 아버지가 어머니나 나를, 아버지 때리듯 때려주길 바라며 괜히 "저리 못 가요" 했던 것이다. 아버지는 "저리 꺼져, 꺼지라구" 하면서 나를 때렸고 나는 아버지의 손매를 감당해내며 어머니와 아버지를, 그리고 그해 일곱 살이었던 나를 용서했다. 정말이지 70년대식, 최루성 밤이었다.
　믿을 수 없다, 믿을 수 없다는 아버지의 말…… 지금도 목소리가 꽉 잠겨 마치 저 깊은 물 속에서 들려오는 듯하던 아버지의 음성이 생생하다. 아버지는 다만, 믿을 수 없었을 것이다. 그해 4월에 가해진 폭력이 끔찍하게 증식하고, 또 증식하여 정확히 이십 년 후 남도의 작은 도시에 야만스레 퍼부어진 사실에 대해 아버지는 할말을 잃었을 것이다. 멀찍이 문무대 근처에서 발포가 있었다는 얘기를 전해듣고, 앗 뜨거라 싶어서 제기동 집으로 재빨리 기어들었을 아버지는, 가만히 집으로 기어들어 숨을 몰아쉬며 "저 민주주의의 대열 앞에 감히 발포하다니" 하며 치를 떨었을 아버지는 5월 광주 앞에 정말이지 팔다리가 후들거렸을 것이다. 90년 5월, 아버지의 폭음은 아버지와 나의 거리를 문득 좁혀놓았다. 믿을 수 없다, 믿을 수 없다는 아버지의 말……

나는 대학생이 되었다. 그해 2월, 상경하기 전의 시간들 동안 나는 초조한 심정으로, 그러나 한편으론 무척이나 기다리는 마음으로 '안방회동'을 기다렸다. 그러나, 안방회동은, 그 초봄의 아득하기만 한 "예, 예" 하는 시간은 없었다. 90년에 대학에 입학한 내 사촌언니를 끝으로 그 진땀나는 다리 저림의 시간은 사라졌다. 기뻤다기보단 허탈하고 억울했다. 내 대학생활이, 4월 세대인 당신에게 조금도 위험스러워 보이지 않는 하찮은 것이라는 게 나는 화가 나고 싶었다. 안방회동을 중단하는 것으로 아버지는 아버지 나름으로 한 시대를 접고자 했는지 모른다. 그랬다, 내게 90년대는 그렇게 왔다. 사라진 안방회동. 다리 저림도 없고, 긴장도 없고, '아버지는 정녕 저러고 싶을까. 보수반동과 아버지는 얼마나 멀고 또 가까운가' 하며 침묵 속에 아버지를 쏘아보는 시간도 없었다.

……그래서 나는 데모꾼이 되었다. 그때 나는 몰랐다. 애써 말리지 않는 일은 이 악물고 잘해내지 않으면 추하다는 것을. 어느 시인

이 그랬다. 이북방송을 들어야만 마음이 편하던 시절이 있었다고. 그러나 그것도 방해전파가 없었다면 진즉에 코미디 프로그램이었을 것이라고. 그때는 외설이 죄다 예술이 되었지만 굳이 말리지 않으니까 예술이 모두 외설이 된다고. 그러니까 그때 나는 생각도 못했던 것이다. 다만 나는 화가 나 있었을 뿐이다. 두고보라고. 당신은 '4월 세대'로서 이제 우리 역사에, 내 이십대에 자신이 무척이나 오랜 세월 기다려온 평화가 왔다고 생각하는지 모르지만 나는 그게 아님을 보이겠노라고. 눈 가리고 아웅하는 허약한 평화임을 내가, 내 온몸으로 증거하겠다고. 상큼하게 아버지의 뒤통수를 가격하겠노라고.

나는 독이 올라 있었던 것이다. 그래서 나는 언제나 대구-서울을 오갈 때 일부러 입석표를 끊었으며, 내가 입학하기 한 달 전에 제대한 오빠와 함께 방을 얻어 살라는 부모님께 완강히 저항했다. 대학이 조용하니, 그러니 너도 시간이 많을 테니 오빠 밥이나 해주며 얌전히 살라는 뜻이라고 나는 내 맘대로 생각했다. 오빠의 학교와 내가 다닌 학교 사이는 넉넉히 한 시간이면 갈 수 있는 거리였지만, 그래서 그 중간쯤 어디 둘 모두에게 편한 위치에 방을 구할 수도 있었지만 나는 학교생활에 충실하고 싶다고 여러 차례 부모님께 부탁하여 학교 가까운 곳에서 홀로 자취를 시작했고, 그 무렵 여러모로 지쳐 있었던 오빠는 반포에 사는 외삼촌 댁으로 들어갔다.

지금 나는 어떻게든 내가 오빠와 지내지 않은 것을 후회한다. 내 결정에 그 누구보다 오빠가 서운해했고, 중학교 삼학년 때 홀연히 오빠가 상경한 이후 그가 결혼하기까지 십여 년에 이르는 시간 동안 나는 그와 사흘 이상 같은 집에서 지내지 못했다. 그에게는 고스란히 이십대 전체가, 나에게는 사춘기로부터 이십대 전반에 이르는 시간이 걸쳐져 있는 세월이었다. 두 계절에 한 번쯤 그를 만나면 그는 언제나 한움큼씩 늙어 있었고, 내가 대학에서 만난, 한결같이 건강이 상해 있는 고학번 선배들의 낯빛을 하고 있었다. 아버지와 맞서고 싶었거나 어쨌거나 나는 그와 함께 서울을 견뎠어야 했다. 오빠의 결혼 후 내 옹색한 살림을 이곳으로 옮겼을 때 오빠는 편안한 듯 미안한 듯 쑥스러운 듯 나와 내 짐보퉁이를 향해 오래 웃어주었다.

그 낡은 자취방. 지금도 내 티셔츠나 베개나 묵은 책에서는 그곳의 냄새가 난다. 나는 그곳에서 소나기잠을 자고, 소나기밥을 먹었다. 나는 입학하자마자 아버지와 맞싸우는 기분으로, 그리고 내 속에 그런 나를 비웃는 목소리와 거듭 맞싸우는 기분으로 선배들을 따라다니고 학생회 일을 도맡아 했다. 작고 쓸쓸한 집회였지만 집회마다 참석했으며 학년이 올라가면서 늦은 밤 대자보를 쓰고, 자주 나가버리고 자주 불참하는 후배들을 붙들고 세미나를 했으며, 정치조직에 가담했다. 국회의원 선거나 대통령 선거 때면 민중후보 선거운동 사무실에서 살다시피 했으며, 기신기신 내 낡은 방으로 돌아와 멍하니 천장의 사방연속무늬를 세어보곤 했다. 쓸쓸할 때면 뉴트롤스의 〈아다지오〉를 반복해서 스무 번쯤 들었고, 가끔 대구로 전화를 걸어 아버지가 받으면 끊고 어머니가 받으면 실없는 수다를 떨다가 문득, 어머니 몰래 울곤 했다. 그러니까 그 낡은 방의 냄새란 오래된 눈물 자국에서 맡아지는 냄새다. 집에서 멀지 않은 곳에 살았던 오빠와는 일부러 만나지 않았고, 가끔 새벽에 문을 따려고 보면 발 밑에 오이소박이를 담은 커다란 플라스틱통과 오빠의 쪽지가 놓여 있곤 했다. 길쭉길쭉하고 나른하게 늘여서 쓰는 오빠의 글씨체는 내게 '은아야, 한번 와다오. 나도 힘들다'고 말하고 있는 것 같았다. '주말에 집에 내려갔을 때 엄마가 너 주라고 건네시더라. 밥 거르지 말고, 씩씩하게 살아. 오래 못 보았지만 나는 너를 깊이 믿는다. 회의 늦어도 잠은 꼭 집에서 자고.' 서울로 올라와 오히려 내가 내 식성을 잊어가고 있을 때 내 혈육들은 그곳에서 나를 잊지 않듯 내 식성을 잊지 않았던 것이다. 그런 새벽이면 나는 통을 들고 들어가 맹렬한 속도로 밥을 퍼먹었고, 용기백배하여 아침에 나서다가 새벽엔 보지 못했던 수북한 담배꽁초를 쳐다보곤 울먹거리며 "오빠……" 하곤 했다. 그날은 추웠고, 오빠는 내 방 앞의, 내 높디높은 방 앞의 사나운 바람 속에서 오래 서성였을 터였다.

그러나, 아버지는, 아버지만은 달랐다. 아버지는 내 서울생활 앞에 냉담했다. 어쩌면 아버지는 입학하던 해 2월, 내 마음을 지나간 독오른 바람에 대해 짐작했는지도 모른다. 그리곤 나를 맹렬히 미워했는지도 모른다. 4월 세대로서, 아버지의 민주적 판단에 의해서 이제 우리 역사엔 그나마 봄이 왔고, 이제 너는 그곳에서 네 할 일을 하라고, 안방회동을 없애는 것으로, 침묵으로 나를 가르친 아버지께 당신의 어린 딸이 두고보라는 심정으로 맞서고 있음을 참을 수 없었을 것이다. 한동안 나를 싸늘히 지켜보기만 하던 아버지는 나를 비웃는 것으로 아버지의 태도를 표명해오기 시작했다.

대학 삼학년의 늦은 봄, 아버지는 내 방으로 전화를 걸었다. 내일 니 외삼촌 생신이니 잊지 말고 가거라, 라거나 아버지 성적증명서 좀 떼서 부치거라, 같은 통보의 성격을 가진 전화가 아니고는 상경

후 처음 있는 일이었다. 아버지는 내 안부를 물었고, 내 미래를 걱정하였고, 내 건강 상태에 대해 의심스러운 듯 캐물었다. 그리고 오빠와 제발 자주 연락하며 지내라는 당부도 잊지 않았다. 그러다 문득 지나가는 말투로 "그래 너 운동은 잘 하고 있느냐?" 했다. 나는 아찔하고 또 아찔했다. 아버지가 무슨 대답을 기대하는 걸까, 도대체 아버지는 내게 왜 이러는 걸까, 나는 전화선에 아무런 음성도 송신하지 않는 것으로 당혹감을 드러냈고 아버진 비웃는 듯한 목소리로 "학교생활 바쁘더라도 운동 열심히 해라. 엊그제 신문을 보니 우리나라에서 이십대 미혼여성 운동량이 최소라더군" 했다.

아…… 아버지. 아버지는 분명히 하고 싶었던 것일까. 너는 지금 너무 나가고 있음을, 너는 그러다가 깊이 다치고 말 것임을 아버지는 내게 꼭 알리고 싶었던 것일까. 나는 그때 상경 후 내가 온몸 깊이 간직한 힘을 모아, 서러운 소나기밥의 힘, 불면의 힘, 전망부재의 힘, 막막함의 힘, 허탈감과 배신의 힘을 다 모아 아버지를 때려 누이고 싶었다.

상경 후 대학 시절을 보내는 동안 나는 차라리 아버지가 대책 없는 극우주의자였으면 하고 바랐다. 상경 후 나는 너무도 많은 사람들, 아버지와 너무도 닮은 사람들, 아버지 연배의 교수님들과 아버지와 비슷한 목소리를 내는 조금도 진보적이지 않은 '진보적인 신문', 야당에서 일하는 기대할 것 없는 사람들을 보았기 때문이었다. 나는 그런 사람들이, 그러니까 더 미웠던 것이다. 나는 내가 느낀 혼돈을, 열일곱, 열여덟을 기점으로 그 이전엔 대통령을 미워하는 이상한 교사로, 그 이후엔 냄새나는 안방회동으로 아버지를 헤아려야 했던 그 막막함을 상경하고 나서야 풀 수 있었다.

대학생활의 마지막, 아버지는 내게 그 모든 일이 다 없었던 듯 환하게 웃고 있는 모습으로 도장 찍혀 있다. 학생회 일 때문에 나는 졸업이 한 학기 늦어졌고, 늦여름 교정에서 그는 한 손에는 새하얀 손수건을 들어 땀을 훔치며 내 앨범 속에 천진하게 웃고 서 있다. 그래, 이제부터 무얼 해볼 참이냐, 했을 때 나는 힘없이 낮은 음성으로 겨울에 있을 교원임용고시에 응시할 생각이라고 했고 아버진 그래 잘 생각했다, 선생이나 하지 뭐, 그렇게 마음먹지 말고 열심히 해 하며 웃었던 것이다. 네 할아버지야 좀 그렇지만, 지금이야 어디 그러니, 하는 말도 쓸쓸하게 덧붙이면서 말이다. 아버진 졸업 무렵 할아버지로부터 그래 기껏 국립대학을 나와서 선생질을 한단 말이냐? 하는 소리를 들어야 했던 것이다. 할아버지도 그 무렵 도통 산업이라 할 만한 게 일어나지 않아 대학 나온 젊은이들이 힘없이 세월을 죽이는 걸 모르지 않았지만 그래도 아버지의 국립대학 진학은 할아버지의 유일한 자랑이었고, 할아버지는 아버지의 미래가 그리 마음에 차지 않으셨던 모양이었다. 내 아버지…… 당신의 부모도 마땅찮아 하는 일을, 당신 스스로도 오래 괴로워했던 일을 박 정권과 5, 6공 모두를 거치며 해나가야 했던 아버지. 저 아득한 문무대 근처의 총소리…….

"아버지 어디 가시고 싶은 데 없어요?"
"무슨 소리냐?"
"오랜만에 서울 오셨는데, 제가 좋은 데 데려다드릴게요."
"얘가 아주 지 애빌 촌사람으로 아네. 내가 너보다 서울을 더 잘 알았으면 알았지, 모르지는 않는다."

"그래두요. 아버지 뭐 별 계획도 없으시잖아요."

"……."

"산에나 갈까요?"

"산에?"

"예. 여기서 가까워요 아버지. 불광동에서 구기동으로 넘어가는 길목에 북한산 등산로가 있거든요."

"뭐, 북한산?"

"예."

"북한산이면 도봉산하고 거의 연결되다시피 붙은 산인데 어째서 불광동 쪽에 등산로가 있단 말이냐."

아…… '서울 사람' 아버지.

"아녜요. 등산로가 여러 갈랜데 그쪽에서도 올라가요."

"말도 안 돼."

"……그럼 뭐 도봉산 가요."

"종로 5가에서 19번 타고 들어가면 도봉산 입구에서 내려줘. 거기가 종점이야."

"맞아요, 아버지. 아버지가 19번은 어떻게 아셨어요?"

"이놈이 무슨 소릴……."

아버지는 흡족한 듯 웃으셨고 그래서 나는 아버지와 도봉산에 가게 되었다.

논리에 맞지 않는 몇 가지 꿈을 섞어 꾸다 어지럽게 잠에서 깼을 때, 시간은 거의 열시에 가까웠고 아버지는 좁은 거실에서 신문을 읽고 있었다. 부스스한 모습으로 밖으로 나오자 아버진 "너 매일 이러니? 여유시간 있을수록 자기 자신을 잘 추스러야 하는 법이다”
하며 나를 굽어보았다. 아버지는 일찍 일어나 방학중인 집 앞 중학
교로 뛰어가 운동장을 돌고, 새언니가 지은 아침을 들고, 그리고 꽃
에 물까지 준 후 신문을 읽고 있는 것이다. 식탁에는 새언니가 덮어
두고 간 아침상이 있었고, 내 밥그릇 밑에 무언가 끼어 있는 것 같
아 밥공기를 살짝 들어보니 작은 종이쪽지에 새언니의 동글동글한
글씨로 ‘전 원고가 많이 밀려서 염치 불구하고 오늘도 나가요. 아버
님이랑 어디 좋은 데 가세요, 아가씨. 아가씨 책상 마지막 칸 디스
담배갑에 삼만원 접어 넣어두었으니 쓰세요. 죄송해요, 아가씨’ 라
고 씌어 있었다. 그리고 내게 메모를 남길 때 늘 마지막에 끼워넣는
자기 자신의 캐리커처, 약간 튀어나온 입이 거의 과장되게 불거져
나온 통통한 여인의 웃는 얼굴이 그려져 있었다. 그래서 나는 새언
니가 시키는 대로 늦은 아침상에 앉아 아버지께 말을 붙였던 것이
고, 도봉산 얘기가 나온 것이다. 오빠가 신혼살림을 차린 곳은 홍제
동이었고, 도봉산에 가자면 버스를 한 번 갈아타야 했지만 나는 그
곳으로 가잘 수밖에 없었다. 그러나 생각해보면 아버지가 옳기도
했다. 아버지의 서울은 사범대학이 있던 용두동과 대학본부가 있던
동숭동이었고, 그러니까 서울의 동북쪽이었던 것이다. 아버지는
서울에 올라와 ‘아버지의 서울’ 에 가볼 권리가 있는 것이다.

  평일 여름산은 한산했다. 초로의 지쳐 보이는 아저씨들이 무슨
보약이라도 먹는 듯한 얼굴로 아픈 다리를 두드려가며 묵묵히 산에
오르고 있었고, 조용하고 선량해 보이고 얼굴선이 흐릿하며 수수한
옷차림을 한 사람들이 그들 사이에 섞여 있었다. 아버지나 나처럼

중고등학교나 대학교의 방학과 관련 있는 사람들일 것 같았다. 아버지는 교사 생활이 십 년을 넘기자 어디 가면 "저 사람 아마도 학교 선생일 거야" 하는 말을 곧잘 했는데, 어린 나는 그게 그렇게 신통할 수 없었다. 그러나 나 자신이 사범대학에 진학하고, 또 임용고시 시험장이나 교사 연수에 드나들면서 아버지의 그 헤아림을 조금은 알아차릴 수 있게 되었다. 그들은 수수한 옷차림에 어딘가에 잔뜩 주눅이 든 모습을 하고 있고, 그러면서도 자주 웃고, 천천히 또박또박 말한다. 사람들에게 늘 친절하고 가급적 자신을 드러내지 않으며 분노도 기쁨도, 증오도 사랑도 한 번 걸러서 표현하는 것이다. 그들은 오랜 세월 '바르게' 살아온 사람이고, 그 '바름'의 밑바닥에는 눅눅한 슬픔이 배어 있다. 그 슬픔이 시간을 견디면 슬픔끼리 서로를 알아보는 눈을 갖게도 되는 모양이었다. 아버지는 지금 쓸쓸한 눈길로 평일 여름산의 저 대열을 응시하고 있다.

"도봉산, 꽤 오랜만이죠 아버지?"
"그래. 이렇게 나오니 좋구나."
"저도 오랜만에 와요."
"그럼 더러 오기도 했단 말이냐?"
"그럼요. 대구 촌놈이 뭐 하겠어요. 상경했으니 여기저기 가봐야죠. 저 안 가본 데 거의 없어요, 아버지. 북한산이나 도봉산도 가봤고, 남산에 가서 케이블카도 타고요, 군자동 어린이대공원도 가고, 경복궁, 비원도 가봤어요. 한강에서 유람선도 타고요."
"관악산은?"
"관악산이야 안 갔죠. 거기야 언제 한번 못 갈려구, 싶어서 심드렁하니 있다가 기회를 놓쳤어요. 학교 애들 중에 그런 애들 많아요. 여기저기 다 가봐놓고 정작 관악산은 안 가보는 거죠."

"그래, 인생이 원래 그렇다."

아버지는 오늘 기분이 괜찮아 보인다.

"아버지."

"왜?"

"엄마랑 연애할 때는 주로 어디어디 다니셨어요?"

"그런 건 갑자기 왜 물어?"

"그냥요. 아버지하고 밖에 나오니까 궁금해지잖아요."

"학교 앞에서 만났지, 뭐. 돈이 없었으니까. 기껏 나가본다는 게 전차 타고 종점에서 종점까지 애기나 하면서 가고. 시내 돌아다니다가 라면 시식점에서 라면 사먹고."

"라면 시식점이요?"

"그래. 그때 라면이 갓 나오기 시작해서 시식점이 군데군데 있었거든. 그때 라면 국물이 어쩜 그렇게 맛있었는지 말이야. 니네 엄만 '이거 무슨 닭국물 같지 않아요', 하면서 애처럼 즐겁게 훌훌 마시고 그랬지."

"엄마는 밀가루 음식이라면 질색을 하잖아요."

"그래, 나중에 알고 보니 나를 맘 편하게 해주려고 그런 거였어. 내가 돈이 없는 걸 아니까. 일부러, 라면 먹고 싶다고 해놓고선 밀가루가 싫으니까 국물부터 훌훌 마시다가 물배가 차서 못 먹겠다고 내 그릇에 덜고 그랬던 거야."

"……."

"니 엄마가 그렇다."

아버지와 어머니의 연애는 좀처럼 떠올릴 수 없다. 어머니가 가족 사진과는 따로 보관하는 낡은 흑백사진들, 그 시절 왜들 그랬는지 은행잎 모양으로 사진을 오리기도 하고, 사진 뒷면이 아닌 사진 앞면 한 귀퉁이에 날짜, 연도와 더불어 '우리 우정 영원히……' 라고 멋부린 명조체 글씨로 적어넣기도 했던 그 구식 사진 속에 그들은 언제나 다정하지만 내게는 도무지 현실감이 느껴지지 않았다. 어머니는 아버지와 고향이 같아서 대구에서 나고 자란 여인이었고 서울에 있는 여자대학을 졸업했다. 아버지 친구의 소개로 두 분이 만났다고는 하지만 나는 그들의 연애를 상상할 수 없다. 어머니는 아버지보다 여섯 살이나 아래로 천성적으로 밝고 자유로운 여인이었다. 때때로 충동에 가까운 의협심에 불타기는 했지만 사회문제에 정치하게 관심을 열어놓거나 그렇지 못했고, 가난했던 아버지와는 달리 부유한 집안에서 나고 자랐다. 어머니는 대학 사학년이 되던 해 가을에 아버지와 결혼했으며, 그 이후로 지금까지 오랜 세월 웃음을 잃지 않았다. 아버지를 닮아 도무지 남에게 살갑게 다가서지 못하는 나와 오빠는 어머니로 인해 때때로 생기로울 수 있었다.

아버지의 옆얼굴은 지금 그윽히 웃는 낯이다. ……아버지와 어머니의 전차. 아버지와 어머니의 라면 국물…….

"아버지."

"왜?"

"지금 아버지 걸음하고 제 걸음하고 딱 맞는 거 알아요?"

"……."

"어렸을 때요, 아버지하고 어디 갈 때면 저는 옆에서 막 뛰었잖아요. 저 그때 아버지가 굉장히 걸음이 빠르다고 생각했었어요. 아버지로서는 천천히 걷는다고 걸으신 거였겠지만요."

"그랬지. 그러다가 니가 너무 힘이 들면 나한테 소리를 빽 지르면서 아빠 나 안아요, 아빠 걸음 따라가다가 힘 다 뺐어! 그랬었어."

"그 생각은 안 나요."

"원래 그런 생각은 안 나는 거야."

"아버지 그런데요, 고2나 고3쯤 되었을 때는 아버지하고 같이 걸으면 제가 아버지 걸음에 맞추어서 천천히 걸어야 했었어요. 아버지는 눈치채지 못하셨을 테지만요. 가끔 아버지는 내 속도 모르고 그랬거든요, '은아야, 그렇게 서두를 것 없다.'"

"……."

"지금은 딱 맞아요."

"니가 벌써 내 걸음하고 딱 맞아서 어떡하냐? 건강에 신경 좀 써."

그렇게 시간이 간다. 지금, 아버지와 나를 따라오는 저 물소리처럼 그렇게. 우리는 발걸음을 놓치다 발걸음을 맞추고 또 발걸음을 늦추면서 저 물소리를 따라가는 것이다.

"그게 참 그래요, 아버지. 어렸을 때요, 엄마는 걸레에 물기도 적당히 있어야 방이 잘 닦이는데 내가 짜면 너무 바짝 짜서 탈이니 니가 좀 짜거라 그랬거든요. 내가 두 손을 돌려 있는 힘껏 짜면 엄마가 걸레를 건네받으며 그래 딱 됐다, 하셨어요. 그러다가 중학교에 가니까 더이상 그런 부탁을 안 하셨죠. 제 힘이 너무 세져서 말예요. 요즘엔 가끔 대구 내려가서 엄마 대신 청소해드리다가도 방 닦을 땐 '엄마 걸레만 좀 짜줘요' 그래요. 그러니까 역할이 바뀐 거죠. 휴우—"

"힘들어?"

"예, 조금요."

"이리저리 살피면서 천천히 가자. ……은아야 봐라, 온통 초록이
다. 눈이 다 씻기는 것 같어."

저 초록빛 위에 숨막히는 새하얀 분필 또각또각 수많은 문제를
쓰고 풀고 또 지우며 한 세월을 보내신 아버지. 아버지를 마음 깊이
사랑했던 정 많은 내 어머니는 아버지의 담당과목이 많이 쓰고 많
이 지워내야 하는 과목이라는 사실을 자주 가슴 아파하셨다. 저 고
통의 초록빛.

"은아야."

"예."

"니 동기들 중에 아직 대학에 다니는 아이들이 꽤 있지?"

"그럼요. 여자 친구들이야 대학원에 진학했고, 남자애들은 복학
하고 아직 졸업을 안 했죠."

"요즘 대학 분위기는 어떻다더냐?"

"아버지나 제가 예상하는 것 그대로예요. 국립대학도 예외는 아
니죠. 다들 불안해하고 다들 바쁘게 알아보려 뛰어다니고, 사법고
시나 행정고시를 준비하는 학생들이 두 배 이상 늘었고, 또 취직이
코앞에 닥치지 않은 후배들 같은 경우엔 장기적으로 운동의 차원에
서 상황을 바꿔보려고 애쓰는 거죠. 정리해고 반대 같은 노학연대
말예요. ……끔찍한 분위기예요. 모두들 기운이 없는 거죠. 남자애
들은 실없는 농담이나 하고 다녀요."

"무슨 농담 말이냐?"

"뭐 미래에 대한 거죠. 그런데 그 미래라는 게 출신 지역에 따라

다 다른 거예요. 주로 농촌 출신 애들은 다 때려치우고 농사나 지어야겠다고 그러고, 도시 출신 애들은 주로 장사예요. 분식집 아니면 짱께집이나 차려야겠다고 그래요. 대구 애들 같으면 칠성시장에서 옷감장사나 해야겠다, 그런 식이죠. 웃기는 건 부산 애들이에요. 걔들이 뭐라는 줄 알아요, 아버지?"

"뭔데?"

"이거저거 다 안 풀리면 밀수나 할래."

나는 웃었고, 아버지의 얼굴은 왠지 문득 어두워진다.

"웃을 일이 아니다, 은아야. ……너 김승옥씨 소설 중에 「서울, 1964년 겨울」이라는 작품 알지?"

"예."

"그 속의 풍경이라는 게 그렇게 과장된 것만은 아니야. 물 빠진 군복 바지를 입고 어두운 얼굴을 한 배운 청년들이 거리에 넘쳐났단 말이다."

"……."

"나는 그게 우리가 겪는 마지막 아픔인 줄 알았다."

아버지의 걸음이 눈에 띄게 느려진다. 나는 문득, 심한 갈증을 느낀다.

"아버지."

"왜?"

"아버지도 대학 들어갔을 때 선배들이 그랬어요? 니네가 4·19를 아느냐고요. 괴로워하는 것 같기도 하고, 조금은 젠체하는 것 같기도 한 태도로 말예요."

"그런 분위기가 없지 않았지. 특히 4·19 일주기 때 일주기 기념

차원에서 남북학생회담 제의도 하고 좀 활발하게 움직였었거든. 일
학년들이 들떠서 그런 집회에 얼굴을 내밀고 그러면 선배들이 그랬
지. 이건 아무것도 아니다. 너희들이 작년 4월을 아느냐. ……그런
데 그건 왜?"

"제가 그랬어요. 제가 92년에 입학했잖아요. 5월이 되니까 선배
들이 그랬어요. ―너희들이 91년 5월 투쟁을 아느냐고요."

"5월 투쟁이라니?"

"왜 91년 5월에 대학생들이 잇달아 분신을 하고 노태우 정권 퇴
진을 요구하고, 김지하씨가 신문에다 대고 죽음의 굿판을 걷어치워
라, 그랬잖아요."

"그게 대학에서는 큰 의미로 위치가 매겨지는 거냐? 87년처럼?"

"87년만큼은 아니지만 의미 있는 투쟁이었다고 생각하고 있죠."

아버지는 무언가 생각하는 얼굴이 된다.

"그러고 보니 은규까지 우리 셋이 다 그렇구나. 은규는 입학하자
마자 선배들이 그랬을 거 아니냐. 너희들이 87년 6월 항쟁을 아느
냐고."

"그보다 오빠는 대학입시를 정상적으로 치른 게 큰 불만이었을
걸요? 오빠가 고3 때 내내 그랬거든요. 이참에 세상이 확 뒤집어져
야 내가 편하지. ……왜 웃으세요, 아버지."

"이제 와서 얘기하는 거다만 나도 그런 생각이 없진 않았어. 은규
보다 더했으면 더했지 덜하진 않았을 거야. 나는 재수생이었으니
까. ……너도 고3 때 그랬었냐, 혹시?"

"아뇨. 아버지 말씀처럼 그때가 87년만한 무게는 아니었잖아요.
오빠 때도 별일 없었는데 내가 뭘 기대하겠어, 이 나라는 아마 무

너지기 직전에도 입시는 꼭 챙길 거야, 하면서 그냥 샐쭉해 있었
죠, 뭐."

　아버지는 이상하게 웃는다. 아버지 자신과 오빠와 나, 우리 셋을
비웃는 것 같기도 하고 또는 우리 역사를 비웃는 것 같기도 한 웃음
이다.

　61학번과 88학번과 92학번…… 우리 모두는 약속이나 한 듯이 한
발 늦게 우리 현대사에 뛰어든 사람들이다. 그것 때문에 비슷하게 괴
로웠고, 또한 그것으로 인해 비슷하게 덜 괴로웠을 것이다. 우리가
피해간 괴로움이 명료한 괴로움이라면, 우리가 그 괴로움을 비껴가
면서 새롭게 맞닥뜨려야 했던 괴로움은 무정형의 괴로움이었고, 그
런 의미에서 그 괴로움의 파장이 길고도 깊었던 것이다. 우리는 오래
오래 할말이 없을 것이지만, 또 우리는 오래오래 가슴에 많은 걸 묻
어야 할 터였다. 저 변함없는 초록과 초록과 초록의 물결…….

　"아버지."

　"왜?"

　"제가 얼마 전에 무슨 책을 읽었는데요, 어느 4·19세대 문학평
론가 한 분이요, 4·19세대의 비평의식, 이라는 말을 쓰셨어요."

　"무슨 의미로 말이냐?"

　"잘은 모르겠어요. 20년대, 30년대 문학이야 시험에 나니까 꼼꼼
히 알아야 하지만, 80년대 이후 문학이야 시험에는 안 나니까요. 막
연하게 말하면 문학주의라는 거예요. 그러니까 80년대에 문학도
다른 영역처럼 사회과학의 영향을 받으면서 비평이 많이 사회과학
화되었는데, 문학의 지나친 사회과학화에는 반대하고, 전문작가를
옹호하고, 문학성이나 우리말 의식 같은 걸 끈질기게 파고들어가는

그런 거예요."

"……."

"왜 웃으세요, 아버지."

"그 말이 맞다. 전교조운동만 해도 그래. 교육 본연의 문제에 대해 고민해야지, 그 이상의 일까지 해내려고 하면 안 되는 거야. 그러면 원래 내가 무얼 해야 하는지까지 잊게 되는 거야. 선생은 잘 가르치고 열심히 가르치는 게 먼저지. 열심히 가르치려고 하는데 그 열의를 가로막는 게 있으니 노조운동을 하려는 거였고. 그 점을 잊으면 안 되는 거야."

"……."

"왜 그렇게 얼굴이 퉁 부었어?"

"그게 4·19의식이라는 거예요, 아버지? 뭐 결국 제 할 일 열심히 하라는 소리 아녜요. 보수 반동이랑 다를 게 없잖아요."

"그게 어떻게 제 할 일 열심히 하라는 소리냐. 각자 그 자리에서 잘할 수 있는 일을 찾고 바꿔보려는 거지."

아버지의 음성이 문득 낮아지고 굵어진다.

"……."

"넌 그게 문제다. 내가 내내 염려하는 것도 바로 그 점이고."

오랜 세월 아버지는 '4월 세대로서' 라고 토를 달았지만, 아버진 정확히 이 말에 무슨 의미를 담았던 것일까. 4월 세대로서, 무엇을 어쩌겠다는 것이었을까. 아버지는 나의 무엇을 염려한다는 말인가.

"물 마시고 가자, 힘들다."

"저는 목 안 말라요 아버지."

독재자의 죽음 앞에 서럽게 우는 딸은 준엄하게 꾸짖었으면서도,

80년대의 젊은이들이 체제에 대해, 체제의 경제적 모순에 대해, 체제의 착취 피착취 구조에 대해 문제삼기 시작했을 때 안방회동으로 우려를 표명했던 아버지. 아버지의 밀어붙이지 못함은, 아버지의 형식적인 자유와 평등은, 그리고 그것을 닮은 저 많은 완강한 정장과 완강한 금테안경과 완강한 반백의 머리칼들은 우리에게 어떤 의미였고, 또한 어떤 어두운 그늘을 드리워왔던 것일까. 혹시 그 많은 검은 그늘이 이곳을 벼랑 끝으로 몰아가는 데 일조한 것은 아니었을까. 아버지는 차라리 나는 한 발 늦었다고, 나는 그 빌어먹을 5·16이 일어나던 해 대학에 들어왔다고, 그해 4월의 싸움은 위대했으나 한계가 있었다고 말했어야 옳지 않았을까. ……은아야 너는 지금 니가 빠질 구덩이를 니 손으로 파고 있구나. 아버지 아파요, 지금 제 발을 꾹 밟고 계시지 않습니까. 아버지 무거워요. 발톱이 퍼렇게 썩어들 지경이라구요. 산에 왔으니 물을 마셔라 은아야. 아버지 저는 목마르지 않아요. 마시지 않겠어요. 아버지처럼 물 마시고 어, 시원타 그러지는 않겠어요, 아버지.

갑자기 아버지 얼굴이 밝아진다.
"은아야 저기 봐라. 저 푯말 좀 읽어봐."
"왜요, 아버지."
"글쎄 보라니까."
"산에서 불을 피우지 맙시다, 고성방가를 삼갑시다, 쓰레기는 되가져갑시다. ……그게 왜요?"
"모르는 척하는 건 여전하구나. 그 아래 말이다."
그 아래? 그 아래에는 이렇게 씌어 있었다. '북한산 국립공원 관

리공단.'

　"거봐라. 도봉산하고 북한산이 연결되어 있지 않니."

　"……."

　"왜 그렇게 풀이 죽었어? 벌써 다리 아픈 게야?"

　"아버지 그만 내려가요. 이제 놓아주세요, ……부탁이에요."

　"뭐?"

　"내려가자구요, 아버지."

　아버지는 내 말을 못 알아들은 척 굳은 표정으로 산을 앞장서 내려갔다. 여름 햇살은, 참으로 끈덕지다.

김연두는 피스타치오가 되어 먼 곳으로 갔다.

그녀는 피스타치오가 되어 단단한 곳으로 갔다.

그녀의 껍질이 되어주기엔 이곳은 너무도 허술하고 부실했으므로.

즐거운 곳에서는 날 오라 하여도 내 쉴 곳은 작은 집,

내 껍질, 내 누런 보금자리뿐이므로.

피스타치오를 먹는 여자

초봄이었고, 모든 것이 맑고 맑았다.

오랜만에 베란다의 창 너머로 늘 희미하게만 떠 있던 북한산의 모양새가 가는 4H 연필로 그려놓은 것처럼 선명했다. 가끔 하, 하숨을 고르게 맞춰볼 정도로 건조한 날씨였고 나는 미뤄둔 집 안 유리창 청소를 마쳤다. 맞은편 파출소에서는 참으로 오랜만에 경찰차 사이렌 소리를 내지 않았고 편두통은 다행히도 시작되지 않았다. 4월 2일, 김연두가 사라진 날의 풍경은 이러했다.

단정한 날, 4월 2일. 그녀는 하루 앞당겨 거짓말처럼 사라지지도 않았고, 혹은 하루를 늦춰 핏빛으로 사라지지도 않았다. 그녀는 매우 밋밋한 날 매우 밋밋하게, 실은 어쩌면 매우 치밀하게 날을 택하여 툭, 사라졌다.

피스타치오.

　남미 쪽이나 혹은 이태리계의 건강하고 씩씩한 남자 이름 같기도 하고, 혹은 같은 쪽의 의류 브랜드 이름 같기도 한 그것은 견과류 열매의 이름이다. 맥주집에서 마른안주를 주문하면 땅콩, 멸치, 오징어채, 김, 말린 무화과 등과 함께 한 귀퉁이에 담겨져 나오는 유사 땅콩. 은행알처럼 생겼으되 조개처럼 틈이 벌어진 껍질을 까고 나면 땅콩 껍질 같은 얇은 속껍질 속에 연녹색의 쭈글쭈글한 알맹이가 들어 있다. 간혹 보관 상태가 나쁘거나 오래된 것들은 연녹색과 얼룩덜룩한 낙엽색이 반반씩 섞인 알맹이를 하고 있기도 하다.

　연녹색. 피스타치오의 색깔을 설명하기 위해 내가 동원할 수 있는 어휘는 그뿐이다. 다만 연두색과는 조금 다르다고 말할 수 있다. 연두가 녹색에 노랑빛이 감도는 느낌이라면 피스타치오는 녹색에 단지 흰색을 조금 풀어넣은 빛깔을 갖고 있으니까. 굳이 연결시키자면 외계인이 등장하는 공상과학영화에 외계인의 몸 색깔로 자주 등장하는 바로 그 빛깔이다. 그런 빛깔의 열매가 쭈글쭈글하기까지 하니 조금도 곱다는 느낌이 들지 않는다. 베이지색의, 통통하고 매끈한 땅콩의 면모에 비하면 피스타치오는, 목청 좋은 이태리계 테너가수를 연상시키는 그 이름과는 달리 후줄근하고 추하다.

　영어 철자는 pistachio. 발음기호에 입각하여 한글로 비슷하게 적어보자면 피스태쉬오우, 쯤 된다. 강세는 '태'에 있고 o로 끝나지만 복수형은 그냥 s만 붙인다. pistachios. 사전에는 이렇게 되어 있다. '1.《植》피스타치오 : 옻나무과의 일종. 2. 1의 열매.' 나무 이름으로는 무척이나 어색한 것이지만 피스타치오라는 나무도 있는 모양이었다. 제 이름자와 제가 가진 열매의 이름이 똑같은 나무. 아니, 제 열매로 더 많이 알려진 나무. 그러므로 그의 일생은 불행하다. 나와 내 아이 이름자가 똑같고 그 아이가 훨씬 유명한 꼴이다.

　피스타치오. 이 못생긴 열매를 미친 듯이 좋아하는 김연두라는 서른둘의 여자는 얼마 전까지 내 옆집에 살았다.
　김연두가 이사오던 날은 어느 여름날의 일요일이었고, 무언가 시끄러운 소리가 나는 것 같아 나가보니 고집스럽게 생긴 여자 하나가 땀을 뻘뻘 흘리며 이삿짐을 나르고 있었다. 여름날이었고, 하필 한낮이었다. 혼자 살림인 것 같았지만 그렇다고 해도 그 무더위에 돕는 사람 하나 없이 나를 수 있는 성질의 것은 아니었다. 내가 나오는 걸 보았으니 이웃임을 알았을 테고 당연히 반색을 하며 도움을 요청할 줄 알았는데 오히려 여자는 움찔 놀라며 얼굴을 굳혔다. 괜히 휴일에 이사하는 바람에 재수없이 들켰군, 하는 표정이었다. 깡마른 몸에 눈썹이 유난히 짙은 얼굴이었다. 에어로빅 같은 걸 할 때 쓰는 원색의 헤어밴드로 머리를 밀어 넘긴 모습이었고, 조그만 돛단배가 그려진 감색의 반소매 티셔츠는 흠씬 땀에 젖어 있었다. 돛단배 아래도 젖었고 돛단배 위도 젖었으니 지금 저 배는 큰 파도를 만나 표류중인 셈이다. 여자는 숨을 몰아쉬며 내 눈길을 피했고, 그렇게 나오는 바엔 나도 여자를 마주 볼 수 없었다. 어지럼증이 몰려왔다. 여자의 등뒤로 여름 한낮의 햇살이 눈을 찔렀다.
　여자의 잔뜩 경계하는 듯한 눈빛에 딴에는 주눅이 들어 말 한마디 붙여보지 못하고 나는 슬금슬금 집 안으로 기어들어왔다. 그러다가, 들어오는 걸음에 여자의 발을 보았다. 크고 못생긴 발. 여자의 발톱은 두 개 정도 반쯤 깨져 있었다. 유리 조각이나 조개 같은 발톱이었다. 그것이 여자와의 첫만남이었다.

조용한 이웃이었다. 가끔은 괜히 섬뜩한 상상이나 불길한 느낌을 가져다줄 만큼 지나치게 조용한 이웃이었다. 그것이 반가운 것만은 아니었다. 나는 다섯 살 먹은 아들 하나를 키우고 있었고, 이사할 때마다 오히려 이웃이 적당히 시끄러운 사람이기를, 가능하면 비슷한 또래의 아이들을 키우는 사람이기를 바라곤 했다. 그녀는 우리 쪽에서 늘 행동을 조심하게 만들었고, 가끔은 악의없는 호기심에 남편이나 아들을 조용히 시키고 옆집에서 나는 아주 작은 소음에 귀를 기울이게 만들었다.

김연두가 이사한 후 사흘인가 지났을 때 나는 외출에서 돌아오는 길에 그녀의 현관문에 붙은 이런 쪽지를 발견하게 되었다.

'자동차 없음. 일간지 두 가지나 보고 있음. 우유 싫어함. 교회 다닐 생각 없음. 학습지 배울 어린애 없음. 기타 구매하고 싶은 것 없음.'

그날 저녁, 나는 여자의 집 초인종을 눌렀다. '즐거운 곳에서는 날 오라 하여도 내 쉴 곳은 작은~.' 그 익숙한 노랫소리는 마치 '니들이 아무리 날 괴롭히려 한들 내 머물 곳은 이곳, 이곳뿐이야! 알겠어?' 하는 것 같았다. 김연두의 자유의사는 아니었겠지만 아무튼 그녀는 아주 그럴듯한 초인종 소리를 가진 셈이었다. 나는 한껏 부드러운 표정을 지으며 단춧구멍만한 어안렌즈를 사이에 두고 눈썹 짙은 여인과 마주 섰다. 무얼 어떻게 해보겠다는 생각도 없었지만 이상하게도 나는 긴장이 되는 것 같았다.

"누구세요."

질문의 어투가 아닌 항의의 어투였다. 그 목소리에는 당신은 도

대체 누구인가, 저 쪽지를 보고서도 돌아설 줄 모르는 당신이란 작
자는 도대체 뭐냐 하는 적의가 숨김없이 드러나 있었다.
　"……저, 옆집 여자예요."
　"……."
　"옆집 사는 사람이라구요. 이사하는 날 잠깐 봤었죠, 왜."
　"그런데요."
　그것이 여자와의 첫 대화였다.

　여자의 이름은 김연두였다. 아하, 연두! 한글 이름이로군요, 라
고 감탄하는 내게 여자는 아녜요, 한자 이름이에요, 무뚝뚝하게 대
답했다. 그럼 연두색, 할 때 그 연두가 아닌 모양이군요. 그렇진 않
아요. 그 연두 맞아요. 색깔 이름 연두. 부드러울 연에 콩 두. 하긴,
모든 어린 콩들의 색깔이 바로 그 연두다. 자라서 노랑도 되고 진보
라도 되고 녹색도 되는 모든 어린 콩들. 김연두의 이름을 알고 나서
그저 호기심에 찾아보니 사실 우리가 알고 있는 대부분의 색깔 명
칭들이 다 한자어였다. 분홍은 흴 분에 붉을 홍. 자주는 자색 자에
붉을 주. 초록은 풀 초에 푸를 녹…….
　초봄에 태어났거든요. 어머니가 여리고 고운 분이에요. 넷째딸
이라 애써 열성을 가지고 내 이름을 짓겠다는 사람이 없기도 했지
만, 어머니가 우겨서 지었죠. 연두색같이 살라구요. 종갓집 넷째딸
이거든요. 건성으로라도 산모나 아기의 건강이나마 물어오지 않았
다더군요. 어쨌거나 집안에 아기가 새로 태어났는데 서운함을 넘어
서서 노기 띤 분위기였대요. 연두색…… 찾아오는 사람 하나 없이
뒷방에서 나를 안고 망연히 뒤뜰을 내다보는데 집안 분위기랑은 상

관없이 계절은 빛났었겠죠. 그래서 연두야, 연두야 했대요. 어머니가 나를 쳐다보며 자주 부르니 그게 내 이름이 된 거구요. 그 집구석의 모든 것들, 지금도 나이 팔십이 넘어서까지 전국의 유림들이 성균관에 모여 무슨 시답잖은 모임 같은 걸 하면 열 일 젖히고 달려가는 조부나 지금껏 나와 나눈 대화가 채 스무 마디도 안 될 조모, 하다못해 그 집에서 나는 오래된 한옥 냄새나 순종적이기만 한 누렁이까지 그 집의 모든 공기, 모든 살아 숨쉬는 것들이 다 싫은데 난 내 어머니와 내 이름만은 미워하지 못하죠. 하긴, 이름같이 못 살고 있긴 하지만요.

여자의 일상에 개입하기까지가 쉽지 않았지, 그녀와 알고 지내게 되자 여자는 나를 편안하게 대했다. 다만 살가운 성격은 아닌지 그녀의 집에 놀러가거나 해도 그녀는 제 할 일을 멈추고 나를 맞지는 않았다. 어질러진 책상 위를 치우면서 툭툭 말을 던지고, 심지어는 바지를 갈아입으면서 계속 말했다. 좀처럼 웃는 일이 없었고 내가 무슨 말을 하면 왜요, 그래서요, 말도 안 돼요라고 짧게 받아치는 경우가 많았다. 모든 것에 무심하고 가끔은 둔해 보이기까지 했지만 기억력이 비상했고, 맺고 끊는 일이 분명했다.

김연두의 직업은 디자이너였다. 맥주회사에서 맥주병의 라벨을 디자인한다고 했다. 단순한 일이에요. 맥주 맛의 특성에 따라 색조를 강하게 했다, 부드럽게 했다 하고, 또 쓴맛이 강한 유럽식 맥주일 때는 유럽식 분위기가 나게 하고, 한국형 맥주는 그냥 단순하고 깔끔하게…… 내 생각으로 밀고 나갈 때도 있지만 대부분 기본방향은 정해지는 거죠. 물론 대략적인 분위기일 뿐이지만 지시가 떨어지기도 하구요.

맥주병의 라벨을 디자인하는 연두색, 연두라는 여자……
"아참, 피스타치오 좋아하세요?"
이것이 김연두가 내게 던진 첫번째 질문이었다.

김연두와 피스타치오.

사실 나는 피스타치오를 몰랐다. 그렇게 생긴 땅콩 비슷한 열매
가 있다는 것은 알았지만 그 이름이 무척이나 거창하게도 피스타치
오, 라는 건 알지 못했다. 김연두는 그럴 줄 알았다는 표정으로 식
탁 한 귀퉁이에 놓인 유리병을 가리켰다. 예쁜 유리병이었다. 보통
은 모양 예쁜 사탕이나 종이학 같은 걸 담아두는. 그 속에 은행알같
이 생긴 바로 그 피스타치오가 가득히 담겨 있었다. 식탁 근처로 눈
길을 돌리다가 그 밑에 놓인 휴지통을 슬쩍 쳐다보니 피스타치오
껍질이 수북이 쌓여 있었다.

"……좋아하세요?"

"글쎄, 땅콩이나 호도 같은 걸 잘 먹는 편이니까 그것도 맛있겠
죠. 하지만 어떤 맛이었는지 별로 기억이 없어요. 누구 손님 초대할
일이 생겨야 조금 곁들여 사게 되지 일부러야 안 먹잖아요."

"그럼 지금 한번 먹어보세요."

"왜요?"

"맛이 깊어요. 땅콩같이 개성 없고 경박한 맛이 아니라구요."

예전에 없이 김연두는 눈을 빛내며 말한다. 그녀의 그런 모습을
나는 처음 보는 것 같다.

"하루에 얼마나 드시죠?"

"뭐, 대중없어요. 사실 굉장히 많이 먹는다고 할 수 있죠. 스스로

도 좀 자제해야지, 느낄 정도니까."

"부작용 같은 건 없나요?"

"부작용이요?"

"그러니까 배탈이나 설사, 혹은 비만 같은……."

"저 녀석들 좋아하기 시작하고서 한동안은 그랬죠. 하지만 지금
은 괜찮아요. 내 몸이 거기에 길들여졌나봐요."

그녀 자체가 하나의 거대한 피스타치오가 되어가는 것이겠다. 그
알맹이에 노랑을 조금 섞으면 그녀의 이름자가 나오기는 한다. 하
지만 '길들여짐'이라니. 게다가 '저 녀석들'이라니…….

"그건 그렇고 맛이 어때요?"

눈을 빛내며 말하는 김연두 앞에서 혹시 그 알맹이들이 땅콩이나
별 차이가 없으면 어쩌나 싶어 몇 개 맛보고도 일부러 말을 돌렸는
데 그녀는 놓치지 않았다.

"말 그대로네요. 땅콩보다 맛이 깊어요. 좋으네요."

그날 저녁 나는 피스타치오와 함께 피스타치오를 나눠 먹은 뒤,
피스타치오 껍질을, 아니 피스타치오 알을 봉지 가득 얻어서 집으
로 돌아왔다.

이거 넣고 베개 만들어 쓰세요. 다글다글 움직이는 소리도 듣기
좋고, 다른 베갯속보다 입자가 거친 편이라 좀 딱딱한데, 딱딱한 베
개가 좋대요. 머리도 맑아지고. 나는 그 껍질들을 펼쳐놓고 앉아 책
장 한 귀퉁이에 먼지를 뒤집어쓰고 꽂혀 있는 『데미안』이라는 책을
꺼냈다. '……새는 알을 깨고 나온다. 알은 세계다. 태어나려 하는
자는 한 세계를 파괴해야만 한다. 그 새의 이름은 아프락사스
다…….'

　이상한 밤이었다. 그것이 나와 피스타치오의, 그러니까 그 열매의 이름을 알게 된 후의 첫 만남이었다.

　나는 김연두와 서서히 가까워지고 있었다. 정이 간다거나 사랑스러운 여자는 아니었지만 조금도 미운 구석이 없었고 편안했다. 내가 무슨 말인가를 어렵게 꺼내도 듣는 둥 마는 둥 무심히 넘어갔고, 다음에 그 얘기를 다시 꺼내도 아, 그랬었나 그런 얘기가 있었나, 하는 태도였다. 가끔은 서운하게 느껴지기도 했지만 나는 그런 식의 태도가 사람을 그토록 편안하게 만들 줄은 생각지 못했다. 무슨 얘긴가를 나누다가도 대화를 툭 잘라먹고, 다른 얘기로 비약해서 나아가는 게 김연두의 주특기였는데, 이상하게도 불쾌하지는 않았다. 담백하고도 시원한 여인이었다.

　나는 직장일 때문에 시간을 내기 힘든 그녀를 위해 가끔 피스타치오를 대신 사다주기도 하고, 그녀가 새로 디자인한 라벨에 대해 비전문가로서, 소비자로서 평가를 내려주기도 했다. 그리고 우리는 김연두의 집에서 가끔 뭉쳤다.

　"연두씨, 그런데 연두씬 왜 피스타치오를 좋아하죠?"

　"예?"

　"왜 좋아하냐구요, 이걸."

　"아하, 그런 질문 너무 새삼스럽네요. 우선은 맛있어요. 일전에 말씀드렸듯이 땅콩보다 맛이 깊죠. 야생의 맛이라고나 할까……. 왜 열매 종류들이 세상에 많고 많은데 그중에 사람들이 먹을 수 있는 건 제한되어 있잖아요. 아마 식용으로 쓰지 않는 그 모든 세상의 열매들이 미처 여물기 전에는 다들 이런 맛을 낼 것 같아요. 조금

쌉쓰레하면서도 고소한. ……날콩 먹어보셨어요?”

“아뇨. 비린 맛이 나서 못 먹잖아요. 게다가 무슨 독도 있고.”

“아주 날것은 그렇죠. 하지만 콩을 그저 살짝만 익히면 피스타치오 맛과 비슷한 맛을 내요. ……이유를 대자면야 많죠. 생긴 것도 맘에 쏙 들어요. 무슨 파충류의 알 같지 않아요? 알 속에 들어 있는 고 녀석을 보면 왜 색깔도 그렇고 쭈글쭈글하고. 게다가 이름은 좀 멋져요? 무슨 파충류라고 했지만 그 이름을 알고 나니 세상에 피스타치오라는 생물이 존재하는 것만 같아요.”

나는 남미 쪽이나 이태리계의 사람 이름을 생각했는데, 그녀는 동물이란다. 그것도 파충류의…… 찬피동물, 김연두.

“아, 그리고 결정적인 이유는 이 껍질이 맘에 들어서예요.”

“껍질이요?”

“예. 몸에 꼭 맞잖아요. 몸에 꼭 맞으면서도 은행알처럼 답답하게 막혀 있는 것도 아니고…… 이 녀석이 부러워요. 이렇게 몸에 꼭 맞는 집에서 숨구멍만 터놓고 살았으면 좋겠어요. 이 집은 너무 커요.”

이 집이 너무 크다니…… 한 층에 네 집이 엇방향으로 붙어 있는 이 건물은 원룸식 주택이었다. 일인 주거공간으로 도심에 인접한 오피스텔이 크게 인기를 모으자, 몇 년 전부터 주택가에도 하나둘씩 들어서기 시작한 전형적인 주거 전용 건물이었다. 열 평을 간신히 넘긴 이 집에는 미혼의 직장인들이 혼자 살거나 신혼부부들이 살았다. 우리집처럼 어린아이 하나를 키우는 집이 드물게 있었고, 그런 집들도 아이 하나가 더 태어나거나 아이가 제법 자라면 서둘러 이사를 했다. 미혼의 직장인들이 많이 살아서인지 밤늦게까지 사람들의 소음이 여기저기서 가라앉지 않았고, 가끔은 "야 ○○아, 나야 어서 나와" 하는 술 취한 목소리가 건물을 뒤흔들기도 했다. 사람들의 들고남이 잦았고 늘 어수선했으며, 낮에는 무섬증이 들 정도로 조용한 곳이었다. 그런데, 이 집이 너무 크다니…….

"사실 방 하나를 세내는 집에 들어가 살려고 했는데, 그런 곳은 독립성이 없잖아요. 이 집은 독립성은 있으면서 내가 들어앉을 수 있는 가장 좁은 공간인 셈이죠. 그런데도 너무 커요. ……보세요. 이렇게 빈틈이 많잖아요."

김연두는 두 팔을 체조하듯이 휘휘 저으며 말했다. 알을 깨고 나온 사람, 김연두.

"그건 그렇고, 굉장히 조용하신가봐요. 사실 연두씨가 열쇠로 문 여는 소리가 집에서도 들리거든요. 그런데 연두씬 집에 있을 적에도 거의 아무 소리를 안 내시는 거예요. 뭐, 일부러 의식해서 듣는 건 아니지만 애도 있고 너무 조심스러워서…… 혹시 집에서 회사 작업을 계속하시는 거예요?"

"아뇨, 그럴 리가 있겠어요. 난 집에서는 철저히 쉬어요. 아이 때문에 조심하실 건 없어요. 난 사실 굉장히 시끄럽게 쉬거든요."

"예?"

"집에 들어오면 꼭 해치워야 되는 일만 끝내고 계속 음악 들어요, 헤드폰을 끼구요."

"혼자 지내는데 헤드폰은 왜요?"

"집이 너무 커서요. 헤드폰 끼고 눈 감은 채로 음악 들으면 무슨 좁은 동굴 속에 들어앉은 기분이거든요. 멋져요."

알을 깨고 나온 종갓집 넷째딸, 김연두. 동굴 속의 김연두. 김연두는 아까부터 녹차를 식혀서 스트로로 마시고 있다. 무슨 동굴의 법규 같다.

"저…… 아까부터 녹차를 스트로로 마시고 있는 거 알아요?"

"아하, 이거요. 나 원래 모든 음료를 다 스트로로 마셔요. 어릴 적부터의 버릇이죠. 사실 좀 그래요, 말하자면 눈물나는 버릇이죠. 엄마 젖에 굶주려서 그래요. 딸만 계속 태어나니까 다급해진 조부모가 출산을 재촉했대요. 젖을 빨리 떼야 임신할 수 있잖아요, 왜. 그래서 엄마 젖에 무척 굶주렸대요. 큰언니와 작은언니만 빼곤 우리들 모두 한 살 터울이에요."

"결국 아들이 태어났나요?"

"아뇨. 내 밑으로 여동생 하나를 더 두고 어머닌 몸이 약해질 대로 약해지셔서 아이를 더 낳지 못하셨어요. 결국 작은집에서 데려온 남동생이 우리들과 같이 자랐죠. 어머닌 그 약해진 몸으로 그 아이 정성으로 돌보았구요. 끔찍한 집안이에요."

김연두는 녹차잔에서 스트로를 빼내어 휴지통을 향해 신경질적으로 던지며 말했다. 그러고 보니 김연두의 입 모양은 무언가를 빨기 편하게 생긴 것 같다. 작은 입이지만 동그랗고 탄력적이다. 피스타치오의 알을 닮은 입. 아직도 어미를 부르고 있는 것 같은 저 허기의 입, 애타는 입…….

"형제가 많으세요?"

"저요? 바로 위의 오빠뿐이에요. 적은 편이라고 할 수 있죠. 우리 나이대에는 보통 셋이잖아요."

"오빠만 하나. ……좋겠네요. 옳지, 칠 년."

김연두는 피스타치오로 공기놀이를 하는 중이었다.

"날렵하시네요."

"아녜요. 공깃돌이나 문방구에서 파는 플라스틱 공기로 하면 영 못해요, 손에 안 잡혀서요."

김연두는 피스타치오와 더불어 잘 놀았다. 그녀는 누군가와 대화를 나눌 때 그 사람의 눈을 바라보며 차분히 경청하는 편이 못 되었다. 언제나 김연두의 집에 들를 때면 그녀는 무슨 일인가를 열심히 하며 내 얘기를 들었는데 가끔 할 일이 마땅치 않을 때면 피스타치오로 공기놀이를 하곤 했다. 그러곤 "아이쿠, 죽었네 죽었어", "아까 십칠 년이었으니까 이십일 년" 따위의 말들을 혼자 웅얼웅얼거리곤 했다. 공기놀이에 들어가기 전에 그것에 적합한 피스타치오 다섯 알을 골라내는 일은 언제나 신중하고 열의에 차 있었다. 때때로 장난기가 동하면 나도 피스타치오 놀이에 끼어들었다. 피스타치오 여덟 알이나 아홉 알을 펼쳐 보여준 뒤, 그것들을 흔들어 섞다가 두 손에 나눠 쥐고는 김연두에게 각 손에 몇 알씩인지 알아맞히게 하는 것이다. 김연두는 무슨 소리를 듣는 것처럼 신중하게 손 가까이 귀를 붙이고 있다가 "왼손 셋, 오른손 여섯!"이라고 확신에 차 소리치곤 했다. 신기하게도, 그것은 곧잘 적중했다. 또, 김연두는 마음이 울적할 때나 무언가 초조한 일이 있을 때면 피스타치오 몇 알을 손에 넣고 손 근육을 풀어주는 운동을 하듯 천천히 그것들을 손 안에 굴리며 방 안을 서성이곤 했다. 가끔은 두 손 안에 피스타치오 몇 알을 넣고 기도하듯이 손을 모아 가슴께에 올리고는 찰찰 찰 흔들기도 했다. 어딘지 모르게 결연하고, 또 가끔은 주술적으로 느껴지는 풍경이었다. 찰강찰강, 찰강찰강.

"삼십 년, 끝.……가세요."

"예?"

"이만 가시라구요. 할 일이 많이 쌓였어요. 밀린 잠도 자야 하구요."

졸음 섞인 그녀의 눈꺼풀 위로 동굴의 불이 꺼진다. 꿈 한조각 끼어들지 않는 단잠을 잘 수 있을 것 같은 밤이었다.

김연두는 자주 늦었다. 언제 한번은 퇴근시간이 불규칙하시네요, 라고 딴에는 꽤나 조심스럽게 물어본 적이 있었는데 그녀는 뭐 직업상, 이라고 짧게 대답했다.

알고 보니 그녀는 새로운 상품이 출시되면 그 상품을 홍보하고 또 새 라벨에 대한 반응을 알아보기 위해 시내의 큰 맥주집에 들러야 하는 모양이었다. 맥주집에 들러 주로 사람들이 우르르 모여 앉은 그룹팀들을 중심으로 테이블을 돌며 분위기를 깨지 않는 선에서 정중하고 짧게 몇 가지를 묻고, 또 구석 테이블에 혼자 앉아 맥주 두어 병을 비우며 종업원을 상대로 홍보 활동도 펼친다는 것이었다. 동료들은 그것이 근무의 연장이기 때문에 따로 활동비가 지급되는 일이면서 시내에 나가 가볍게 바람도 쐴 수 있는 일이라 환영하는 편이지만 김연두는 그다지 좋아하지 않았다. 그녀는 가끔 주 홍보장소인 밝고 탁 트인 시내의 대형 주점이 아니라 록 음악을 크게 틀어주는 컴컴하고 작은 맥주집에 들른다고 했다. 그러고는 그저 홍보 대상인 맥주 두 병을 시키고, 술을 들고 오는 종업원에게 "아저씨, 이거 말이죠, ……잘 부탁합니다" 하고는 음악 소리에 귀가 얼얼해질 때까지 앉아 있다가 영수증만 정확히 챙겨서 나온다고 했다.

김연두의 술집 다니기는 좀 재밌는 데가 있었다. 그녀는 술을 시킬 때마다 늘 "○○맥주 두 병하고 마른안주! 마른안주는 피스타치오 위주로 담아줘요"라고 주문한다고 했다. 피스타치오가 무언지 모르는 종업원이 있다고 해도 그녀에게는 별 문제가 아니다. 그녀의 주머니에는 언제나 대여섯 알의 피스타치오가 무슨 상비약처럼 다정하게 들어 있으니까. "예?" 하고 어정쩡하게 되묻는 여드름쟁이나 무스쟁이나 스포츠머리가 있으면 그녀는 주머니에서 녀석들을 꺼내어 그 종업원의 얼굴 앞에 바싹 들이밀어준다. "이거 말이에요. 주방에 가서 요령껏 설명해줘요. 아니면 직접 찾아서 담든지."

그녀는 아마도 꽤 피곤한 손님일 것이다. 내가 종업원이라면 그 당돌한 여자가 무척 미울 것 같다. 이상한 땅콩을 찾는 노처녀라니, 그러니까 술집에 혼자 들어오지…… 게다가 술집에서 스트로는 왜 찾어, 골때리네 진짜…… 김연두는 남이 나를 어떻게 생각할까를 조금도 헤아리지 않는다. 그런 사람을 많이 보아왔지만 모두들 그녀만큼은 아니었다. 김연두는 행위예술가가 되거나 스포츠맨이 되었어야 했다. 유도나 축구 같은 여성 기피 종목의.

오늘도 김연두는 늦는다. 그녀를 일부러 기다리거나 해본 일은 없었지만 오늘은 사정이 달랐다. 내가 알게 된 새로운 여자, 새로운 피스타치오에 대해 알려야 한다. 나는 집안일을 서둘러 끝마치고 밖에서 나는 소음에 귀를 기울인다. 기대는 어긋나지 않았다. 화가 난 것처럼 재게 발을 움직이는 저 소리는 김연두의 것이었다.

"꽃샘추위라더니 정말 드럽게 춥네."

김연두는 왠지 잔뜩 부은 얼굴이다. 평소와는 달리 피스타치오 봉지를 내밀어도 반가워하지 않는다. 반가워하기는커녕 한동안 복잡한 눈길로 봉지를 물끄러미 바라본다.

"가엾은 것들……."

피스타치오 말인가.

"무슨 일 있었어요?"

"아녜요. 내가 자초한 거죠, 뭐. 평소에 이런 식으로 남들 대하고, 거지발싸개 같은 태도로 사회생활 하면 안 된다는 경고 같은 거. 사실 내가 못돼먹은 거야 나도 알죠. 언제고 이런 일이 생길 줄 알았어요. 내가 나쁜 애죠."

김연두는 바지를 벗어 바닥에 힘없이 툭 던진다.

"왜요? 무슨 일인데요?"

"오늘 상품 홍보차 술집에 갔었거든요. 종업원한테 피스타치오 달라니까 그런 거 이 집엔 없다는 거예요. 안주 당신이 담는 거 아니니까 일단 달라고 해봐라, 피스타치오 없는 집이 어딨느냐, 주방에서 정말 없다고 하면 순순히 땅콩이나 먹겠다, 그랬죠. 그랬더니 그 꼬마가, 많이 봐도 나보다 열 살이나 적을 그 꼬마가 이 여자 되게 딱딱거리네 그딴 거 없다니까, 이러잖아요. 나한테는 뭐라고 그래도 괜찮은데 그딴 거라니요, 지가 피스타치오에 대해서 대체 뭘 알아요. 기분이 개떡같았죠. 학교 다닐 때 어쩌다 어머니가 학교에 나타난 날 어떤 애가 우리 어머닐 보고 야 너네 할머니야? 그렇게 말할 때 드는 기분. 꼭 그런 거였어요. 너무 화가 나서 술잔을 들어서 그대로 바닥에 찍어내리듯이 던지고는 똑바로 일어나 출입문 쪽으로 나갔죠. 지배인 정도로 보이는 남자가 나를 막아서더군요. 그 남자한테 한 이십 분쯤 귀에 들어오지도 않는 훈계를 들었어요. 그러고는 술값에다가 술잔값 조로, 그리고 또 본의 아니게 소란을 피운 것도 있으니 일종의 무마조로 삼만원을 더 내고 나와버렸죠."

"······."

"거지같은 날이었어요. ······그런데 이렇게 늦게 웬일이세요?"

"피스타치오 산 것도 전해주고요. ······그리고 연두씨한테 할 얘기가 있었는데, 그건 됐어요. 다 잊어버리고 푹 쉬세요. 나는 그만 갈게요."

"아녜요. 말해보세요. 난 누가 그런 식으로 운만 떼놓고 다음에 얘기하자 그러면 못 참아요. 나쁜 얘기 아니죠?"

김연두가 표정을 바꾸고 나를 바로 본다.

"그럼요."

"그럼 하세요."

"왜 내가 연두씨 바쁘니까 이거 대신 사러 옆동네 재래시장에 몇 번 갔었잖아요. 오늘까지 한 일곱 번쯤 될 거예요. 근데 갈 때마다 피스타치오만 사는 사람은 나 하나뿐이었죠. 그 집 주인까지 이상하게 생각하고는 물어볼 정도였으니까요. 이걸로 해먹을 수 있는 무슨 요리 같은 게 있느냐구요. 피스타치오 사러 갈 때 그 집에 손님이 나 하나뿐이거나, 아니면 이것저것 사다가 피스타치오도 두 줌 정도 곁들여 사는 다른 손님이 있곤 했죠. 그럼 나는 괜히 신이 나서는 한 줌 더 사세요, 땅콩보다 훨씬 맛있어요 했구요."

"그런 말도 하셨어요?"

김연두가 슬쩍 웃으며 되묻는다.

"그러게요. 연두씨한테 세뇌당한 셈이죠, 뭐. 그런데 한 닷새 전 쯤에 이거 사러 갔을 때 내 나이 또래로 보이는 어떤 여자가 피스타치오만 사가는 거예요. 놀랍고 또 너무 반가운 거 있죠."

"그냥 잊은 거 아녜요? 이것저것 사갔는데, 다시 장 보러 나왔다가 저것도 좀 곁들이면 괜찮겠다 싶어 샀을 수도 있잖아요.”

“그래요. 나도 그렇게 생각하고 그냥 여자의 모습만 눈여겨봤죠. 그런데 오늘 그 여인을 다시 만난 거예요, 바로 그 가게에서요.”

“그래서요? 오늘 또 사갔어요, 피스타치오?”

“예. 물론이죠.”

“……”

웬일인지 김연두의 얼굴이 밝아지지 않는다.

“흥미롭지 않아요?”

“흥미요? 흥미라기보단 입맛이 써요. 그 여자도 이렇게 살 거 아녜요. 술집에서 괜히 생돈 삼만원이나 더 내고, 자동차 없음 교회 다닐 생각 없음이나 써붙이고…….”

“……”

“혹시 다음에 그 여자 다시 만나거든 전해줘요. 피스타치오 끊으라구요. 이게 알고 보니 인생 조지는 거더라고요. 아주 진지하고 심각한 표정으로 그렇게 전하세요. 이 껍데기, 멋있게 보여도 아무것도 아니라고요, 똥폼이라고요. 이거 잘 먹는 여잘 하나 아는데 아주 인간 말종이라고요.”

김연두의 얼굴이 벌겋다.

“연두씨…….”

“왜요?”

“됐어요. 지금 기분 나쁜 거 알아요. ……그렇다고 그렇게 자학하지는 말아요, 듣기 좀 그러네요.”

“자학은요, 주제파악이죠.”

김연두는 피스타치오 봉지를 들어 식탁 위에 쿵, 소리나게 내려놓았다.

"가세요. 피곤해요."

날씨가 완연히 풀리고 있었다. 시장에는 달래나 냉이, 어린 쑥 같은 봄나물들이 나왔고, 친구 병문안을 위해 서울대병원으로 가는 길에 고가도로 아래로 내려다본 창경궁의 뜰은 신비롭고 또 신비로웠다. 눈으로 보기에 나무들은 아직 헐벗은 겨울나무 그대로였고, 그 어디에도 새잎이 돋아나지 않았는데 뜰 전체로 연둣빛이 은근하게 뿜어져나오고 있었다. 바람, 비, 해 같은 자연현상에도 그 나름의 신격(神格)이 존재한다는 그 옛날 자연신 숭배 신앙이 그럴듯하게 느껴지는 풍경이었다. 신이 있다면 바로 저런 곳에 있으리라, 나는 그런 생각을 했다. 싯누런 얼굴로 병원 신세를 지고 있는 고등학교 동창 녀석에게도 야 얼른 자리 털고 일어나서 우리 같이 창경궁 가자, 그랬었다. 돌아오는 길에 나는 남대문시장에 들러 옥색, 연두색, 쑥색, 하늘색 천을 욕심껏 끊어왔다. 커튼과 식탁보의 색깔을 바꿔볼 심산에서였다. 곳곳에 연두, 연둣빛이 넘쳐나고 있었다.

……김연두의 마음에는 연둣빛이 내려앉지 않았다. 그녀는 술집 사건 이후로 눈에 띄게 의기소침해진 것 같았고, 피스타치오도 예전처럼 즐기지 않는 것 같았다. 어느 휴일, 슈퍼마켓에 가는 길에 우연히 만나 아직 기분 나빠요, 그 종업원 일 때문에? 라고 조심스럽게 물었을 때 김연두는 피식 웃으며 아뇨, 그 일 때문이 아니라 그 일을 계기로 나 자신에 대해 처음부터 다시 생각해보고 있는 중이에요, 라고 대답했다. 계절은 연두였지만 그녀는 연두의 대척점으로 살아가고 있었다. 그러다가 그녀가 더 나빠진 것은 며칠 전에

있었던 한밤중의 주차 싸움 이후였다.

　새벽 두시쯤 되었을 것이다. 잠결에 신경질적인 초인종 소리를 들었고, 나는 짜증과 두려움이 뒤섞인 상태로 남편을 흔들어 깨워 밖으로 내보냈다. 또다시, 그 지겨운 주차 얘기였다. 남편은 짜증을 애써 누르는 듯한 낮은 목소리로 "서울 47 츠에 6908"이라고만 짧게 대답해주고 들어왔다. 그리고 나는 그 신경질적인 발소리가 옆집으로 향하는 걸 들었고 잠시 후 '즐거운 곳에서는 날 오라 하여도……'로 시작하는 김연두의 집 초인종 소리를 들었다. 너무 늦은 시각이라 복도에 불을 모두 꺼두었고, 또 그 성난 발소리의 주인공은 라이터 같은 걸 켜서 쪽지를 세심히 들여다볼 만한 상태가 아니었을 것이다.

　나는 걱정이 되어 옆집에서 나는 소리에 귀를 기울였다. 대여섯 번의 초인종 소리가 울린 후에 밖으로 나온 김연두는 그 남자의 용건을 듣기도 전에 이렇게 퍼부어대고 있었다. "뭐야? 왜 그래? 나 깔보는 거야, 무시하는 거야? 차 없어. 신문 보고 있고 우유는 원래 안 먹어. 이 자식아, 너 뭐야? 나 무신론자고 학습지 안 풀어. 건강식품 같은 건 줘도 안 먹어. 왜 이래, 도대체. 왜 이렇게 살아야 돼?"

　남자의 소리는 들리지 않았고, 더이상의 초인종 소리는 없었다.

　조심조심해가며 김연두의 집에 들른 것은 그 며칠 후였다. 웬일인지 평일 낮시간인데도 옆집에서 희미한 인기척이 들리기에 나는 가만히 그녀의 집으로 스며들었다. 김연두는 힘없이 웃으며 문만 열어주고는 식탁 쪽으로 돌아갔다. 그녀는 식탁에 앉아 무슨 종이쪽지를 만지작거리고 있던 중이었다. 원래 마른 편이지만 그녀의 두 볼은 못 보던 새에 푹 꺼져 있었다.

"연두씨 어디 아파요?"

"아뇨. 그냥 기분이 좀 그래서 아프다고 회사에 전화했어요."

종이쪽지에서 눈을 떼지 않은 채 그녀가 꽉 잠긴 목소리로 대답했다.

"근데 지금 뭐 하는 거죠?"

"현관문에 붙일 쪽지 다시 쓰고 있어요, 야광펜으로요."

"……."

"나도 싫어요."

"아참, 연두씨. 나 며칠 전에 시내 나갔다가 천 끊었거든요. 봄이잖아요. 색이 너무 고와서 이 생각 저 생각 안 하고 잔뜩 샀더니, 집에 와서 보니까 너무 많은 거예요. 조금 가져와봤는데 어떻겠어요?"

김연두는 앉은 자세 그대로 나를 무심히 보았고, 나는 미술 숙제를 검사 맡는 학생처럼 가슴께에 천을 펼쳐들고 그녀를 보았다. 김연두는 눈이 부시다는 듯, 성가시다는 듯 잠깐 찡그렸다.

"연두색이로군요."

"그래요, 연두색."

"그러고 보니 나도 줄 게 있어요. ……이거 가지고 가세요."

김연두는 식탁 의자 위에 올라서서는 싱크대 수납장 맨 위쪽에 놓인 작은 유리병을 꺼냈다. 그 병 속에도 피스타치오가 담겨 있었다.

"이거 그냥 피스타치오잖아요?"

"그냥 피스타치오는 아니에요. 피스타치오를 먹다 보면 껍질에 틈이 벌어져 있긴 한데 잘 열리지 않는 게 있거든요. 그것만 따로 모아둔 거예요."

"왜요?"

"대견하잖아요. 숨은 쉬어야 하니까 틈을 주긴 주되 결코 내 세계를 보이지 않겠다는 뚝심. 나는 밖을 다 헤아리고 있지만 밖은 나를 헤아리지 못하는 구조. 블라인드나 구식 변소 아래창처럼요. 이 피스타치오들이야말로 그 이름에 걸맞는 피스타치오죠."

"예? 그게 무슨 뜻이에요?"

"피스타치오 앞머리에 붙은 피스, 말예요. 안 열리는 피스타치오야말로 온전히 평화죠."

김연두는 피스타치오교 신도다. 평화의 열매, 피스타치오.

"누군가 이걸 열어서 먹는다는 사실을 전제하지 않는다면야 모든 피스타치오가 다 평화겠죠. 이처럼 완벽한 평화가 어딨겠어요. 견고한 껍질과 방해받지 않는 호흡이 같이 있잖아요."

"그래요. ……아무튼 가지세요."

김연두가 모처럼 희미하게 웃는다.

"애써 모은 건데 나 주면 어떡해요."

"나야 피스타치오 광인데 또 모으면 되죠, 뭐. 그리고 이젠 조금씩 줄이기도 해야 되구요. 암흑의 피스타치오, ……아 이건 제가 그냥 부르는 이름이에요, 안 열리는 피스타치오에 대해서요. 이것들을 쳐다보고 있으면 먹고 싶다는 욕망이 더해지거든요. 가져가세요. 천은 잘 쓸게요. 난 좀 쉬어야겠어요."

피로한 연두. 그것이 그녀와의 마지막 만남이었다.

초봄이었고, 모든 것이 맑고 또 맑았다.

나는 유리창 청소를 끝내고 갑자기 기분이 좋아져서는 〈콰이강의 다리〉를 휘파람으로 불며 시장에 나갔다. 그리고 오랜만에 피스타치오까지 한 봉지 사들었다. 그러나 피스타치오 봉지를 만지작거리며 김연두의 집 앞에 섰을 때 나는 그녀가 영원히 사라져버렸다는 것을 알았다. 김연두의 집에서 하나의 상징 같은 존재인 현관문 앞 쪽지는 말끔히 떨어져 있었고, 현관문은 일부러 광을 내어 닦았는지 낯설게 반짝거리고 있었다. 허탈했고, 한없이 당혹스러웠다. ……그녀는 분명 사라진 것이다. 그녀와 다툰 적도 없고, 그녀가 빚쟁이에게 쫓기고 있는 것 같지도 않았고, 그녀가 자주 집을 비우는 시각이긴 했지만 나는 그녀의 집 안에 울려퍼지는 '즐거운 곳에서는 날 오라 하여도~'를 다섯 번까지 들었을 때 그녀의 증발을 확신으로 굳혀가고 있었다.

김연두는 피스타치오가 되어 먼 곳으로 갔다. 그녀는 피스타치오가 되어 단단한 곳으로 갔다. 그녀의 껍질이 되어주기엔 이곳은 너무도 허술하고 부실했으므로. 즐거운 곳에서는 날 오라 하여도 내 쉴 곳은 작은 집, 내 집뿐이므로. 허술한 곳에서는 날 오라 하여도 내 쉴 곳은 작은 집, 내 껍질, 내 누런 보금자리뿐이므로.

나는 그녀의 집 앞에 비닐봉지를 내려놓고 풀썩 주저앉았다. 그러고는 훌쩍훌쩍 울기 시작했다. 정녕 끝인가요, 피스타치오. 김연두는 열매가 되어 먼 곳으로 갔다. 김·연·두·는·열·매·가·되·어·먼·곳·으·로·갔·다. 나는 그 옛날의 속눈썹 긴 여배우들처럼, 이젠 그 줄거리와 주인공과 배경 모두를 다 잊은, 혹은 이것저것을 마구 뒤섞어 엉터리로 기억하고 있는 삼류 멜로영화의 주인공처럼 젤리 같은 눈물을 흘리며 이렇게 말했다.

"오…… 피스타치오."

하지만 그 말에 누구도 호응하지 않았다.

우리 모두는 일출 하나도 마음놓고 못 보는 '꼬이는 인생' 인 것이다.

우리 모두는 '안 되는 놈은 뭘 해도 안 되는' 인생인 것이다.

새해 첫 아침에 비 내리는 서해나 찾아가는 인생인 것이다.

해에게서 海에게

12월 31일 19시 30분 매봉역 4번 출구

여자는 십 분쯤 늦었다. 역에 도착하자마자 개포동에 있는 여자의 허름한 아파트로 전화를 넣었을 때 여자는 상기된 목소리로 "응, 알았어. 오 분 내로 집으러 갈게" 했었다. 집으러? 나는 갑자기 내가 땅콩이나 팝콘이 된 기분으로, 역시나 상기된 목소리로 "얼른 와. 여기 되게 추워. 난 강남이 싫어"라고 대꾸했었다.

여자, 최정미. 그러니까 거의 반년 만에 만나는 셈이었다. 개포동에 있는 열세 평 남짓한 오래된 주공아파트에 사는 이혼녀 최정미는 나의 학교 동창이었다. 오늘 함께 만나기로 되어 있는 대학원생과 문 과장 역시 마찬가지였다. 학교 동기동창…… 우리를 강하게 결속시키고 있는 그 학교는 우리에게 개근을 요구하거나 체벌을 가하거나 학점을 안겨주는 그런 학교가 아니었다. 건강과 활력과 화목한 가정을 위한 시민금연센터. 우리 모두는 그곳을 금연학교라 불렀고, 우리는 그곳의 6기 동창이었다.

내가 그곳에 드나들게 된 것은 순전히 우연이었다. 나는 을지로에 있는 작은 영화기획홍보사의 말단 직원으로 일하고 있었다. 나는 이 년 전쯤 새로 홍보를 맡은 어느 외화와 관련하여 작은 쪽글을 부탁하기 위해 대학에서 문화인류학을 전공하는 김동주라는 사람을 알게 되었고, 그 뒤로 몇 번 만나 잡담을 나누곤 했다. 그러던 중 김동주가 권유한 것이 금연학교였다. "지숙씨, 지숙씨도 대책 없는 골초지?" "골초? 동주씨에 비하면야 가난한 집 굴뚝이지요, 뭐. 그래도 줄이긴 줄여야 하는데…… 오래 살고 싶은 욕심이야 없지만 머리가 띵하고 기운이 없어서 일을 제대로 못 할 정도니 이건 진짜 문제야, 문제." "우리 금연학교나 다녀볼까? 예전부터 다녀보고 싶었는데 그런 곳에 혼자 가려니 되게 그렇데……." "금연학교?"

그렇게 시작하게 된 금연학교 생활이었다. 그러나, 우리의 결심 아닌 결심과는 달리 그곳은 우리에게 어떤 의미로는 흡연을 더욱 자극하는 곳이었다. 몇십 년간 지극히 성실하고 체계적인 흡연을 해온 사람의 폐 사진이나 비디오 자료를 엄숙하게 쳐다보는 일까지야 예상했던 수준이었지만, 모이는 시간과 마치는 시간마다 마치 무슨 중요한 통과제의처럼 따라붙는 구호 외치기는 정말이지 고역이었다. "난 할 수 있다!" "나는 금연한다!" "나는 반드시 금연한다!" "나는 기필코 금연한다아!!" 더욱더 고역인 것은 비디오 자료를 열심히 보고, 구호를 누구보다도 크게 따라하고, 구체적인 금연 전략이나 행동지침을 부지런히 받아 적는 사람들의 진지한 얼굴 표정을 지켜보는 일이었다.

금연학교에 다닌 이후로 나는 담배를 피우는 사람에 대한 좋은 쪽으로의 대책 없는 선입견, 그러니까 대체로 털털하고 대범하고 그러면서도 진지하고 이해타산에는 그렇게 밝지 않고…… 같은 긍정적인 감정을 철회하게 되었다. 나는, 자주 결석했거니와 몇 번 나가지도 않고 그만두었지만, 그곳에서 나오는 걸음으로 참았던 담배를 피워물곤 했다.

우리들은 그 학교의 대책 없는 열등생으로 그렇게 만났다.

금연센터에는 아마 학교에서 선도 과정의 일환으로 의무적으로 보내는 모양인지, 중고등학생으로 보이는 까까머리들이 더러 섞여 있었다. 자율학습시간이나 학원 다닐 시간에 정당한 사유로 빠져나와 저녁에 그곳에 모이는 것이 그들에게는 또하나의 즐거움인 모양이었다. 그들은 나란히 뒷줄에 앉아 저들끼리 키들대거나, 불을 끄고 비디오 자료를 볼 때는 숫제 코까지 골아가며 잠들곤 했다. 교육기간이 중반에 이르자, 그들 중학생과 같은 그룹으로 변해가는 사람들이 생겼는데, 그들이 '우리'가 되었다. 나와 김동주, 그리고 오년 전에 검사 남편과 이혼하고 개포동에 혼자 살면서 TV 드라마 보조작가로 일하는 최정미, 그리고 내의회사의 과장으로 일하는 문형희가 그들이었다. 우리는 그곳을 나서며 일제히 담배를 피워물다가 눈인사를 나누었고, 교육용 비디오를 보며 졸다가 이마를 부딪치며 키들거렸고, "나는 기필코 금연한다!!" "나는 반드시 금연한다아!!"를 외치는 시간에 '금'자 대신 조그만 소리로 '흡'자를 끼워넣으며 웃음을 참았고, 그러다가 몇 번 술자리를 같이 한 후 '우리'가 되었다.

"야, 지숙씨 이게 얼마 만인고?"

최정미가 모는 차를 타고 십 분 남짓 달려 그녀의 집에 도착했을
때, 김동주 부부는 미리 도착해서 맥주를 홀짝거리고 있었다. 그들
부부는 박사과정에 다니고 있었고, 부부 모두 문화인류학을 전공했
다. 그리고 부부 모두 동네의 작은 보습학원에서 중학생들을 가르
치고 있었다.

"어머 오빠, 살아 계셨군요."

나는 평소에 그렇게 친하게 지낸 것도 아니면서, 그의 아내를 의
식하여 일부러 장난스레 말을 받았다. 그의 아내는 가벼운 목례로
인사를 대신했다.

"근데 오늘 왜들 모이자고 한 거예요?"

"송년회죠, 뭐. 또 막날인데…… 미시령쯤 가서 일출이나 보자구."

"일출? 새삼스럽게 일출은 무슨…… 학교 생각나서 찜찜하네."

"학교?"

"그래요, 학교. '나는 반드시 금연한다!' 이런 거랑 비슷한 거 아
냐? 떠오르는 해 쳐다보면서 '나는 반드시 이겨낸다!' '경제난국
별거 아니다!' '나는 기필코 절약한다!!'"

"듣고 보니 그러네."

그곳의 모두가 낄낄거렸다.

"근데, 아줌마. 나 지금 무지하게 배고파. 뭐 좀 먹을 거 없수?"

"지숙씨도 술 좀 할래? 난 운전해야 되고. 아니면 동태국 있는데,
밥 좀 줄까?"

우리는 밥상과 술상을 어정쩡하게 합친 상에 둘러앉아 이것저것
마구 먹고 떠들어댔다. 누군가 무심히 켜놓은 TV에서는 연기대상,

코미디대상 따위의 프로그램이 진행되고 있었다. 김동주는 대학원생답게 분석적인 말투로 얘기했다.

"연말에 꼭 저런 프로그램들을 내보내야 하나? 시청자들의 일 년을 참 친절하게도 정리해주니 고맙기도 하군. 시청자들은 완전 이런 거 아냐? '그래, 그래 저 프로그램 꽤 재미있었지.' '그래, 그래 저 여자 올 한 해 동안 죽였어……' 사람들은 일 년을 정리하는 게 아니라, 마치 자기가 거기에 적극적으로 개입하는 것 같은 환상을 가진 채 TV를 쳐다보면서 고스란히 일 년을 정리당하는 것 같아. ……하긴 안 할 수도 없겠지, 저런 프로. 내일도 또 똑같을 거 아냐? 우리 내일 TV에 뭐 할지 한번 알아맞혀볼까?"

"저요! 외국인 장기자랑."

장난스럽게 오른손을 치켜들며 최정미가 말했다.

"삑! 연예인 청백전."

이번엔 나다.

"삑! 세계의 서커스."

김동주의 아내다.

"귀신이구만, 귀신. 다들 정초에 뭐 좋은 계획도 하나 없이, 해 바뀔 때마다 아랫목에 궁둥이나 지지고 있었나봐. 하긴…… 맨날 똑같았으니."

김동주는 말은 그렇게 하면서도 술 마시는 중간중간에 TV로 눈을 돌려, "어, 저 여자가 연기를 뭐 잘한다고 상을 주나, 상을 주길……" 하기도 하고 "우와, 저 여자 드레스 팬 것 좀 봐. 끝내준다 끝내줘" 하기도 했다. 최정미는 별말 없이 담배를 피웠고, 김동주의 아내는 최정미가 워낙 무심해서인지 주인도 아니면서 과일도 깎고 떨어진 안주를 가지러 부지런히 부엌에 드나들곤 했다. 나는 우리가 속수무책 노인네가 되어간다는 생각을 하며 구석에서 맥주를 마시며 졸았다.

이상한 밤이었다. 나는 구석에 놓인 오늘자 신문을 뒤적여 하릴없이 일출 시각을 확인해두었다. 강원도 지역 오전 7시 37분, 날이 흐리고 혹 비나 눈이 내릴지도 모른다고 했다.

1월 1일 0시 10분 최정미의 집

화면은 보신각을 비추었다. 종소리. 거의 대부분이 중고등학생으로 보이는 인파들. 그리고 상투적인 아나운서의 말들이 이어졌다. "무인년 새해가 밝았습니다. 국내외로 참으로 다사다난했던 한 해가 저물었습니다. 한민족의 힘찬 기상으로 다시 도약할 때입니다. 대화합과 고통 분담의 자세가 그 어느 때보다도 절실한 시점입니다……."

"왠지 비감하군. ……저 인파들 좀 봐. 장난스럽게 카메라 쳐다보며 V자나 그리는 사람은 꼬마들뿐이잖아. 저 결연한 표정 좀 봐. 새해를 맞으면서 저렇게 결연한 표정을 짓는 게 더이상 촌스럽거나 낯간지러운 게 아닌 세월이 와버린 거야. 왜냐? 진짜거든. 진짜 살기 힘들거든. 장난이 아니거든. ……근데 지숙씬 해 바뀌면서 종 칠 때 저기 종로 나가본 적 있어요?"

"아니오. 아직 한 번도. 사실 좀 그렇더라구요. ……근데 문 과장은 왜 이렇게 안 와요?"

"응, 회사에서 송년회가 있는데 끝나는 대로 이리로 온댔어."

"회사 송년회까지 있고, 또 오늘은 새해 첫날인데 그냥 집으로 들어가시라 그러지 그랬어요?"

"자기가 먼저 야단이던데, 뭘. 가정 있는 몸이라고 혼자 빼놓을까봐. ……그리고 또 운전 땜에 필요하기도 해요. 운전할 수 있는 사람이 정미씨뿐이라 밤 운전에 피로하거든요. 그래서 술도 몇 잔만 하고 빠져나오랬어."

"자, 자 쓸데없는 얘기 좀 그만하고 새해 소망들이나 밝혀봐. 먼저, 동주씨."

최정미는 주먹 쥔 왼손을 마이크 삼아 들이대며 김동주를 쳐다보았다.

"나? 나야 얼른 논문 준비해서 박사과정 끝마치는 거지, 뭐. 또하나 더 있다면 학원에서 안 잘리는 거고. 방학 시작되면서 학원 개편이 있었는데, 고 코딱지만한 학원에서도 여섯, 일곱이 잘렸어. 아주 미치겠다니까. 그래서 요새 내가 학원 수업에 얼마나 신경을 쓰는지 몰라. 당장 밥줄인데 어떡해. 요즘 학원 수업 준비하는 것처럼 앞으로 공부한다면 난 아마 인류학계의 거두가 되고도 남을 거야. 사는 게 아주 슬퍼지더라니깐. ……난 새해에 그 두 가지만 잘 풀려준대도 소원이 없겠어."

"애는? 애는 안 가져요?"

걱정스럽다는 듯 최정미가 되물었다.

"애는 무슨, 이 마당에……."

"그럼 윤경씬?"

김동주의 아내 이름이 윤경인가보다. 나는 아직 그녀의 이름도 모르고 있었다.

"저도 비슷하죠, 뭐. 다만 전 논문은 아직 안 급해요. 제가 형보다 박사과정을 한 해 늦게 시작했거든요."

"그러는 누나는?"

김동주다.

"나야 뭐 단순하지. 좀 오래 끌 만한 괜찮은 드라마 맡는 거. …… 심란해 죽겠어. 방송사들도 많이 어려운가봐. 실제로 어려운 것도 있고, 또 사회 분위기 자체가 이러니까 대형 쇼 프로랑 드라마 쪽은 줄이려는 추세야. 경제 관련 프로는 늘리고. 젊고 빠릿빠릿한 작가들은 계속 치고 올라오지, 드라마 편수는 줄인대지…… 아! 소원 하나 더 있어, 애들 공부 잘하고 몸 건강한 거. 그 사람하고 갈라서고 나서, 그 사람이나 시부모 걱정은 눈곱만큼도 안 들고 이젠 그 집구석이 어떤 구조로 생겨먹었는지도 까맣게 잊을 정돈데, 애들 걱정은 돼."

"몇 학년들 되지?"

"중3, 중1 올라가. 개들도 많이 컸어."

"아줌마는 그 소원에 하나 더 보태야겠는걸."

나다.

"뭔데?"

"살 좀 빼. 그게 뭐야. 안 보던 새에 왜 그렇게 쪘어?"

"어…… 지숙씨도 드라마 써봐. 생각은 잘 안 되지, 어찌됐든 정해진 기간 안에 원고는 딱딱 나와야 되지. 아주 미치겠어. 어디 나가지도 못하고 컴퓨터 앞에만 꼼짝없이 붙들려 앉아 있는 거야. 스트레스 받으니까 컴퓨터 옆에 씹으면 소리 크게 나는 딱딱한 스낵 같은 거나 잔뜩 쌓아놓고 와작와작 먹으면서. 아주 죽겠어. 가끔 거울 들여다보다가 나도 놀래. ……그래. 암튼 그 문제도 노력해볼게. 아랫배가 조금만 차가워지면 바로 화장실 달려가야 되는 이놈의 과민성 대장 증센지 뭔지만 아니라면 스낵 대신 얼음 조각으로 바꿔볼 텐데…… 지숙씨는 새해에 뭐 하고 싶어?"

"글쎄…… 시집이나 갈까?"

"뭐?"

"왜 눈은 흘기고 그래요? 시집 좀 갈 수도 있지. 아 사실 뭐, 서로 잘 맞는 사람이면 결혼해도 나쁠 거 없잖아요. 그러기가 어려우니까 문제지만. ……그건 그냥 해본 소리고 나도 동주씨랑 비슷해. 안 잘리면 그걸로 감사, 감사야. 그러니까, 나 돕는 셈 치고 어렵더라도 영화들 많이 보러 다녀요. 아, 지갑이 아무리 얇아져도 영화 안 보고야 어떻게 살아. 아줌마는 특히나 더, 생각거리도 얻고……."

우리가 시시한 새해 소망을 늘어놓는 사이, 화면은 31일 저녁부터 1일 새벽까지 다섯 시간인가 일곱 시간 동안 마라톤 라이브 콘서트를 열고 있다는 산울림의 공연 현장으로 옮겨갔다. 헤어 스프레이를 한껏 뿌려 폭탄 맞은 머리를 하고 땀을 뻘뻘 흘리며 노래를 부르고 있는 중년의 김창완과 공연장을 가득 메운 채 소리를 지르고 노래를 따라 부르는 십대부터 사십대까지의 산울림 팬들이 비춰졌다. 그는 천진해 보이고 행복해 보였다. '라디오로 기차를 타자, 오토바이로 기차를 타자, 풍선으로 라디오를 타자, ……타고 가자…….'

"야, 진짜 근사한데…… 저 사람 지금 몇 살쯤 됐지?"

"글쎄요. 사십대 중반 정도?"

"부럽다, 부러워. ……지숙씬 올해 몇이죠?"

김동주다. 그는 진짜 저 가수가, 그리고 자기 또래의 남자들도 군데군데 섞인 저 대열이 부러운 표정이다.

"묻지 마요, 아홉수야 아홉수. 그러니까 나 올 한 해 조용히 넘어가게 다들 나 건들지 말라구. 요즘 나 밤에 김광석 노래 틀어놓고 청승맞게 따라 부른다니까. 그거 왜 있잖아요, 〈서른 즈음에〉."

"됐어요, 됐어. 어울리지 않게, 청승은…… 정미씨는?"

"나? 마흔둘. 별로 안 돼. 김창완보다도 내가 더 어릴걸?"

모두들 낄낄 웃었다. 우리들 대화를 엿들었는지 어쨌는지 화면 속의 그는 더 열심히 노래 부르고 있었다. '아니 벌써 해가 솟았나, 창문 밖이 훤하게 밝았네~.'

"동주씨가 지숙씨보다 더 위였던가?"

"그럼요. 난 이제 중후한 서른하나. 집사람은 저보다 세 살 아래구요."

씩씩하고 천진난만한 화면 속의 남자 때문에 괜한 나이타령이 이어졌다. 우리는 서로서로 어정쩡하게 반말과 존댓말을 섞었고, 호칭도 기분에 따라 달라졌다. 최정미에게는 정미씨, 누나, 아줌마 등의 호칭을 기분 내키는 대로 섞어 불렀고, 김동주에게는 동주씨라고 주로 불렀지만, 기분이 나쁠 때는 김 박사라고도 불렀다. 곧 우리와 합류하게 될 문 과장은 김동주를 꼭 '김 주사'라고 불렀다. 김동주에게 남부럽지 않을 주사(酒邪)가 있기 때문이었다. 우스운 것은 문 과장이 어느 자리에서나 김동주를 김 주사로 부른다는 것이다. 언제 한번은 회사 동료에게 김동주를 소개하면서도 "이 사람은 대학에서 인류학을 공부하는 김 주사"라고 하여 주변 사람들 모두를 웃겼다.

사소해져가고 시시해져가는 '우리'들. 밤은 깊어가고 있었고, 우리들은 우리들을 엮어준 최초의 끈이 무색해질 만큼 많은 담배를 피우며 노곤하게 취해갔다. 김동주의 아내는 불안한 표정으로 최정미로부터 술잔을 멀찍이 밀어놓았고, 최정미는 그녀를 물끄러미 바라보다가 씨익 웃어주었다. TV를 켜놓지만 않았다면 시간이 우리를 비껴가는 느낌이 들었을 터였다. 문득문득 최정미가 "씨팔, 지겨워…… 지겨워 죽겠어"라고 말했고, 욕이 나오기 시작한다는 건 그녀가 취해간다는 증거였으므로 우리 모두는 조금씩 불안해했다. 은평구 불광동, 기자촌의 초입에 위치한 옹색한 연립주택의 반지하 전세방, 31일 아침 7시 40분쯤 무심히 문을 잠그고 나온 그곳이 무슨 이국의 땅처럼 느껴졌다. 그것도 몇 년 전에 떠나온.

견딜 수 있을 만한, 편안한 피로에 싸여 있던 우리들을 깨운 것은 문 과장의 전화 연락이었다.

1월 1일 1시 40분 판교

"모두들, 안녕! 아…… 아니지, 벌써 해가 바뀌었으니 새해 인살해야지. 새해 복 많이 받아요, 다들."

문형희다. 최정미의 집 앞 사거리에서 우리가 차를 세운 채 십여 분쯤 기다렸을 때 그는 택시에서 내려 우리 쪽으로 장난스럽게 뛰어왔다. 그러니까 초등학교 시절, 무슨 머피의 법칙처럼 꼭 지지리도 못생기고 항상 누런 코를 달고 다니는 아이하고만 추게 되어 있던 그 포크댄스라는 춤에서 익힌 투스텝으로. 넥타이는 느슨하게 풀어져 있었고, 와이셔츠엔 멀리서도 눈에 뜨일 정도로 넓게, 붉은 국물 자국이 번져 있었다. 김동주가 수차례 당부했다고 했지만 그의 얼굴은 이미 불그스레했다. 우리들, 그러니까 김동주 부부와 나는 다시 한번 불안해하지 않을 수 없었다. 운전을 교대로 하기 위해 부른 문 과장이었지만, 최정미의 취기 때문에 도착하자마자 그를 운전대 앞에 앉힐 작정이었는데 지금으로서는 최정미의 상태가 훨씬 나아 보였다. '목숨을 걸어가며 그놈의 일출이란 걸 봐야 하나……' 나는 그런 생각으로 문 과장의 면모를 살폈고 김동주 부부도 비슷한 생각을 하는 것 같았다.

"시도씨, 내가 그렇게 강조했는데 진짜 너무하네."

"아냐, 아냐 나 하나도 안 취했다구. ……그러고, 새해부터는 그 망할 놈의 '시도씨' 좀 그만 할 수 없나?"

우리 모두는 문 과장을 '문시도'라고 불렀다. 그것은 잘나가는 어느 내의의 영어 이름을 우리 식으로 바꿔 부른 별명이었다. 사실 문 과장이 근무하는 내의회사에서는 그 '시도' 내의를 만들지 않았다. 원래대로 하자면 '문경호'가 되어야 하는데, 그건 별명이라고 하기엔 너무 '사람 이름답다'는 게 우리 모두의 중론이었다. 때문에 문 과장은 '경호' 내의보다 좀더 유명하고, 내의 이름으로 그걸 삼은 의도가 무언지 자못 수상하게 느껴지는 '시도' 내의를 자신의 별명으로 달게 되었다. 처음 김동주가 '문시도'라는 별명을 제안했을 때, 문 과장을 제외한 우리 모두는 손뼉을 치며 즐거워했었다.

"왜? 그 별명이 어때서. 난 내가 지금까지 붙여본 별명 중에 그게 제일 근사한 성공작인 것 같은데…… 그나저나 운전하겠어요?"

"아, 그런 걱정일랑 붙들어매. 내가 원래 몇 잔만 마셔도 얼굴이 잘 붉어지는 체질이잖아. 그래서 취해 보이는 거야, 사실 말짱해. 정미씨, 피곤하면 언제든지 말씀만 하시라구요."

문 과장은 최정미의 옆자리에 올라앉자마자 호기롭게 떠들어댔다. 뒷자리엔 김동주 부부와 내가 앉았는데, 김동주의 아내가 워낙 야위어서인지 비좁다는 느낌은 들지 않았다. 김동주의 아내는 벌써 피로한지 고개를 젖히고 잠깐잠깐씩 눈을 감았다. 최정미는 차에 꽂혀 있던 카세트 테이프를 그대로 작동시켰는데 흘러나온 노래는 이적·김동률의 〈그땐 그랬지〉였다.

"우와, 정미씨 세련됐네. 애들 되게 어린애들 아녜요? ……하여튼 화려한 솔로는 뭐가 달라도 달라, 나이 문제가 아니라니까."

"세련은 무슨…… 맨날 우중충한 것만 듣고 다니니까 우리 아들이 선물한 거야. ……근데 이거 날씨가 되게 수상하네. 일기예보에선 뭐랬지? 오늘 챙겨 들은 사람?"

"아까 신문 보니까 일출 보긴 어렵겠다고 하던데요. 비나 안 오면 다행이죠, 뭐. 비나 눈이 내릴지도 모른댔거든요."

"아 그거 해 뜨는 거 좀 안 보면 어때? 난 암튼 오늘 기분 최고라구. 사실 나 빼놓고 갈까봐 얼마나 걱정했는 줄 알아요? 나이 들기 시작하니까 느는 건 그런 걱정뿐이야. 나만 소외되면 어떡하나, 주변 사람들 중에 점점 소원해지는 사람은 없나, 나만 찍히는 거 아닌가…… 뭐 그런 거. 쫌생이가 다 돼가는 거지, 뭐."

"주변 사람도 주변 사람 나름이지 우리 이 무리야 멀어질수록 좋은 무리 아닌가? 맨날 '시도'니 뭐니 놀리기나 하고…… 참, 시도씨 올해 몇 살 되죠?"

김동주다.

"서른여덟. 삼팔 광땡. 삼팔 광땡마냥 인생이 확 풀리면 얼마나 좋겠어. ……난 올해 더 나이 들기 전에 근사한 연애나 한번 해보는 게 소원이야."

"앗, 지랄……."

최정미다.

용인을 앞두고부터 차가 막히기 시작했다. 우리처럼 미시령이나 대관령 혹은 동해 쪽으로 나가서 일출을 보려는 사람들인 모양이었다. 혹은 1월 3일이 토요일이라 내처 4일까지 쉬는 사람들에게는 여유로운 연휴가 되는 셈이니 놀러 가는 차들일 수도 있었다. 간혹 스키를 메고 가는 차들도 눈에 띄었다. 정체는 점점 더 심해지고 있었다. 김동주의 아내는 마침내 잠든 것 같았고 최정미는 연신 하품을 해댔다. 카스테레오에서는 이적·김동률이 다시 돌아가고 있었다. '시린 겨울 가슴 쓰리던 첫사랑의 추억도 이젠 안주거리. 딴에는 세상이 무너진다 모두 끝난 거다 그땐 그랬지~.'

"와…… 대충 예상은 했지만 이건 좀 심하다, 심해. 지금 말이야, 나라가 부도가 났는데 무슨 여행들이야, 이 사람들이."

문 과장이다. 그는 이제 취기가 어느 정도 가신 모양이다.

"그런 소리 말아요. 저 차들도 지금 우리들 보고 그렇게 똑같이 욕하고 있을걸? 그러니 조용히 가요."

"맞아. 그리고 또 경제가 어려울수록 일출은 봐야 될 것 아니겠어? '배달의 기수' 분위기로 하자면 '자, 우리는 오늘부터 다시 뛰기로 한다. 근검성실한 대한의 아들 문시도는 일출을 보며 새출발을 다짐한다.' 뭐 이런 거죠."

김동주가 내 말에 맞장구를 치며 문 과장에게 장난을 걸었다.

"그건 그렇다 치고, 저기 저 스키 메고 가는 치들은 뭐야?"

"저 사람들이야 아이엠에프랑 무관한 사람들이죠, 뭐. 이런 우스개 몰라요? 아이엠에프가 모든 사람들에게 하나의 문장이 될 수 있는데, 월급쟁이들한텐 '아이 엠 파이어드(I am fired)'고, 대학생들한텐 '아이 엠 에프(I am F)'고, 부유층들한텐 '아이 엠 파인(I am fine)'이래요. 이소라 분위기로 하자면 '난 행복해, 그 동안 널 볼 수 있던 그날들 때문에~'가 아니라 '난 괜찮아, 그 동안 돈 벌 수 있던 그날들 때문에~' 뭐 이렇게 되는 거죠."

나는 김동주를 흉내내어 장난을 쳤다.

"미시령 쪽 일출이 몇 시쯤 되지?"

김동주, 나, 문 과장이 히히덕거리고 있는 사이 최정미가 걱정스러운 목소리로 물었다.

"일곱시 삼십몇분이던가? 아까 신문에서 봤어요."

"그래? 이거…… 아무래도 어렵겠는데."

최정미가 차 안의 디지털 시계를 흘낏 쳐다보다가 말했다.

거북이 운행이라는 말이 정말이지 실감날 정도로 차는 거북이처럼 앞으로 앞으로 나아갔다. 이적·김동률은 최정미의 신경질적인 손동작에 의해 밀려났고, 한동안 모두들 입을 다물었다. 김동주는 차창을 조금 내려 마치 담배를 피우는 것처럼 깊이 한숨을 내뿜어 입김을 만들어냈다. 나는 뜬금없이 '우리 모두는 아무도 돌아가지 못한다' 이런 문장을 머릿속에 새겨넣었다. 날이 추워지고 있었다.

"어때? 그냥 빠져나가버릴까? 꼭 미시령에 가야 하는 것도 아니잖아? 무슨 몇 박 며칠 여행을 가는 것도 아니고……."

참다못한 최정미가 조심스럽게 말을 꺼냈다.

"일단 휴게소에 들러 커피나 한잔씩 하면서 생각해보죠. 거기 가서 미시령까지 대충 얼마나 걸릴지도 알아보고…… 그리고 운전도 시도씨에게 맡기는 게 낫겠는걸요. 아까부터 계속 하품이잖아요."

문 과장과 내가 별말이 없자 분위기를 바꿔보려는 듯 김동주가 슬쩍 말했다.

"왜요? 불안해요?"

"그럼요. 아직 애도 하나 없는데 해돋이 보러 나갔다가 비명횡사할 수야 없지."

"기껏 아직은 못 죽는다고 이유 대는 게 '애도 하나 없는데' 야? 인류학계에 작은 발자취도 남기지 못했는데, 가 아니고?"

문 과장이다.

"인류학계는 무슨……."

문 과장은 미시령행이 못내 아쉬운 모양이었다. 나는 속으로 눈 생각을 하고 있었다. 새해 첫아침에 만나는 서설(瑞雪). 일출이 어려울 바에야 조금 고생을 하더라도 푸지게 눈 구경을 하는 쪽도 나쁘지 않을 것 같았다.

"앞으로 점점 더 막힐 거래. 밤 아홉시부터 슬슬 막히기 시작했다

더군. 미시령은커녕, 대관령도 가기 전에 날이 밝을 거라는데? 게
다가 눈이 내릴 가능성도 큰가봐."

최정미는 커피를 사오고, 김동주와 나는 화장실로 뛰어갔다오고,
김동주의 아내는 제법 쌔근쌔근 숨소리까지 내어가며 차에 머무르
고 있을 때 이것저것 알아보러 나갔던 문 과장이 차에 오르며 말했
다.

"어떡하지?"

"행선지만 결정해. 이제부터는 내가 운전할게."

"빠져나가죠, 어디든 안 막힐 만한 데로. 난 차 막히는 건 딱 질색
이야. 아주 광적으로 싫어해."

최정미다. 운전석 옆자리로 옮겨 앉은 그녀는 왠지 부은 얼굴이다.

"하지만 일출은?"

"일출이야 어차피 그른 것 같은데? 김 주사가 애를 써본다면 모
를까……."

"내가 애를 써본다니 그게 무슨 말이에요?"

"원시부족 같은 데서 해 나오게 해달라고 부르는 노래나 중얼거
리는 주문 같은 거 몰라요? 인류학 하는 사람이?"

문 과장이다. 문 과장은 아까부터 '인류학' 타령이다.

"체, 난 또 무슨 소리라고…… 알지, 내가 왜 몰라. 일출 주문 코
리안 버전으로 해볼까? 해야 나오너라 쿵짜자 작작, 안 나오면 쳐
들어간다 쿵짜자 작작, 엽저어언 열다앗 냥~."

김동주는 술자리에서 누군가에게 노래를 시킬 때 써먹는 짧은 노
래를 불러댔다. 모두들 바람 빠지는 웃음소리를 냈다.

"지금 그런 실없는 소리 할 때가 아니야. 진짜 어떡할 거야?"

"그래도 나선 걸음인데 막히더라도 가봐요. 해 구경은 못 해도 눈 구경은 할 것 같은데요?"

나다. 여러 사람의 눈치를 살피며 나는 조심스럽게 말을 꺼냈다.

"뭐, 눈 구경? 자기 배가 부르면 배고픈 사람 생각 못 한다고, 지숙씨 진짜 너무한다. 차 막히고 눈 내리는 상황이 운전하는 데 최악의 여건이란 거 몰라요? 게다가 지금 운전할 수 있는 두 인간이 모두 미심쩍은 인간들인데……."

"어딜 가야 안 막힐까?"

"제부도 어때요? 이럴 땐 상식을 뒤엎는 게 최고지. 일출 보러 누가 서해로 가겠어요? 길이 뻥뻥 뚫려 있을걸?"

김동주의 새로운 제안이다.

"제부도?"

"제부도 몰라요? 수원에서 조금 더 들어가는 데 있어요. ……거 왜, 시간에 따라 물길이 열리기도 하고 안 열리기도 하는 섬 있잖아요."

"어떻게 할까요?"

"그러죠, 뭐. 전 아직 한 번도 안 가봤거든요. 이렇게 우연한 기회에 가보는 것도 괜찮겠죠. 게다가 길도 안 막힐 테고……."

결국 우리는 용인으로 빠져나갔다. 정말이지 차가 보이지 않을 정도로 우리는 신나게 달렸다. 김동주는 창을 조금 열고 계속 실실 웃었고, 나는 어린애처럼 "야, 달린다…… 달린다"를 연발했다. 문 과장은 옆에 앉은 최정미에게 "아줌마, 좀 빠른 노래 없수?" 했고, 최정미는 조금 밝아진 얼굴로 카세트 테이프들을 만지작거렸다. 우리의 갑작스러운 소란에 잠에서 깬 김동주의 아내는 한동안 어리둥

절해 있다가 "제부도?" 하기도 하고, "이거 꿈이야?" 하기도 했
다. 최정미가 골라낸 테이프는 퀸의 베스트 앨범이었고, 김동주는
무슨 록커처럼 머리를 흔들어대며 노래를 따라 불렀다. 'We will,
we will rock you! ……singing! We will, we will rock you!!'

  우리의 소란이 수그러든 것은 우리가 제부도로 달린 지 사십여
분쯤 지난 후였다. 자동차 앞유리에 빗방울이 떨어지기 시작했던
것이다.

  "어! 이거 뭐야? ……비잖아."

  문 과장이다.

  "비야? 지금 비오는 거야? 에이, 뭣같이."

  최정미다.

  "새해 아침부터 이게 뭐야? 되는 일도 없고……."

  김동주다.

  우리는 저마다 김샜다는 식으로 내뱉었다. 나는 뜬금없이 어느
가수의 이별 노래에선가 들어본 것 같은 '왜 슬픈 예감은 틀린 적이
없나' 라는 가사를 생각해냈다. 왜 항상 '뭣 같은' 예감은 틀린 적이
없나…….

  "아니야, 차라리 잘됐어. 그나마 이렇게 빠져나오길 얼마나 잘한
거야. 미시령 쪽으로 그냥 고집 세우고 갔으면 지금 어땠겠어? 차 막
히고 비 오고…… 거긴 아마 눈이겠지? 차 위에 스키 메고 가던 치
들 고소하다, 고소해. 오늘 새벽 내내 된통 고생이나 해보라그래."

  우리들이 저마다 우리들의 즉흥적인 일정에 대한, 아니 1998년
전체에 대한 우울한 예감에 빠져 말없이 창 밖을 바라보고 있을 때,
문 과장이 만회해볼 작정으로 말을 꺼냈다. 하지만 그 말에 누구도

호응하지 않았다. 우리 모두는 이미 일이 꼬일 때마다 우리를 찾아오는 스스로에 대한 비하와 저주의 심사에 깊이 침윤되어 있었던 것이다. 우리 모두는 일출 하나도 마음놓고 못 보는 '꼬이는 인생'인 것이다. 우리 모두는 '안 되는 놈은 뭘 해도 안 되는' 인생인 것이다. 새해 첫 아침에 비 내리는 서해나 찾아가는 인생인 것이다.

나는 내가 처음 만나는 제부도라는 섬에 대해, 스물아홉 첫 아침에 만나는 서해에 대해, 추적추적 비 내리는 어두운 바닷가에 대해 오래 생각했다.

1월 1일 4시 제부도

"뭐야? 깜깜하고 되게 썰렁하잖아?"

물길이 열리지 않는 시간인지 무언가 경고의 의미를 띤 듯한 노란색 드럼통 세 개가 나란히 길을 막고 서 있는 제부도에 도착했을 때 문 과장이 꺼낸 말은 이랬다. 급정거를 한 것은 아니었지만, 지금까지 우리가 달린 속도 때문인지 나는 무척이나 부당하게 그 당돌하게 보이는 노란 통들 앞에 덜컥 멈춰 선 기분이었고, 금지당한 기분이었다.

"에이, 씨팔…… 뭐 이래? 왜 도대체 아무 데도 못 가게 하는 거야, 왜?"

김동주다. 그는 조금 화가 났다.

"동주씨 진정해."

"진정? 진정하게 생겼어요? 이게 무슨 꼴이야, 1월 1일에."

"좀 가만있어봐요. ……그래, 저기 불빛이 보이긴 하네."

사방을 훑어보던 문 과장이 조금은 활기를 띠며 말했다.

"기다려봐요, 내가 나가볼게."

"아, 아니 참아요, 정미씨. 이런 말 기분 나쁘게 들릴지 모르지만, 우리 관습이 그러니까…… 오늘 새해 아침 아니유, 남자가 나가 야지."

우리 차로부터 조금 떨어진 곳에 작은 불빛이 보였고, 거기엔 '해 물탕, 바지락 손칼국수'라고 적혀 있었다. 문 과장이 오른손으로 옹색하게 손우산을 만들어 간신히 이마를 가리고 뛰어가는 뒷모습 이 보였다. 최정미는 문 과장이 멀어지고 나자 "밥맛 떨어져, 이 나 라"라고 낮게 중얼거렸다.

문 과장은 조금 오래 걸렸다. 멀찍이 문 과장과 밥집 주인으로 보 이는 중년 남자가 무슨 얘기인가를 나누는 모습이 보였다. 아마도 물길 열리는 시각까지는 많이 기다려야 하는 모양인데 밥집 남자가 자기네 식당에서 무얼 좀 먹으며 기다리라고 제안하는 모양이었다. 밥집 남자는 무척이나 여위고 추레해 보였다.

"가요, 물길은 열시에 열린답니다. 좀더 안으로 들어가보죠."

"안으로요? 여기서 어딜 더 가요?"

"요 옆에 섬 하나 더 있어요, 대부도라고…… 거긴 시간 없이 들 어가는 데예요."

"그래요? 그런 데가 있어요? 그렇담 암튼 빨리 출발해요. 나 여 기 갑자기 되게 싫어."

대부도…… 그곳 역시 초행길이긴 마찬가지였다. 갈 수 없는 곳…… 나는 전혀 논리에 닿지 않게도 대학 때 선배들에게서 배운

〈지리산〉이라는 노래를 나지막이 불렀다. '나는 이 산만 보면 피가
끓는다…… 지리산 지리산, 반란의 고향, 지리산…… 일어서는
저 산, 지리산……' 그 누구도 웬 지리산 타령이냐고 퉁을 주지 않
았고, 최정미는 창을 조금 열어 담배를 피웠다. 누군가 우리를 고의
적으로 헤매게 만드는 것 같은 아침이었다. 우리 모두는 억울하고
또 억울했다.

1월 1일 4시 40분 대부도

"여기야…… 다 왔어요."
"젠장, 마라도나 백령도라도 온 기분이군. 국토의 끝 같아."
"근데 왜 아무것도 안 보이죠?"
"깜깜하니까 그렇지. 하지만 저쪽은 바다야."
"뭐라도 먹죠. 배라도 불러야 현실감이 되살아날 것 같아. 이대
로 차를 되몰아 서울 갔다가 한숨 자고 깨면 진짜 꿈이었나, 할 것
같거든. 배라도 불러야 증거가 되지."
김동주가 앞장서서 걸으며 말했다.
우리는 우리에겐 명백히 국토의 끝인 곳에서, 국토의 마지막 밥
집으로 향했다. '24시간 해장국집'이라는 간판이 붙어 있었고, 밥
집 앞에 놓인 낡고 작은 수족관에는 이름 모를 물고기들이 나른하
게 헤엄치고 있었다. 그놈들을 물끄러미 바라보고 있는데 "녀석들
도 산 채로 한 살씩을 더 먹는군요"라고 문 과장이 등뒤에서 말했
다. 농담을 던지는 말투도 아니었고, 그렇다고 비감하게 들리지도

않았다.

"아줌마, 여기 해장국 다섯! 아참, 새해 복 많이 받으슈, 빌어먹을."

문 과장이 주문을 했고, 그는 밥집 여인에게는 들리지 않을 말소리로 '빌어먹을'을 덧붙였다. 조잡한 꽃무늬가 그려진 먼지 낀 커튼이 쳐져 있고, 달아놓은 지 오래된 파리 잡는 끈끈이가 눈에 뜨이는 낡은 밥집이었다. 무슨 새로 개시한 메뉴처럼 천장 가까이 붙여진 종이에는 '머리 조심'이라고 씌어 있었다. 아무도, 그 누구도 말이 없었다.

"왜 다들 뚱씹은 표정들이야? 됐어, 좋게 생각해. 언제 또 이런 새해를 맞겠어? 일부러 이렇게 해보려고 해도 안 되지."

"기분 나쁜 거 아니야. 그냥 좀 그래…… 피곤하고 지겨워."

최정미다.

"섬 이름이 이게 뭐야? 대부? 'Godfather' 할 때 그 대부야?"

"됐어. 안 웃겨."

시간이 일러서일 수도 있지만, 모두들 해장국을 반 넘게 남겼다. 주방을 가로질러서 가게 되어 있는, 함석지붕을 올린 변소에는 다다다 빗소리가 정다웠다. 우리는 한동안 서로의 눈치를 살피다가 엉거주춤 밖으로 나왔다. 계산은 최정미가 했고, "어, 이거 뭐 하자는 플레이야?" 하며 팔을 잡고 막아서는 문 과장에게 그녀는 "김동주씨 말마따나 이건 완전 꿈 같아. 돈이라도 없어져야 증거가 되지, 해장국 내가 제일 조금 비운 것 같은데 그나마 난 서울 가서 배도 안 부르잖아?" 라고 대꾸했다. 밖으로 나왔다지만 우리는 계속 엉거주춤일 수밖에 없었다. 빗방울이 더 굵어지지는 않았지만 비는 여전히 질금질금 내리고 있었다. 김동주는 하릴없이 제자리뛰기를 하기도 하고 목운동을 하기도 하며 혼자 움직이고 있었다.

"해가 참 여러 개군."

아직 사위가 밝지 않아 어둠 속에, 먼 바다 위에 떠 있는 불빛들을 가리키며 최정미가 말했다. 모두들 쿡쿡 웃었다.

"무슨 헛소리야? 저기 해 뜬 거 안 보여? 그건 바다 위에 떠 있는 불빛이고…… 저기 좀 봐, 해 떴잖아."

무슨 소린가 하고 먼 허공을 살피는 사람들에게 문 과장은 덧붙였다.

"아아, 이건 마음 착한 사람들한테만 보이는 해구만. 그럼 그렇지. 평소에 덕들 좀 쌓으시더라고. ……거 해 한번 멋지다, 어유 부셔."

다시, 모두들 흘흘 웃었다.

"아니야. 이곳을 다녀간 우리들 마음속엔 이미 하나씩 해가 떠 있어."

이번엔 김동주다. 이건 또 무슨 닭살 돋는 소린가 하고 의아하게 그를 바라보는 사람들을 향해 그는 덧붙였다.

"개좆같이 시뻘건 해가 한 덩어리씩 들어앉게 됐다고, 젠장. ……올해도 다 글렀어, 껌껌해. 아주 꺼멓다고."

"개좆이 시뻘게?"

최정미가 장난스럽게 받아치지 않았더라면 그날 우린 서울로 돌아오지 못했을지도 모른다. 알 수 없는 열패감과 울분에 휩싸여 우리는 그 한없이 시골스런 밥집에서 통음을 했을는지 모른다. 빗발은 조금씩 가늘어지고 있었지만, 우리들은 한없이 젖어들고 있었다.

1월 1일 8시 10분 사당역

빠르게 서울로 달렸다. 우리는 무슨 '묻지 마 관광'이라도 마치고 돌아오는 사람들처럼, 혹은 혼자 종로에 나갔다가 세운상가 근처의 허름한 청국장집에서 급하게 점심을 먹고는 태연히 인파 속으로 섞여드는 사람처럼 말없이 서울로, 서울로 올라갔다. 가는 도중에 약한 빗발은 눈발로 변해서 뚱해 있던 우리들을 잠시 환하게 만들었지만, 머지않아 눈도 비도 더는 내리지 않았다. 천천히 사위가 밝아오고 있었다. 해가 보이지 않아도 아침이 오면 침침하게나마 날이 밝아온다는 당연한 사실을 나는 신기하게 새기고 있었다. 내 마음을 읽기라도 한 듯 중간에 문 과장은 "어, 환하네. 해도 안 떴는데……"라고 말했다. 김동주의 아내는 창백한 낯빛을 하고 있었고, 김동주는 이른 아침에 먹은 해장국이 소화가 안 돼서인지 자주 거북한 트림을 했다. 내키지 않은 술자리에 끌려나가 밤새 술을 마시고 난 다음날처럼 머리가 멍하고 아무 생각도 나지 않았다.

"사당역이야. 동주씨네랑 시도씨는 여기서 내리는 게 편하지? 지숙씨는 더 가다가 우리집 앞 매봉역에서 내려줄게."

평소답지 않게 최정미는 피로한 음성으로 이렇게 말했다.

"조심해서 들어가세요."

"잘 가요."

"윤경씬 괜히 따라나섰다가 고생만 했네."

“아니에요, 즐거웠어요.”

우리들의 이별의 장면 가운데 이처럼 의례적이고 밋밋한 이별의 장면은 없었다. 우리는 그 흔한 악수조차 나누지 않았다. 지하철역을 향해 총총히 뛰어가는 세 사람의 뒷모습이 보였다. 갑자기 모든 것이, 너무도 허했다.

“나 매봉역에 안 내릴래요.”

“왜, 그건 또 무슨 소리야?”

“이대로 집에 들어갔다간 하루 종일 멍할 것 같거든. 정미씨 집에 가서 따뜻한 커피라도 마셔야겠어요.”

“알았어. 무슨 소린지 알아듣겠어.”

최정미의 집으로 가는 거리는 텅텅 비어 있었다. 새해 아침이라는 게 구체적으로 실감이 나는 풍경이었다. 최정미는 낮은 목소리로 “전염병이 창궐한 도시 같군”이라고 말했고, 나는 ‘우리는 이미 늦은 것이다’ 라는 문장을 머릿속에 적어넣었다. 무슨 뜻인지는 나도 알 수 없었다.

1월 1일 8시 30분 최정미의 집

최정미는 확실히 무엇인가에 단단히 화가 난 모양이었다. 집에 도착해서 문을 쾅, 닫자마자 무슨 소린가를 꿍얼꿍얼거리며 바쁘게 움직였다. 집을 나설 때 그저 대충 눈에 보이는 대로 치우고 나갔기 때문에 집 안은 어수선했고 최정미는 끊임없이 투덜거리며 집을 치우기 시작했다. 지겨워, 나갈 때 불은 누가 켜고 나갔어? 왠지 불안하다고 정미씨가 켜놓고 나가자고 그랬잖아? 그랬으면 한 군데만 커두면 되지 이게 뭐야? 이건 또 누구야, 김동주지? 여기가 무슨 식당이야? 왜 멀쩡한 재떨이 놔두고 접시에다 담배를 눌러놓은 거야? 지긋지긋해, 이게 다 뭐야⋯⋯?

최정미가 바쁘게 움직였기 때문에 어정쩡하게 허리에 두 손을 얹은 채 그녀의 움직임에 방해가 되지 않도록 한구석에 서 있던 나는 자동응답기의 깜빡거리는 램프를 발견하곤 확인 버튼을 눌렀다. 테이프 감기는 소리가 나자 바쁘게 움직이던 최정미도 멈춰 섰다. "삐이 ― 오빠다, 정초부터 청승떨지 말고 이리로 와. 기다릴게⋯⋯ 삐이 ― 엄마, 나야 아침부터 어디 나가셨어요? 새해 복 많이 받으세요⋯⋯" 아무것도 아니라는 듯 최정미는 다시 움직였다. 지겨워. 친정 식구들도 하나도 안 반가워. 이혼했다고 무슨 큰일이나 난 것처럼 보살피고 걱정하고⋯⋯ 왜 이렇게 살아야 돼, 한국 사람들. 내 나이가 몇인데⋯⋯.

최정미의 움직임이 느려지고 있었다. 대충 정리가 끝난 모양이었다. 그녀는 어딘가 불안해 보였고, 무엇인가 그녀의 불안을 덜어줄 일을 찾고 있는 것처럼 보였다. 나는 출입문 근처에 최정미가 함부로 던져둔 신문을 집어다가 반으로 나누며 "신문 보겠어요?" 했고, 최정미는 신문을 건네 받았다. 1면에는 '우리는 해낸다' 라는 60년대식 헤드라인이 크게 박혀 있었다. 최정미는 "해내긴 뭘 해내? 해가 나와야 해내지"라고 말했다. 농담인 것 같았지만 웃음이 나오지는 않았고 무슨 소린지도 잘 연결되지 않았다. 내가 반응이 없자 최정미는 "지겨워, 아이엠에프 운운하는 것도 이젠 신물이 나"라고 했다.

신경질적으로 신문을 휙휙 넘기고 있는 그녀를 한동안 나는 말없이 바라보았다. 몇 군데 보풀이 일어난 쑥색의 가디건, 왼쪽 두 개는 무슨 이유에선지 파랗게 죽어 있는 동글동글한 발톱, 그리고 단정한 단발머리를 한다면 참 어울릴 것 같은 그녀의 가늘고 깊은 얼굴선을 나는 오래오래 살폈다. 외풍이 심한 그녀의 아파트에선 바람 소리가 들렸고, 그녀에게서는 고속도로 냄새와 해장국 냄새가 희미하게 맡아졌다. 어딘가에 고여 있던 피로가 한꺼번에 몰려오고 있었다. 한순간, 내 눈길을 느낀 최정미가 나를 슬쩍 쳐다보며 무뚝뚝하게 말했다. "왜, 커피 한잔 하겠어?"

류소영의 소설은 이제 시효 정지 상태에 이른 '386' 직후 세대들이
온몸으로 살아냈던 90년대에 관한 후일담이다.
그녀로 인해 90년대는 '문학이 후기 자본주의의 문화산업에 편입된 시대' 혹은
'의사소통 불가능성의 시대' '대중문화와 문학이 사랑에 빠진 시대' '디지털 글쓰기 시대'
'포스트모던한 시대' '이미지 범람의 시대' 등과 같은 막연한 추상으로부터 빠져나와
그 시대를 앓았던 구체적 개인들에게 일상적 삶이라는 옷을 입혀주기 시작한다.
90년대에 관한 소설이 본격적으로는 류소영으로부터 시작된다는 말은 이런 의미이다.

|해설| '뒤늦은' 세대의 출범을 고(告)함

김형중(문학평론가)

1. 세대론 재론

> 그래요, 형. 그 어쩌구에 있다는
> 프랑스판 뽕뗀블루 역시 여기와 크게 다르지 않을 거예요……
> 일단 문을 열고 안으로 들어와보면 이 카페처럼,
> 구식 DJ 부스와 얼룩투성이의 소파와 때투성이 카펫과
> 세균이 득실대는 커피잔들로 가득할 거예요.
> — 백민석, 『헤이 우리 소풍간다』에서

> 그 검둥이는 쇠줄만 풀어주면 나를 버리고 들판을 향해 달아났었다.
> 아무리 때려도, 아무리 구슬려도 쇠줄만 풀어주면

미련도 없는지 또다시 달아났었다.

들판에 뭐가 있기에.

바라보기에 좋은 불빛만 가득하고, 바람만 요란하게 불 텐데.

저를 반겨줄 것이라고는 고작해야 집 잃은 개,

아니면 보신탕 좋아하는 인간들이 다면서

뭐가 그리 좋은지 큰 귀를 펄럭이면서 뛰어갔었다.

그래, 들판에는 아무것도 없을지 몰라. 아무것도.

—김종광, 「경찰서여, 안녕」에서

엄밀한 의미에서 어떤 세대가 출범하기 위해 필요한 것은 평론가들이나 저널리즘의 선포식이 아니다. 상업적인 이유로, 혹은 문학 권력을 두고 벌어지는 인정투쟁에서의 주도권 쟁취를 위해 인위적으로 고안된 세대 규정이란, 그 규정에 합당한 세대적 자의식을 갖춘 작가·작품들의 뒷받침 없이는 공소한 선언에 불과한 것이 되기 십상이기 때문이다. 몇 년 전 위세를 떨치던 '신세대론'이 그러했다.

당시 즐겨 거론되던 작가들 간에 글쓰기 방식상의, 혹은 다루는 소재나 주제상의 유사성이 발견됨을 인정한다 하더라도, '신세대론'에는 어떤 커다란 허점이 있었다고 봐야 하는데, 그 허점이란 이 담론이 '역사'라고 하는 것을 거의 고려하지 않았다는 데에서 비롯된다. 말하자면 일군의 작가들을 하나의 세대로 분류할 때, 반드시 염두에 두어야 할 역사적 경험의 공유 여부에 대해 '신세대론'은 침묵했다. 고작해야 '동구 사회주의권의 몰락과 그에 따른 마르크스주의적 전망의 철회' '탈근대 담론의 적극적 수용' '문화 산업의 대대적인 확산'과 같은 굵직굵직한 정세들만이, 그들 세대에 고유한 경험인 것처럼 나열되는 선에서 멈추었을 뿐이다. 실상 그런 식의 정세 변화들이란 너무도 일반적인 것이어서 딱히 그들만의 고유한 역사적 경험으로 보기엔 무리다.

그리 많은 시간이 지나지도 않은 지금에 와서 보면, '신세대'에 속했던 작가들 중 이미 그 작가적 창조력이 소진했다고 보아 무방한 이들도 여럿이고, 도저히 같은 그룹에 분류하기 힘들 만큼, 이질적인 작품 세계들로의 내부 분화도 역력하다. 신세대 담론이 애초부터 노정하고 있었던 허점에 대해 이만한 방증은 없을 것이다. 다만 일군의 작가들을 하나의 세대로 묶어내려면 '역사'가 필요하다는 말에 대해서는 약간의 설명이 더 필요하겠다.

세대를 규정하는 데 있어 필수적인 것은 무엇보다도 외상trauma적 경험들의 공유 여부이다. 물론 이때의 외상이란 심리학적인 것이 아니라 역사적인 것이다. 예를 들어 6·25나 4·19, 혹은 5월 항쟁이나 6월 항쟁과 같은 거대한 역사적 사건을, 연령으로는 같은 시기에, 강도에 있어서는 거의 존재를 뒤흔들어놓을 정도의 충격으로, 그리하여 이후의 삶 전체가 그 사건들의 기억에 의해 지배받지 않을 수 없게 되어버릴 만큼 강렬하게 체험한 일군의 또래 집단을 일컬어 '세대'라 칭할 수 있다는 말이다. 물론 그 외상적 경험이 한 번에 국한되지는 않을 것이다. 가령 같은 시기에 비슷한 조건에서 4·19를 맞았던 세대는 동시에 비슷한 조건에서 5·18을 맞았을 것이다. 혹은 전후 세대는 5·16을 비슷한 연령의 비슷한 사회적 위치에서 맞게 되었을 것이다. 말하자면 세대란 동일한 사건들을 서로 유사한 조건 속에서 여러 차례에 걸쳐 함께 체험함으로써 감수

성과, 세계관과, 역사에 대한 감각을 공유하게 된 일군의 사람들을 지칭한다고 해야 맞다. 그러고 보면 신세대 담론의 허점은 너무 다양한 연령에 속한 작가들을 일회적인 외상(90년대 초반의 급격한 정세변화)의 공유라는 조건만으로, 그리고 작품 경향상의 유사성만 가지고 쉽사리 동일한 세대로 규정하려 했다는 데에 있다. 예를 들자면, 소재나 주제상의 공통점에도 불구하고 장정일과 백민석은 결코 동세대일 수 없다. 이유는 간단하다. 여러 외상적 경험들을 같은 시기에 같은 조건에서 겪지 않았기 때문이다. 그리하여 세계관이 다르고, 감수성이 다르며, 역사를 보는 감각 또한 다르기 때문이다.

그에 비하면, 엉성해 보이기 그지없는 '386'이란 숫자 놀음은 오히려 적확한 데가 있다. 30대여야 하고, 80년대에 대학을 다녔어야 하며, 60년대 생이어야 한다는 이 좁은 세대 규정은, 다른 말로 하면 역사가 건네준(그것이 선물이었건 저주였건) 외상적 경험들을 유사한 연령과 조건 아래서 같이 겪었어야만 한다는 말에 다름아니기 때문이다. 물론 이 규정은 이제 그 세대 중 일부가 기득권에 포함됨으로써 애초의 건강성을 상실하고, 또한 유흥가의 여러 술집 간판에 오르내리면서 일상화되고, 그리고 무엇보다도 나이 든 축들이 486으로 업그레이드되면서 그 시효성을 다해가고 있긴 하지만 말이다.

과장 없이 말하건대 이런 관점에서 볼 때 이즈음의 우리 소설계에는 또하나의 세대가 출범중이다.

2. 90년대 소설, 이제야 시작되다

그 첫 징후는 백민석이었다. 예를 들어 다음과 같이 말할 때 그는 자신이 속한 세대 특유의 역사적 외상들 중 하나에 대해 이야기하고 있다.

"우리들은, 자기가 지금 딛고 서 있는 학교 교육이라는 기반이 통째로 썩은 것이라는 걸 공식적으로 확인하고도, 어쩔 수 없이 그 기반 위에서 자라고 커야 했던 세대라고요. 또, 선생님들이 쫓겨나고 국가적인 스캔들이 될 때, 우리는 성인이 되어 천천히 경험해도 될 더러운 꼴들을 스무 살이 채 되기도 전에 다 경험해버린 셈이었단 말이에요. 우린, 고등학생이었단 말이에요! 어른들이 보시기에 우리 세대가 좀 정상적이지 못한 데가 있다면, 그건 당연한 거지요. 우리가 비정상인 건 정상이에요, 선생님." (백민석,『내가 사랑한 캔디』에서)

물론 그가 겪은 역사적 외상은 전교조의 출범만이 아니다. 70년대 초반에 출생했고, 90년을 전후하여 대학에 입학했던 이들 세대[1]가 겪었을 외상들이란 유추하건대, 유년기에는 박정희식 개발독재와 그것이 결과한 여러 부수적 현상들(이농 문제, 도시빈민 문제, 새마을 운동이라는 이름의 폭력적 계획경제 등등), 소년기에는 80년의 5월 항쟁(그러나 너무 이른 나이여서 결코 그 진상은 알지 못한 채 어른들 세계의 역겨운 신비 중 하나로만 남았을)과 같은 해 12월에 시작된

---

1) 필자는 이들을 이미 이전의 관습에 따라 '397' 세대라 명명한 바 있다. 졸고, 「녀석들에게 무슨 일이 일어났던가」,『현대문학』2001년 4월호 참조.

컬러 TV 방영(백민석이 「헤이 우리 소풍간다」에서 탁월하게 그려낸),
사춘기에는 87년 6월 항쟁(아버지나 삼촌, 혹은 형이나 오빠들의 늦은
귀가와 최루탄 냄새로나 남았을, 혹은 의미도 모른 채 달떠서 군중 속을
배회했던 기억으로나 남았을)과 전교조 출범(류소영이 「이 문으로 들
어가면 좁다」에서 차분하고 담담하게 그려낸, 그리고 위의 인용문에서
보듯 백민석이 학교라는 이데올로기 장치가 완전히 부패했음을 공식적
으로 확인했던), 그리고 마지막으로 대학에 입학해 겪어야 했던 또
다른 5월 투쟁(김지하가 '죽음의 굿판'이라 질타해 마지않았던, 그리
고 김귀정이 죽고, 여러 학생 노동자들이 분신을 감행했던, 그러나 80년
대와는 달리 뭔가 맥빠지고 아우라는 없어 보였던, 그래서 더러는 리비
도의 집단적 과잉 집중이 낳은 일시적 열정 상태로 해석될 수도 있는)
등을 들 수 있을 것이다. 사실 이 모든 외상적 경험들이 백민석의
소설에는 거의 모두 등장하거니와 그는 분명 이 세대의 선두주자였
음에 틀림없다.

이 세대의 출범을 알리는 두번째 징후는 김종광이었다. 표면상의
상이함에도 불구하고 그의 작품세계는 백민석의 작품 세계와 공유
하는 면들이 적지 않다. 예를 들어, 그의 대부분의 소설들이 보여주
는 민중적 아나키즘, 혹은 카니발(백민석은 문화적 아나키스트라 부
를 만하다)이 그렇고, 권위에 대한 아예 생래적이다시피 한 거부,
그리고 90년대 시위 체험에 대한 다소 냉소적인 후일담 등이 그렇
다. 그리고 무엇보다도 제사(題辭)로 인용한 구절들이 보여주듯이
전망없음에 대한 고통스러운 시인과 그럼에도 불구하고 그 전망 부
재 상태를 그다지 심각하게 절망하지 않는다는 점이 그렇다. 거기
에 그들의 언어가 행정 권력의 언어, 즉 표준어가 아니라 주로 권력

을 교란하는 민중 언어(김종광의 사투리)이거나 속어(백민석의 욕설)란 점을 더할 수도 있을 것이다.

이와 같은 특징들은 그들 세대가 고유하게 겪어온 역사적 외상들에서 비롯된 바가 크다. 그들은 매번 그 외상들을 '부정적 negative'으로만 겪어왔다. 말하자면 그들은 매번의 외상적 경험에 있어 너무 어렸던 탓에 진상은 파악하지 못한 채 충격만을 흡수했거나, 이제 자라서 진상을 파악할 준비가 되었을 때는 되레 진상 자체가 오리무중에 빠져버렸던 그런 세대에 속한다. 그들은 70년대의 개발 독재나 80년 5월의 진상을 이해하기에는 너무 어렸었고, 90년쯤에 이제 역사라고 하는 것의 전모를 이해할 준비가 되었을 때에는 파악할 만한 전모 자체가 '모스크바에서 몰아친 삭풍' 과 함께 소멸해 버린 뒤였다. 이전 세대의 신화화된 투쟁담이 남아 있긴 했지만, 그러나 오히려 그 신화는 그들에게 벗어날 수 없는 부채이자 거대한 그늘로서의 의미만을 가진 것이었다. 어떤 경험도 그들을 '긍정적 positive' 으로 매료시킨 바 없으니 그들이 전망을 세울 수 없다거나, 삐딱하다거나, 심지어 "비정상인 건 정상이다". 그들은 말하자면 항상 '뒤늦은' 세대였던 것이다.

그리고 이 '뒤늦은' 세대의 출범을 알리는 마지막 징후가 바로 류소영이다. 그러나 류소영의 소설들은 더이상 징후라고 말하기 힘든 데가 있는데, 왜냐하면 그녀의 소설들은 아주 명백하고 담담하게 자신이 속한 세대들의 경험을 직접화법으로 진술함으로써 징후를 넘어서고 있기 때문이다. 그녀로 하여 이 '뒤늦은' 세대의 뒤늦은 출범식은 완성된다. 그리고 '90년대 소설' 이란 말을 90년대에 '씌어진' 소설이 아니라, 90년대에 '관한' , 그리고 90년대를 누구

보다도 실감나게 몸소 살아냈던 작가들이 쓴 소설로 재규정할 때,
또한 그녀로부터 90년대 소설이 본격적으로 시작된다.

3. '뒤늦은' 세대의 후일담

류소영 소설의 반쯤은 후일담에 속한다. 그러나 이때의 후일담이
란 들리기 시작한 지 얼마 지나지 않아 우리가 일제히 비난하기를
서슴지 않았던 80년대에 관한 후일담(돌이켜보면 그때의 후일담은
너무 잦아서 문제였던 것이 아니라, 너무 깊이 미치지 못해서 문제였다)
이 아니다. 바로 그 이후 세대, 즉 이제 시효 정지 상태에 이른
'386' 직후 세대들이 온몸으로 살아냈던 90년대에 관한 후일담이
다. 90년대에 관한 소설이 본격적으로는 류소영으로부터 시작된다
는 말은 이런 의미이다. 그녀로 인해 90년대는 '문학이 후기 자본
주의의 문화산업에 편입된 시대' 혹은 '의사소통 불가능성의 시대'
'대중문화와 문학이 사랑에 빠진 시대' '디지털 글쓰기 시대' '포
스트모던한 시대' '이미지 범람의 시대' 등과 같은 막연한 추상으
로부터 빠져나와 그 시대를 앓았던 구체적 개인들에게 일상적 삶이
라는 옷을 입혀주기 시작한다.

그러나 그 옷은 너무도 남루하다. 그리고 그 남루함이란 이들 세
대가 견뎌냈던 시대, 즉 90년대 자체의 남루함이기도 하다. 다음을
보자.

활동가의 길은 이제 주변 사람들의 빛나는 격려와 매일매일의 싸움

과 고난으로 점철된 것이 아니다. 그러나, 그는 묵묵히 제 할 일을 했다.

(……)

활동가들의 앞길이란 서글프지만 일정하게 정형화되어 있는 셈이다. '현장'이라는 말이 우리의 가슴에서 생경해지기 시작하면서, 더러 조금이라도 진보적인 진출을 꿈꾸는 자들은 신문사나 기타 진보적인 언론지 혹은 야당이나 재야단체에 들어가곤 했다. 그렇지 않은 많은 사람들은 학생회 일로 인해 나빠진 학점 때문에, 대학 시절의 학점을 묻지 않는 국가고시 준비에 몰두하는 것이다. 그도 아니면, 어깨를 축 늘어뜨린 채 뒤늦게 공부를 하고 대학원에 진학하는 것…… 그것이 어쩌면 내가 헤아려볼 수 있는 활동가들 앞길의 전부일지도 모른다.

윤 선배는 7급인가, 9급 공무원 시험을 치고, 지금 강원도에 살고 있다.(「심연에서 졸다」, 178쪽)

"활동가의 길은 이제 주변 사람들의 빛나는 격려와 매일매일의 싸움과 고난으로 점철된 것이 아니다"라는 문장은 의미심장한 데가 있다. '이제'라고 하는 부사는 사실 비교 대상이 될 만한 어떤 과거를 전제하고 있는데, 그 과거란 다름아닌 80년대임에 틀림없다. 그렇다면 이 문장은 '80년대와 비교할 때'라고 하는 조건절을 숨기고 있는 셈인데, 그 시대에 활동가들은 매일매일의 싸움과 고난으로 점철된 삶을 살았을지라도, 자신들에게 쏟아지는 주변 사람들의 빛나는 격려를 느낄 수 있었으며, 바로 그런 이유로 영웅적이고 신화적인 데가 있었다. 게다가 그들은 현장 투신과 계급 이전을 통해 그 영웅 신화를 완성할 수 있는 가능성(그러나 그 가능성은 대개 실패로 끝나긴 했다)을 가진 세대들이기도 했다. 그들에 비할 때, 류소영의 세대는 고작 국가고시를 준비하거나 대학원 진학, 혹은 잘 되었을 경우 진보적인 언론 기관이나 정당(그러나 80년대와 비교해볼 때 과연 정당이나 언론 기관이 진보적일 수 있단 말인가?)에서 일하는 길 외에 스스로의 영웅됨을 증명할 방법이 없었던 그런 세대이다. 노학연대가 물건너간 시점에 현장 투신이나 계급 이전이란 말은 한갓 영웅적 낭만주의에 불과한 것이 된다.

말하자면 끝물에 뒤늦게 역사의 등에 올라탄 그들은 정작 역사가 영웅들을 필요로 하고 영웅들을 만들기도 했던 시절에는 다들 너무 어렸다. 그리고 그들이 이제 영웅이 될 준비가 되었을 때, 역사는 이미 영웅들을 비웃고 있었다. 그들이 스스로를 역사의 주역이라고 믿고 살았던 90년대 초반의 상황은 비유컨대 이와 같았다.

어느 시인이 그랬다. 이북방송을 들어야만 마음이 편하던 시절이 있었다고. 그러나 그것도 방해전파가 없었다면 진즉에 코미디 프로그램이었을 것이라고. 그때는 외설이 죄다 예술이 되었지만 굳이 말리지 않으니까 예술이 모두 외설이 된다고.(「이 문으로 들어가면 좁다」, 203~204쪽)

외설이 예술이 되기 위해서는 검열이 있고, 탄압이 있어야 한다. 대남 방송이 해방의 메시지로 들리기 위해서는 방해 전파가 있어야 한다. 그러나 그들의 90년대는 방해 전파도, 검열도 모두 사라져버린 그런 시대였다. 그러나 그들은 여전히 이북 방송을 들었거나, 선배 세대들의 무용담으로부터 고무되었을 것이며, 레닌을 읽고 혁명에 대한 신념을 앞선 세대와 부분적으로 나누어 가졌을 것이다. 그러나 이미 그것은 더이상 사회에 대해 치명적인 위험이 되지 않는다는 것을 그들을 제외한 누구나가 다 알고 있었다. 어쩌면 그들 자신도 알고 있었을 것이다. 그런 그들이 학교를 졸업하고 뒤늦게 자신을 돌아보기 시작했을 때, 결국 자신들이 걸치고 살아온 90년대식 의상들이란 얼마나 남루했을 것인가?

그럼에도 그들은 남루한 그 옷을 내내 벗어던지지 못한 채로 오늘에 이르는데, 그 이유는 아마도 이미 외상화되어버린 기억들 탓(덕)이 클 것이다. 그리고 이미 말했듯이 이 기억들이 그들을 하나의 세대로 묶어준다.

"87년 생각을 했더랬어요. 그때 중학교 삼학년이었는데 부산의 남포동 같은 번화가에서는 거의 매일 집회가 있었거든요. 학교 마치고 매일 구경 나갔었어요. 뭔가 끔찍한 것 같으면서도 어딘가 모르게 은성한 축제의 기운이 느껴지는 그 거리가 참 좋았거든요. 그런데 어느날 하루는 좀 느낌이 달랐어요. 아마도 육이구를 얼마 남겨놓지 않은 날이었을 거예요. 시위는 격렬했고, 최루탄은 어느 정도 면역이 된 나에게도 몹시 괴로울 정도였죠. 그날 한 극장 골목에서 몹시 토하고 있는 여대생 하나를 보았어요. 창백하고 아름다운 얼굴이었는데, 토하다가 문득 얼굴을 들어 나를 볼 때의 그 충혈된 눈이 강하게 남아 있어요. 87년 생각을 하면 지금도 구토, 충혈된 눈, 창백한 얼굴이 연결되죠. 그러니 도망온 거죠. 충혈된 눈을 피해서." (「내 마음속, 가족사진」, 85쪽)

아직 성인이 되기 전 사춘기에 경험했던 87년 6월 항쟁이 이들에게 어떤 인상을 남겼는지를 얘기하고 있는 부분이거니와, 그들에게 강렬한 의무감, 분노, 의협심 같은 것들을 불러일으켰을 외상적 사건들은 그들이 대학에 입학한 이후에도 더 있었을 것이다. 예를 들어, 매년 돌아오는 4월(4·3항쟁, 4·19혁명), 5월(광주 민중항쟁), 6월(87년 6월 항쟁), 7~8월(87년 노동자 대투쟁)은 그들에게 일 년의 몇 달을 인위적으로라도 분노 속에 살도록 만들었을 것임은 충분히 짐작가고도 남음이 있다. 게다가 이때는 이전 세대들이 그들, 즉 사춘기에 이미 어른들 세계의 역겨운 신비를 경험해버림으로써 분노할 준비는 충분히 되어 있었으되 분노의 이유는 절실하지 않았던 이 뒤늦은 세대들에게 아직 막강한 영향력을 행사할 수 있었던 때였다.

너무 젊었던 이유로, 매달 기념되는 사건들의 전모를 직접 경험한 바 없음에도 불구하고, 그들은 인위적으로 추후에 재구성된 기억들이 외상적으로 고착화되는 데에 저항하지 못한다. 젊음은 경험의 매개 없이도(아니, 경험이 부족하기 때문이 더욱더) 신념과 분노와 당위를 쉽사리 연결시켜준다.

그렇게 사후적으로 외상화된 기억 이미지들 탓에 그들은 그 남루한 옷을 내내 벗어던지지 못한다. 말하자면 적은 이미 사라졌거나 다른 모습을 취하고 있는데도, 적에 대한 옛적의 분노는 그대로 살아 있는 형국이다. 분노는 리비도 집중을 낳거니와, 과녁을 잃어버린 공격성 리비도는 그들을 달뜨게 하고, 고통스럽게 하고, 폭발 직전의 상태로 몰아넣는다. 비난을 무릅쓰고 말하건대, 91년 5월의 분신정국은 사실상 김지하의 '죽음의 굿판'이란 표현에 부합하는 데가 있었던 셈이다. 굿이란 필요 이상으로 집중된 리비도(그것을

한이라 불러도 좋고, 원이라 불러도 좋고, 애도 작업이라 불러도 좋다)
를 일순간에 배출하는 의식(儀式)이기도 하기 때문이다. 그들의 90
년대는 80년대에 대한 사후 애도 작업이었다. 그리고 애도 작업이
란 의식이 끝나는 순간, 썰물과 같은 고요를 불러오는 법이다.

그리하여 사후 애도 작업이 끝나고, 몇 년의 세월이 흘러 대학을
졸업한 이 세대들이 현실과 직면하게 되었을 때, 그제서야 그들은
자신들이 겪어야 했던 한 시대의 전모를 일정한 거리를 두고 파악
할 수 있게 된다. 뒤늦게 이들은 스스로가 속한 세대가 항상 '뒤늦
은' 세대였음을 이해하게 되는 것이다.

61학번과 88학번과 92학번…… 우리 모두는 약속이나 한 듯이 한
발 늦게 우리 현대사에 뛰어든 사람들이다. 그것 때문에 비슷하게 괴로
웠고, 또한 그것으로 인해 비슷하게 덜 괴로웠을 것이다. 우리가 피해간
괴로움이 명료한 괴로움이라면, 우리가 그 괴로움을 비껴가면서 새롭
게 맞닥뜨려야 했던 괴로움은 무정형의 괴로움이었고, 그런 의미에서
그 괴로움의 파장이 길고도 깊었던 것이다. 우리는 오래오래 할말이 없
을 것이지만, 또 우리는 오래오래 가슴에 많은 걸 묻어야 할 터였다.(「이
문으로 들어가면 좁다」, 218쪽)

이런 이야기들이 류소영의 후일담들에는 곳곳에, 길게, 혹은 스
쳐 지나가듯이, 배치되어 있다. 류소영을 두고 '뒤늦은' 세대의 출
범을 알리는 마지막 징후라고 했던 이유는 여기에 있는데, 이처럼
명백하게, 그리고 담담하게, 직설화법으로 자신의 세대가 처했던
역사적 지위에 대해 말하기 위해서는 아무래도 확고한 자기 정리가

전제되어야 할 것이기 때문이다. 그녀 덕에 90년대와 그 시대를 살았던 젊음들이 비껴간 괴로움들, 그리고 그 비껴감으로 인해 새롭게 맞닥뜨려야 했던 무정형의 또다른 괴로움의 의미가 드러난다. 이런 의미에서 보자면 백민석과 김종광이 못했던 일을 류소영이 하고 있다고 말해도 무방할 것이다.

그러나, 마치 애늙은이 같은 어투로 자신이 겪었던 90년대를 돌이켜보며, 자신의 세대를, 아버지 세대에 대한 지극한 애정을 섞어, '한 발 늦게 우리 현대사에 뛰어든' 세대로 규정할 때, 그 규정의 정당성에도 불구하고 류소영은 어떤 위험에 노출된다.

애늙은이 같다고 했거니와, 류소영의 주인공들이 더러 남발하는 잠언풍의 문장들은 나이에 걸맞지 않아 보인다. 젊은 나이에 무슨 혜안의 과시냐고 탓하는 말이 아니다. 그것은 어쩌면 필연적인 현상처럼 보이기도 하는데, 현상의 배후엔 원인이 있게 마련이겠다. 그리고 그 원인이란 사후 애도의 종결과 그로 인한 리비도의 급격한 탕진이라 할 만하다. 그리하여 이 세대는 또한 '조로(早老)'의 위험에 노출된 세대가 된다.

가령 다음을 보자.

P.S. 준명아! 너는 계속 나아가라. 누가 뭐라 하든지.
　　　　　　　—준명이를 참 좋아하는 현강이 누나 씀.
　　　　　　　（「그러나 계속 나아가기 위하여」, 36쪽)

그날 명은 그 서예작품들을 버리고 있었던 것입니다. "아니, 왜 그러세요? 그만하세요, 그만, ……도대체 왜……" "됐다, 말리지 마라,

이게 다 뭔가 싶다."

　(……) 명이 나빠요. 명의 그 말이 제게 감염되어버렸지요.(「동그라미 그리려다」, 110쪽)

　"지금 아버지 걸음하고 제 걸음하고 딱 맞는 거 알아요?"

　"……."

　"어렸을 때요, 아버지하고 어디 갈 때면 저는 옆에서 막 뛰었잖아요. 저 그때 아버지가 굉장히 걸음이 빠르다고 생각했었어요. 아버지로서는 천천히 걷는다고 걸으신 거였겠지만요."

　(……)

　"아버지 그런데요, 고2나 고3쯤 되었을 때는 아버지하고 같이 걸으면 제가 아버지 걸음에 맞추어서 천천히 걸어야 했었어요. 아버지는 눈치채지 못하셨을 테지만요. 가끔 아버지는 내 속도 모르고 그랬거든요, '은아야, 그렇게 서두를 것 없다.'"(「이 문으로 들어가면 좁다」, 213~214쪽)

　위의 구절들로만 미루어볼 때, 백민석이 아직 사후 애도 작업을 끝내지 않고 폭발 직전의 상태를 유지한 채 자기 세대 몫의 분노를 쏟아내고 있는 데 반해, 혹은 김종광이 특유의 사투리 구사를 통해 공격성 리비도를 카니발성 리비도로 전화시키고 있는 데 반해, 류소영의 사후 애도 작업은 너무 일찍 끝나고 있는 것만 같다. 아직 그녀는 삼촌 세대의 "너는 계속 나가라. ……누가 뭐라 하든지"라는 유언풍의 잠언을 조카에게 그대로 되돌려줄 만큼 쇠약해져서는 안 될 텐데 말이다. 그녀의 할머니 세대에 속하는 여인의 "도대체

이게 다 뭔가 싶다"라는 식물성 허무주의에 감염될 만큼 조로해서
도 안 될 텐데 말이다. 혹은 4·19 이후로 내내 침묵 속에서만 살았
던 아버지 세대의 보폭에 맞추어 걸을 만큼 일찌감치 여유로워져서
도 안 될 터인데 말이다.

　그러나 다행히도 소설 「이 문으로 들어가면 좁다」의 마지막 부분
이 있다.

　……은아야 너는 지금 니가 빠질 구덩이를 니 손으로 파고 있구나.
아버지 아파요, 지금 제 발을 꾹 밟고 계시지 않습니까. 아버지 무거워
요. 발톱이 퍼렇게 썩어들 지경이라구요. 산에 왔으니 물을 마셔라 은
아야. 아버지 저는 목마르지 않아요. 마시지 않겠어요. 아버지처럼 물
마시고 어, 시원타 그러지는 않겠어요, 아버지.(「이 문으로 들어가면
좁다」, 220쪽)

　은아에겐, 아니 류소영에겐 아직 아버지가 모르는 어떤 꿍꿍이가
있긴 있는 모양인데, 이 꿍꿍이가 바로 류소영 소설의 가장 빛나는
부분이다. 류소영 소설의 나머지 반쯤이 이 꿍꿍이에 바쳐진다.

4. 부적응자들의 연대

　류소영이 아버지와 쉽사리 화해하지 않고 몰래 감춰둔 꿍꿍이를
잘 표현해주는 어떤 자세가 있다. 이 자세는 인간이 취할 수 있는
가장 아름다운 자세들 중 하나이기도 하다. 어찌 보면 이륙 직전인

것도 같고, 어찌 보면 착륙 직후인 것도 같은, 그런 자세. 영화 〈버디〉, 혹은 〈성스러운 피〉의 주인공들처럼 이상주의자이면서 동시에 섬약하기 그지없는 사람들만이 드물게 취할 수 있는 그런 자세. 류소영의 주인공 '명(明)'(「동그라미 그리려다」)이 그런 자세를 자주 취한다. 살을 좀 덧붙이자면(류소영이 원체 소설에 살 붙이기를 싫어하는 편이니) 그 자세란 지상과 자신 몸과의 접면을 가급적 줄이려는 듯이, 눈은 간절하게 하늘을 향해 두고 있고, 오로지 발바닥과 엉덩이의 일부만이 지상과 겨우 맞닿아 있을 뿐인 자세, 막 날아오르려는 새의 모습을 닮은, 혹은 막 내려앉으려는 새의 모습을 닮은 그런 자세이다.

식물들만을 주로 섭취하고, 가족에 대해서는 무연히 지켜볼 수 있는 정도로만 거리를 제한하고, 그림을 많이 사랑하고, 선거일에 투표하지 않으며, 가끔 '이게 다 뭔가 싶다' 란 말을 연발하는 노인 '명' 의 이 자세는, 사실상 류소영 소설의 나머지 반쯤, 즉 후일담에 속하지 않는 소설 전체가 말하고자 하는 바를 집약하고 있다. 지상이 싫어 막 그곳을 떠나려는 자의 자세, 그러나 영영 그 지상을 떠나지는 못하고 다소 머뭇거리는 듯한 그 자세는 이름하여 '부적응자' 의 자세이다.

과연 류소영 소설들 중 후일담에 속하지 않은 작품들은 거의 모두가 부적응자들을 주인공으로 하고 있다. 아니 아예, 이런 인물들의 습관, 취미, 식성, 말투를 그려내는 데 소설 전체가 할애되고 있다고 해도 과언이 아니다. 예를 들어 「그러나 계속 나아가기 위하여」의 삼촌은 "무척이나 섬세한 기질"을 가진, 그리고 "늘 기타를 품고 살았"던 "희곡작가 지망생" 이었고, 대학 졸업 후 취직하고 나서도 특별한 일도 없이 "자주 술에 절어 늦게 귀가"하는, 게다가 "퇴근길에 동숭동으로 향하는 발걸음이" 필요 이상으로 잦은 지독한 부적응자이다. 「해에게서 海에게」의 주인공들이 우연히 만난 곳은 금연학교인데, 뒷자리에 앉아 키들거리다가 금연학교를 나오기가 무섭게 담배를 꼬나무는 중학생 애들보다 더하면 더했지 못하지는 않은 인생들이 모여 우울한 일상에 대한 비관이나 토로하는 모임을 만들고, 신년 첫날 일출 여행을 떠났다(이 여행은 당연히 실패로 끝난다)고 하니 그들 또한 부적응자들임에는 틀림이 없겠다. 「피스타치오를 먹는 여자」의 김연두 역시 마찬가지다. 연두색으로 된 무슨 자궁이나 되는 것처럼, 혹은 우주의 씨앗이나 되는 것처럼 피스타치오 열매의 껍질을 숭배하는 이 인물의 퇴행벽은 「달 뜨는 날이면 봉숙이를 만나야 한다」의 주인공 봉숙이와 함께 부적응자 주인공의 절정을 장식한다. 「동그라미 그리려다」의 주인공 '명'에 대해서는 더 말할 필요가 없을 줄 안다. 문제는 그 봉숙인데, 그녀에 대해서는 말이 좀 길어질 필요가 있겠다.

류소영 소설을 통틀어 가장 사랑스러운 주인공이 바로 이 봉숙이다. 이유는 간단하다. 그녀가 우울하거나 심각하거나 비관적이지 않기 때문이다. 다른 소설의 부적응자들이 우울하고, 비관적이며, 때로는 부적응으로 인해 고통받기도 하는 데 비하면, 이 봉숙이는 화자이자 그녀의 친구인 '나'가 아니더라도, '달 뜨는 날' 그녀를 만나는 누구나가 다 즐거워지고, 그야말로 '달뜨게' 될 것만 같은 그런 인물이다. 그렇다고 봉숙이를 흔하디 흔한 경박녀로 어림짐작해서는 곤란하다. 신파(新派)체를 빌리자면 '그녀에게도 상처는 있다'. 그리고 그 상처는 그녀를 병적인 지경에까지 몰아넣을 만큼 심각한 것이기도 했다. 일단 그 병인(病因)이 되었던 상처에 대한 설명은 미뤄두고 병명을 밝히자. 그 병은 ‘나’의 표현으로는 "과다섬세증"이지만, 증세로 미루어보건대 좀더 과학적인 언어로는 ‘반복강박’이라고 해야 맞다. 다음은 그녀의 증세이다.

초기 증세는 상표집착증세. 주방용 세제는 L회사 것만 쓰고, 비스킷은 H회사 것만 먹고, 스낵은 N회사 것만 먹는다. Y회사 샴푸로만 머리를 감고, D회사 화장품만 쓰고 K회사 구두만 신는다.

봉숙이의 심각성이 발휘되기 시작하는 것은 2단계 증세이다.
장소집착증세. 종로에 나오면 어느어느 밥집에서 청국장을 먹어야 하고, 또 어느어느 전통 찻집에서 모과차를 마셔야 한다는 것. 신촌에 나오면 신촌시장 골목의 어느어느 술집에서 낙지볶음에 소주를 마셔야 하고, 단골 포장마차에서 꼬치어묵과 튀김을 먹어야 한다는 것.

아무튼 가기 싫은 곳에 가야 할 때면 걷는 규칙을 정해놓는다는 것이다. 나와 부딪친 그날의 걷는 규칙은 한 번은 블록의 안을 딛고, 한 번은 블록과 블록 사이의 금을 딛는 방법이었다는 것이다.(「달 뜨는 날이면 봉숙이를 만나야 한다」)

정상인으로서는 아무것도 아닌 사소하고도 복잡한 규칙을 정해두고 이 규칙을 거의 병적으로 되풀이하는 증세를 일컬어 ‘반복강박’이라고 하거니와, 인용된 봉숙이의 행동은 거의 전형적으로 그 증상을 답습하고 있다. 그녀는 분명히 반복강박증 환자이다.

이쯤 되면, 잠시 덮어두었던 병인이 궁금해진다. 봉숙이가 고백하는 병인은 이렇다.

"집에 들어가기 싫었어. 어렸을 적 말야. 초등학교 다닐 무렵이었나 그랬을 거야. 아버지가 무슨 사업을 하셨는데 그게 어려움이 크셨나 봐. 그래서 집에 빚이 많았어. 예전엔 우리집에 자주 놀러 오기도 하고, '우리 봉숙이, 우리 봉숙이' 하면서 날 예뻐해주던 아줌마들이 아주 살벌한 모습으로 우리집에 죽치고 있었어. 아버지는 늘 집을 비웠고. 나는 학교가 끝나면 아줌마들만 그득한 집에 들어가기가 너무 싫었던 거야."(「달 뜨는 날이면 봉숙이를 만나야 한다」, 62쪽)

이런 이유로 봉숙이는 "늘 집에 돌아가는 사소한 방식 같은 걸 정해놓곤" 했었던 것인데, 그 사소한 방식이란 "연필 깎는 칼로 학교에서부터 큰길가까지 쭉 심어진 가로수에 하나 건너 하나씩 작은 흠집을 내거나, 우리집 가는 길까지 늘어서 있는 상점들 중에서 내 얼굴을 아는 곳이면 모두 들어가 '아저씨, 안녕하세요' 하고 인사를 하고 지나가거나 하는 것들"이다. "그러던 게 점점 자라", "나중에 그 아줌마들도 모두 사라지고 귀갓길이 편해졌지만, 그 습관은 고스란히 남았"던 것이다.

그러나 병인에 대한 이런 식의 자술(自述)은 '이차가공'의 혐의를 벗기 힘들다. 말하자면 실제 병인은 무의식적으로 감춘 채, 각성 상태에서 스스로 유추해낸 논리적인 설명을 갖다붙인 것에 불과하다는 말인데, 그것은 마치 꿈을 팔면서 전혀 논리에 닿지 않는 장면들을 논리적으로 재구성하여 줄거리를 만들고, 합당한 이유를 가져다붙이는 것과 같은 이치이다. 깊은 병인은 따로 있었을 것이다. 그리고 아마도 그 깊은 병인이란 대부분의 반복강박이 그렇듯이 오이디푸스적 외상에 그 원인을 두고 있었으리라 미루어 짐작할 수 있다. 그러나 봉숙이를 최면 상태에 빠뜨리거나 침대에 뉘어 반수면 상태에서의 자유 연상을 끌어낼 수 없는 바에야 무의식 깊은 곳의 병인을 밝혀내기는 아무래도 무리다. 게다가 지금 중요한 것은 봉숙이의 병인이 아니기도 하다. 보다 중요한 것은 반복강박의 메커니즘이다.

　반복강박의 요점은 '고통스러운 되풀이'이다. 아주 오래 전에 어떤 외상 경험이 있었다고 하자. 대부분의 사람들은 이 외상을 극복하거나 무의식 저 깊은 곳에 묻어두고 가급적 되풀이를 피하는 것이 상례인데, 강박증 환자의 경우 묘하게도 이 고통스러운 외상적 순간을 자주 되풀이한다. 프로이트는 이 고통스러운 외상 경험의 반복으로부터 '죽음충동thanatos'을 발견하기도 하거니와, 봉숙이에게는 그 죽음과도 같은 되풀이가 살벌한 모습의 아줌마들(제2, 제3의 엄마들, 말하자면 무수한 연적들일 수도 있는)이 득실대던 집으로 돌아가기 싫어하던 기억의 되풀이이다. 사소하지만, 자신에게는 거의 죽음과도 같은 고통을 피하는 유일한 방책이었던 규칙들, 예를 들자면 이유없이 가로수에 흠집을 내면서, 혹은 볼 일도 없이 여러 상점들을 기웃거리면서 집에 도착하는 시간을 늦추었던 그 규칙들을 그녀는 성인이 된 지금도 꾸준히 반복하고 있는 것이다. 오히려 그 규칙들은 꾸준히 자가증식해서 이제는 아예 봉숙의 일상 전체를 지배하고 있다.

　그런데 흥미로운 것은 봉숙이가 그 반복을 전혀 고통스러워하지 않는다는 점이다. 그녀의 '반복강박'은 전혀 고통스럽지 않은 외상의 되풀이이다. 그녀는 자가증식한 일상의 규칙들을 '유희'로 승화시키는 법을 터득한 강박증 환자이다. 그녀 스스로 이름붙인 '달 뜨는 날'('달뜨다'란 동사를 상기시키는)이 그 유희를 가능하게 한다. 달 뜨는 날이란 이런 날이다.

이쯤에서 봉숙이의 달 뜨는 날에 대해 설명을 해야겠다. 봉숙이의 달 뜨는 날은 봉숙이가 철칙으로 지키고 있는 이러저러한 세부원칙들이 무장해제를 당하는 날이다. 봉숙이는 밥집이나 커피점에 가면 분명한 메뉴로 주문하는 것을 원칙으로 한다. 가령 커피면 커피고 유자차면 유자차지, 비엔나커피라거나 아메리칸커피라거나 카페오레 같은 것은 시키지 않는다. 밥집에 가서도, 가령 그 밥집 이름을 딴 '소나무 스페셜 정식' 같은 모호한 메뉴는 주문하지 않는다. 봉숙이의 달 뜨는 날에 우리는 느지막이 만나 소나무 스페셜을 먹고, 커피점에 가서 브레머 스페셜 커피를 마시거나 카페오레를 마신다.(「달 뜨는 날이면 봉숙이를 만나야 한다」, 44쪽)

말하자면 달 뜨는 날이란 봉숙이 스스로 정한 말도 안 되는 규칙들을 즐겨 무장해제시키는 날이다. 강박이 세워놓은 엄격하고 반복적이며 숨쉴 틈 없이 빡빡한 규칙들의 방벽이 가차없이 부서지는 날이 바로 달 뜨는 날이다.

그렇다면 어떤 때 봉숙이에게는 달이 뜨는가? 당겨 말하자면 답은 '아무 때나'이다. "봉숙이가 달 뜨는 날을 정하는 방식은 꽤나 단순하고, 또 즉흥적"이어서, 고작 "하루 일과를 시작하는 아침의 사소한 기미들"과 함께 정해지기도 하고, 그렇기 때문에 "어떤 주기 같은 게 없"으며, "있다고 해도 꽤나 불규칙하다". 게다가 이 달 뜨는 날들은 "한없이 길어질 수도 있고, 또다시 얼굴 보기가 싱거울 정도로 짧아질 수도 있다". 그렇다면 이렇게 말해도 무방하리라. 봉숙의 달은 아무 때고, 어디서나, 어떻게든 뜨는 것이다. 말하자면 봉숙이는 매일매일, 순간순간 '달뜰수' 있는 것이다.

봉숙에게 강박적 규칙들이란 오히려 이 달 뜨는 날의 유희를 증폭시키기 위해서만 존재하는 것 같다. 규칙이 없다면 그것을 어기는 기쁨도 존재하지 않는 법이다. 방해 전파 없는 대남 방송이 코미디에 불과해지는 것과 같은 이치이다. 봉숙이는 이 점을 잘 안다. 그래서 그녀는 스스로 매일매일 규칙들을 만들어내기도 하는데, 그러나 오로지 달 뜨는 날 그것을 어기기 위해서만 만들어낸다.

봉숙이의 이러한 유희는 즉각 예의 그 자세, '명'이 취하던 바로 그 자세를 연상시킨다. 날 듯 혹은 주저앉을 듯, 떠나지도 남아 있지도 못하는 그 자세. 중력의 법칙을 인정하되 오로지 어기기 위해서만 인정하는 그 자세. 세상을 떠나고 싶을 만큼 혐오하되, 또한 떠나지 못할 만큼 사랑하는 이들, 부적응자들이 자주 취하는 바로 그 자세. 봉숙이는 그처럼 일상의 규칙들(자기 자신이 만들기도 한)을 따르되 오로지 그것을 허물어버림으로써, 조롱하기 위해서만 따르는 것이다.

류소영의 주인공들을 '탈주자'라는 거창한 이름으로 부르지 않고, '부적응자'라는 다소 소극적인 이름으로 불렀던 이유도 여기에 있다. 탈주란 규칙의 무시이다. 그러나 류소영의 주인공들은 봉숙이가 그렇듯이 일상의 규칙들을 아예 무시하지 않는다(혹은 못 한

다). 그들은 정상적이고 순응적인 삶에 대한 균형 감각이 있다. 피
스타치오를 즐겨 먹으며 퇴행심리를 보상받는 김연두가 그토록 히
스테리컬하고 자학적이기도 했던 이유, 금연학교의 부적응자들이
98년의 벽두에 모여서도 결코 즐겁지 못했던 이유, 희곡작가 지망
생이자 연극광이던 삼촌이 현강에게 '너만은 계속 나가라'고 했던
이유가 다 여기에 있다. 그들은 모두 규칙을 무시하지는 못한 채로,
그 규칙 안에 남아 그 규칙을 비웃으면서, 혹은 그 규칙 때문에 괴
로워하면서 살아간다. 아마도 내파(內破)라고 불러도 좋을 이들의
태도는 그러나 더러는 '탈주'를 호언하는 이들보다 솔직하고, 파괴
적이며, 전염성이 강할 수도 있다.

무시하려거든 역동일시하라, 그러나 싸우려거든 반동일시하라
는 말은 진리다. 그렇다면 일상의 규칙들(그것을 체계라거나 지배라
불러도 좋겠고, 미시권력이나 규율권력이라 불러도 좋겠다. 굳이 원한
다면 자본주의 체제라는 다소 환원적인 명명도 불사할 수 있다)에 대해
역동일시하지 않고 그 내부에서 반동일시하는 류소영의 주인공들
은 모두 싸우고 있다. 그렇다, 류소영의 주인공들은 목하 '규칙'과
매일매일 전쟁중이다. 어떻게 전쟁중인가 하면 '부적응자들의 연
대'를 만들어 전쟁중이다.

90년대에 씌어진 소설들 중 상당수는 '의사소통의 불가능성'으
로 인해 고통받는 주인공들에게 바쳐진 바 있다(예를 들어 90년대가
낳은 탁월한 작가 중의 하나 조경란의 소설들을 보라). 그러나 이들 주
인공들과는 판이하게 류소영의 주인공들은 의사소통 불능으로 인
해 고통받는 일이 전혀 없다. 그들이 모종의 연대를 형성해내기 때
문이다. 이 점이 탈주자들과 부적응자들의 차이이기도 할 텐데,

「민정(旻庭)과 이견(異見)」의 두 주인공이 쏟아붓는 수다는 완벽한
의사소통의 모범 아니겠는가?「동그라미 그리려다」에서 '나'는 드
러나지 않는 청자에게 단 한 번의 제지도 받지 않고 '명'에 대한 기
나긴 이야기를 들려주거니와, 심지어「이 문으로 들어가면 좁다」의
은아는 계급 장벽보다 높다는 세대의 장벽을 넘어 4월 세대인 아버
지와 허물없는 의사소통에 성공한다. 이유란 단 한 가지다. 서로가
부적응자들이기 때문이다. 그들이 서로 부적응자라는 연대감으로
묶여 있기 때문이다.

정치가 가능하겠다. 연대가 생겼으니…….

요컨대 류소영의 소설의 가장 빛나는 지점이 바로 여기다. 그녀
로 하여 우리 소설은 (항상 배제당하고, 손가락질당하며, 격리되고 훈
육되기 일쑤인) '탈주'가 아닌 방식으로, 탈근대적 주체들의 연대
정치를 고려해볼 만하게 되는 것이다. 아직 그 연대가 섬약한 비관
의 연대여서 심지어 류소영 자신에게마저도 너무 멀리, 너무 모호
하고 묘연한 모습으로 존재하는 것이긴 하지만 말이다.

5. 희망의 노예는 아니거니와

고재종 시인의 시 한 구절을 적는다. "나는 희망의 노예는 아니거
니와……."

그래, 얼마 전까지만 해도 우리는 모두 희망의 노예였다. 이제 그
희망이 강요한 것 또한 절망의 다른 이름이었거나, 사랑스런 현강
이들, 은아들, 봉숙이들, 연두들의 엄청난 희생에 기반한 것이었음

이 밝혀진 지금, 다시 희망을 말하려는 모든 이들은 조심해야 한다. 희망이 또한번 무정형의 절망에 괴로워하는 세대를 낳지 않도록, 희망이 너무 비대해져서 되레 짐이 되고, 억압이 되지 않도록.

그러니 조심을 다해서 말하건대, 희망은 다시 그들, '뒤늦은' 자들로부터 시작해야 할 터이다. "전염병이 창궐한 도시"(「해에게서 海에게」)를 떠나지 않은 채, 녹색 허무주의에도 물들지 않고, 문화 산업의 벗이 되지도 않고, 조로하거나, 방랑벽에 몸을 상하지도 않은 채로 행해지는 부적응자들의 연대가 곧 희망이다.

작가의 말

생각해보면, 난 참 어정쩡한 작가다. "태초와 같은 어둠 앞에 우리는 서 있다"로 시작하는, 저 옛날 '산문시대' 동인들의 목소리 앞에 나는 마냥 주눅이 들고 아찔해진다. 치밀한 소설적 구성을 갖추고 있으면서도 그 시대의 환부에 민감하게 반응했던 선배들의 그 진중함 앞에 나는 할말을 잃는다. 그러나, 비눗방울처럼 가벼운, 다 읽고 나면 어쩐지 상쾌해지는 내 동료들의 글 앞에서도 나는 또 아찔하다. 아무런 내용을 담보하지 못한, 다만 지적 허영일 뿐이라 해도 별수없다. 나는 무언지 부러우면서도 아쉬운 마음이 되어 책장을 덮는 것이다.

그렇다. 나는 "네 소설은 너무 무거워"라는 평도 듣고 싶지 않고, "네 소설은 참 가벼워"라는 평도 듣고 싶지 않은, 글도 제대로 못 쓰면서 욕심만 많은 글쟁이다.

다만, 내 삶의 안팎에서, 성실하고 정직한 글쟁이고자 한다. 저 남쪽 땅 끝, 문화의 불모지에서 나고 자라 90년대 내내 대학에 머물 렀으며, 이제 막, 무너지기 시작한다는 풍문이 들리는 교실을 지키 기 시작한 내 삶의 모양새 그대로 말이다.

여러모로 21세기적 삶의 방식을 갖추기까지의 절망과 한숨과 모 색과 좌절이 모두 담겨 있는 1990년대를 나는 참 사랑한다. 내 이십 대가 고스란히 담겨 있으며, 내 대학생활이 고스란히 담겨 있는 그 연대에 나는 정말 많은 것을 잃고 또 얻은 기분이다. 자주 지겹겠지 만, 또 자주 기가 꺾이겠지만, 때때로 모든 것이 다 그저 지나간다 느껴지겠지만 어찌 되었든 나는 그때, 내 이십대를 잊지 않으며 살 아가고, 또 쓰려 한다.

첫 소설집 앞에, 촌스럽게도 나는 감사드려야 할 얼굴들이 참 많 다. 독특한 허무주의자로 한 생을 단정하게 살다 가신 내 외할머 니, 무엇을 해야 좋을지 몰랐던 대학 시절, 처음 내 시를 알아봐주 신 오세영 선생님, 어느 날 황당하게도 시의 뮤즈가 내 곁을 떠났 음을 절감했을 때, 그 막막함을 추스르며 조심스레 써본 첫 소설에 대학 문학상을 안겨주신 조남현, 이인성 선생님, 문학으로의 길을 열어주신 문학동네 편집위원 선생님들과 신경숙, 구효서 선생님, 그리고 내 대학 시절, 한동안 정신을 멍하게 만드는 작품들로 열아 홉, 어눌한 나를 충격해준 황지우, 최윤 선생님께 머리 숙여 감사 드린다.

감히 세상의 밝음이 내 몫임을 따뜻하게 가르치는 나의 化에게
이 작은 책을 바친다.

2001년 초여름

류소영

문학동네 소설집
피스타치오를 먹는 여자

ⓒ 류소영 2001

| 초판인쇄 | 2001년 6월 15일 |
| 초판발행 | 2001년 6월 25일 |

지 은 이	류소영
책임편집	김현정 장한맘
펴 낸 이	강병선
펴 낸 곳	(주)문학동네
출판등록	1993년 10월 22일 제22-188호

주　　소	136-034 서울시 성북구 동소문동 4가 260번지 동소문빌딩 6층
전자우편	editor@munhak.com
	하이텔 : podo1
	천리안 : greenpen
전화번호	927-6790~5, 927-6751~2
팩　　스	927-6753

ISBN　89-8281-399-3　03810

＊ 잘못된 책은 바꿔드립니다.

www.munhak.com